문장, 살아갈 힘을 얻다

문장, 살아갈 힘을 얻다

발행일	2024년 7월 22일

지은이	강혜진, 글빛혁수, 김나라, 김소정, 송기홍, 신민진, 쓰꾸미, 양지욱, 육이일, 윤미경, 홍순지		
펴낸이	손형국		
펴낸곳	(주)북랩		
편집인	선일영	편집	김은수, 배진용, 김현아, 김부경, 김다빈
디자인	이현수, 김민하, 임진형, 안유경	제작	박기성, 구성우, 이창영, 배상진
마케팅	김회란, 박진관		
출판등록	2004. 12. 1(제2012-000051호)		
주소	서울특별시 금천구 가산디지털 1로 168, 우림라이온스밸리 B동 B113~115호, C동 B101호		
홈페이지	www.book.co.kr		
전화번호	(02)2026-5777	팩스	(02)3159-9637

ISBN	979-11-7224-205-3 03810 (종이책)		979-11-7224-206-0 05810 (전자책)

(주)북랩 성공출판의 파트너

북랩 홈페이지와 패밀리 사이트에서 다양한 출판 솔루션을 만나 보세요!

홈페이지 book.co.kr   •   **블로그** blog.naver.com/essaybook   •   **출판문의** book@book.co.kr

작가 연락처 문의 ▸ ask.book.co.kr

작가 연락처는 개인정보이므로 북랩에서 알려드릴 수 없습니다.

한 문장으로 시작하는 행복의 여정

문장, 살아갈 힘을 얻다

강혜진
글빛혁
김나라
김소정
송기홍
신민진
쓰꾸미욱
양지일
육이경
윤미지
홍순

지 음

북랩

하나의 문장이
'오늘의 행복'이 되길 소망하며

**"사람은 행복해지기 전에 행복을 가져다주는 말을
반드시 먼저 만난다."**

— 히스이 코타로, 『하루 한 줄 행복』 —

"여러분의 일상에 따뜻한 위로와 행복이 되는 말은 무엇인가요?"

지금 그 문장이 떠오른다면, 『하루 한 줄 행복』 속 히스이 코타로의 말처럼 행복이 곧 당신을 찾아올지 모릅니다. 매달 마지막 주 화요일, 글빛백작 천무 독서 모임에 참여합니다. 한 권의 책을 읽고 마음에 닿았던 글을 골라 삶과 연결 짓습니다. 책은 하나라도 각자 선택한 부분은 다릅니다. 타인의 경험과 가치관의 차이로 글의 새로운 의미를 찾기도 합니다. 『문해력 공부』에서 김종원 작가는 가슴에 어떤 문장을 지니고 사느냐에 따라 일상의 원칙과 철학이 만들어진다고 말했습니다. 우리가 일상에서 만난 글은 '나'라는 사람의 삶이 되기도 합니다. 길을 걷다 우연히 들려오는 멜로디와 가사, 가족들과 함께 본 영화 대사, 나에게 위로되는 누군가의 한마디, 책장 앞 눈에 띄는 한 줄의 책 제목, 공공 화장실에 붙어 있는 한 줄의 명언까지도 우리의 일상을 스치며 힘이 될 때가 있습니다.

2021년 12월 26일을 시작으로 아침마다 문장 하나를 SNS에 공유했습니다. 내 삶에 집중하기 위한 건강한 SNS 생활은 무엇이 있을까 고민하던 차에 시작한 도전이었습니다. 타인의 삶을 들여다보며 알게 모르게 나와 비교하는 일을 멈추고 싶은 마음도 있었습니다. 매일 마음에 닿는 한 줄을 골랐습니다.

"눈을 뜬 아침, 잠들기 전 그리고 하루 중 여유 시간은 독서로 채우고, 기억에 남는 한 문장을 공유합니다."

'책꿈문'이라는 이름을 붙였습니다. 책에서 꿈은 문장입니다. 아침마다 손글씨로 빼곡히 적힌 필사 노트를 펼쳤습니다. 마음이 닿는 한 문장을 골라 적고 이미지를 만들었습니다. 아래 내용란에는 생각을 간단히 적어 올렸습니다. 오로지 내 마음에 집중할 수 있었던 기록이었습니다. 그렇게 내가 선택한 문장과 생각이 쌓이니 일상에 조금씩 변화가 일어났습니다. 건강한 SNS를 위해 시작한 일이지만, 오늘 하루를 살아갈 힘이 되었습니다. 글은 총 100일이라는 시간을 채웠습니다. 3년이 지난 지금도 가끔 그 피드를 들여다봅니다. 그때의 나와 지금의 나를 비교합니다. 내 마음은 어느 곳을 향하고 있었는지, 그 문장들처럼 현재를 살아가고 있는지 알아차릴 수 있는 소중한 기록입니다. 독서 공부방을 운영하고 있습니다. 시간이 남는 수강생들에게도 독서 후 기억에 남는 부분을 필사해 보도록 합니다. 가끔 번호가 쌓인 아이들의 기록물을 확인합니다. 그 친구에게 닿았던 한 문장이 곧 아이의 마음을 말해 주기도 하지요. 지혜가 되는 글을 찾고 쌓아온 소중한 경험이 이번 공저 주제와 연결되어 더 반가웠습니다.

공저 11명의 작가는 평범함 속에 가려 느끼지 못했던 감사함, 눈물짓던 날들, 지나고 나니 더 값진 인생의 의미를 깨달은 경험을 허심탄회하게 털어놓았습니다. 살아갈 힘이 되었던 기록들이 어떻게 위로와 감사, 용기가 되었는지 이야기합니다. 세상엔 멋진 말들이 많지만, 누구나 그 문장에 삶의 의미를 더해 살아가진 않습니다. 그렇기에 이 책은 독자들에게도 문장이 삶이 되는 새로운 시야를 가질 수 있도록 도울 것입니다. 또 자신에게 익숙한 문장과 각 장의 작가와 선택한 문장이 같다면 반갑기도 하고, 서로 다른 경험에 새롭게 느껴질 것입니다.

이 책의 1장은 노래 속에서 삶의 위로가 되었던 가사를 찾아 이야기를 담아냈습니다. 2장에서는 드라마나 영화 대사를 통해 내 마음을 돌보는 문장을 만납니다. 3장에서는 책에서 만난 명언으로 작가가 배운 삶의 태도를 이야기합니다. 마지막으로 4장에서는 살아가는 인생의 나침반이 되어 준 작가의 어록에 삶의 의미와 철학을 담았습니다. 매일 다른 오늘을 살아가는 우리, 내게 와닿은 문장이 독자들에게 새로운 시야를 펼칠 수 있는 시간이 되길 바랍니다. 개인적으로 이 책은 목차를 펼쳐 가장 마음에 닿는 장부터 읽는 방법을 추천합니다. 그 선택이 자신과 가장 가까운 연결이니, 이 한 권을 즐기는 하나의 방법이 아닐까 합니다. 당신의 삶에 행복이 되는 하나의 문장을 떠올려 보는 하루가 되면 좋겠습니다.

오직 내 이야기가 독자의 삶에 도움이 되길 바라는 마음으로, 한 문장으로 시작하는 행복의 여정,『문장, 살아갈 힘을 얻다』을 집필했습니다. 공저 기간 글 쓰는 행복과 삶의 동지가 되어 준 작가님들의 빛나는 마음이 이 책에 묻어 있습니다. 무엇보다 즐거운 분위기 속에서 누가 먼저랄 것 없이 언제나 온기 가득한 언어를 주고받는 작가님들의 마음에 감사드립니다. 따뜻한 지지와 격려, 행동으로 이끌어 주시며 출간에 도움을 주신 글빛현주, 백란현 두 분의 코치님들께도 감사 인사 드립니다.

2024년 6월 20일
김나라

차례

2장 내 마음을 돌보는 드라마, 영화 대사

3장 삶의 태도를 배우는 명언

4장 인생 어록으로 남기고 싶은 문장

1장

나를 위로하는 노래 가사

1-1.
모든 걸 훌훌 버리고 떠날 용기

강혜진

2002년, 대학교에 입학했다. 신입생 오리엔테이션에서 친구 소정이를 만났다. 친절한 서울 말투의 소정이. 말투만큼이나 얼굴도 뽀얗고 예뻤다. 경상도 말이 아니면 모두 서울말로만 들리던 그때. 한 학기를 같이 지내면서 소정이가 제주에서 온 친구라는 것을 알게 되었다.

"밥 먹언?(밥 먹었어?) 어떵 또 경 되부런?(어쩌다 또 그랬어?)"

우리를 육지 사람이라 부르던 소정이는 제주 친구와 통화를 할 때마다 외국어처럼 못 알아들을 방언을 쏟아냈다. 소정이의 고향 말을 들을 때마다 소정이가 진짜 제주 사람이 맞다며 웃었다. 제주 방언을 어설프게 따라 하며 재미있어하곤 했다.

겨울이 되면 소정이는 고향에서 아버지가 보내 주셨다며 귤을 한 봉지씩 나눠 주곤 했다. 제주에서는 으레 가까운 사람끼리 팔고 남은 귤을 나눠 먹는다고 했다. 그 귤이 바다 건너 육지에 사는 나에게도 건네지다니. 제주 친구를 둔 특권을 톡톡히 누렸다. 귤 봉지를 안고 집으로 갈 때면 제주 사람 소정이가 부러운 마음도 봉지 가득 넣어 오곤 했다.

대학교에 다닐 때까지 여행은 꿈도 못 꿨다. 형편이 어려워서 여행은 나와는 상관없는 일이라 생각하고 살았다. 먼 길을 떠날 일이 생기면 늘 돈 계산을 먼저 했던 우리 집. 밥값은 얼마인지, 버스가 나은지, 기차가 나은지. 이것저것 따지다가 그냥 집이 낫겠다며 마음을 접을 때가 많았던 유년 시절.

태어나 고향 밖으로 나간 경험이라곤 명절마다 가는 밀양 큰 집이 전부였다. 대학교 다니느라 4년 동안 머물렀던 진주가 다였다. 돈 걱정 없이 여행 한번 가 보는 것이 꿈이었다. 이런 나에게 바다 건너 있는 제주는 특별한 장소임이 분명했다. 여행의 대명사와도 같았다. 언젠가 비행기를 타고 여행을 간다면 그 첫 번째 장소는 '제주도'가 될 거라 생각했다.

2006년, 교사 생활을 시작했다. 그해 여름 방학, 친구들과 넷이서 생애 처음 제주도로 갔다. 부산의 부두에서 배를 타고 12시간을 꼬박 항해한 끝에, 동이 틀 무렵 어슴푸레 제주를 만나 볼 수 있었다. 배가 제주항에 도착하기도 전에 가방을 챙겼다. 얼른 제주에 닿고 싶었다. 배에 탄 모든 사람 중 내가 제일 먼저 내리고야 말겠다는 마음이었다. 일행의 손을 끌고 뱃머리로 나가 기다리다가 배가 제주항에 도착하자마자 서둘러 배 아래로 폴짝 뛰어내렸다. '나도 제주! 제주에 왔다!' 처음 제주 땅에 발을 디뎠던 그 순간이 지금도 생생하다. 꿈꾸던 곳, 들뜬 기분을 선사하는 곳, 나를 자유롭게 하는 곳, 바로 제주였다.

제주를 반시계 방향으로 한 바퀴 돌기로 했다. 대여점에서 자전거를 한 대씩 빌리고 가져온 짐은 반납 장소로 미리 보냈다. 해안 도로를 따라 페달을 밟았다. 시원하게 불어오던 바닷바람이 좋았다. 가끔은 산비탈을 지름길 삼아, 지도도 한 장 없이, 목적지까지 하루에 서너 시간씩. 지치지 않고 달렸다. 가다가 예쁜 해변이 나오면 발 한번 담그고, 관광지가 나오면 잠깐 들렀다가 나무 그늘에서 잠시 쉬어 가면서. 그렇게 제주를 만끽했다. 8월의 제주는 하루에도 몇 번씩 비를 뿌려 댔다. 얇은 비닐 우비로 가방이 젖지 않게 단단히 쌌다. 얼굴에 닿는 비가 따가웠다. 몸에서 나온 열기로 우비에는 뿌연 습기가 찼다. 궂은 날씨였지만 힘든 줄도 몰랐다. 운동이라고는 숨쉬기밖에 몰랐던 시절, 종일 자전거를 타고 밤새 근육통으로 끙끙 앓아도 즐거웠다. 부족한 돈, 허름한 민박집에 묵으면서도 만족스러웠다. 맛집 근처에는 얼씬 못 하면서도 마냥 신났다. 비에 흠뻑 젖으며 한라산 백록담에 올랐다. 섭지코지에선 멋진 사진도 남겼다. 용돈을 탈탈 털어 여객선을 타고 간 마라도에서 자장면도 한 그릇 맛보았다. 돌아오는 길, 처음인 걸 들키지 않으려고 제주 공항에서 얼마나 긴장했는지 모른다. 비행기에선 귀가 먹먹해 침을 계속 삼키던 일도 기억난다. 그 모든 것이 제주라 좋았다.

2009년 가을, 결혼을 앞두고 시어머니께서 갑작스레 돌아가셨다. 신혼여행은 무산되었다. 어차피 신혼집도 빚을 내어 마련한 것. 여행은 형편 좋아지면 가자고 체념했다. 그렇지 않아도 중요한 연수 일정이 잡혀 있었다. 이러나저러나 못 갈 여행이었다며 나를 달랬다. 오래 연애한 남편을 충분히 알고 있다고 생각했지만, 신혼은 생각만큼 달콤하지 않았다. 시어머니가 돌아가시고 혼자 계신 시아버지와 힘들어하는 시동생들을 두고 팔자 좋게 여행 다닐 처지도 아니었다. 얼른 빚부터 갚아야지 생각하며 10원 단위까지 계산기를 두들기는 나를 지켜보기가 남편도 힘들었을 것이다. 빚 갚기 전 여행은 사치라 생각했던 나로 인해 가족여행은 먼 꿈이었다. 임신, 육아로 피로에 절어 살았다. 이래서 안 되고 저래서 안 된다며 여행 못 갈 이유만 찾으며 살았다. 빚 좀 더 갚으면 제주도에 다시 한번 가 보자며 여행을 미루었다.

둘째가 아장아장 걸어 다닐 때쯤, 제주를 다시 찾았다. 추진력 넘치는 남편 덕분이었다. 자동차 위에 설치하는 루프탑 텐트를 꿈에 그리던 남편. 어느 날, 차 위에 텐트를 설치하고 제주로 가자고 했다. 카페리호에 차를 싣고 도착한 제주. 우리 가족은 산 중턱에 위치한 캠핑장에 텐트를 쳤다. 그런데 이튿날 밤, 돌연 호우 주의보가 내렸다. 밤이 깊어지자 빗방울이 굵어지고, 바람이 거세졌다. 이대로는 위험하겠다 싶어 자는 아이들을 차 뒷좌석에 태우고 빗속에서 텐트를 걷었다. 캠핑 장비를 차에 대충 싣고 달리다 제일 먼저 나오는 허름한 모텔로 몸을 피했다. 그래도 아쉽지 않았다. 좋았다. 그곳이 제주라는 이유만으로도 기억에 남을 에피소드였다.

4박 5일, 짧은 제주 여행을 뒤로하고 다시 현실로 돌아온 후, 다음번 제주는 언제일까 늘 머릿속에 그리며 살았다. 그러면서도 한편으론 시간이 없어서, 돈이 부족해서, 일이 많아서 아직은 안 된다는 현실을 떨쳐 버리지 못해 선뜻 세 번째 제주 여행은 실행에 옮기지 못하고 있었다.

2024년 2월 이른 아침, 제주에서 부고가 날아왔다. 겨울마다 귤을 챙겨 주시던 소정이 아버지께서 세상을 떠나셨다고 했다. 담담하게 부고 소식을 전하는 소정이의 전화에 망설일 것 없이 제주행 비행기표를 예약했다. 창원에서 오전 10시에 출발해 오후 3시에 장례식장에 도착했다. 활짝 웃는 아버님 영정에 두 번 절했다. 부모님 안부를 자주 챙기자며 이야기를 나누었다. 이른 저녁을 먹고 제주 공항으로 돌아왔다. 비바람으로 연착된 비행기 일정에도 육지 집에 도착한 것은 오후 10시가 조금 지난 시각이었다.

마음만 먹으면 제주도 하루면 충분했다. 특별한 준비가 없이도 가능했다. 이렇게나 가까운 곳이었거늘, 나는 꿈에 그리던 그곳이 아주 먼 곳이라 여기며 살았다.

성시경이 부른 '제주도의 푸른 밤'을 검색해 듣는다. 콧노래를 흥얼거려 본다.

떠나요 둘이서 모든 걸 훌훌 버리고 제주도 푸른 밤 그 별 아래

누구에게나 꿈에 그리던 여행지가 한 군데쯤은 있을 것이다. 어쩌면 이미 버킷리스트에 가 보고 싶은 여행지를 써 둔 사람이 있을지도 모르겠다. 여러분들의 '제주'는 어디일지 궁금하다. 멋진 호텔에 화려한 음식이 아니더라도, 그곳을 여행하고 있는 자신의 모습을 그려 보면 좋겠다. 현실은 잠깐 미뤄 두고 떠나고 싶은 마음에 초점을 맞추어 보면 좋겠다. 우리가 떠나지 못하는 것은 시간과 돈, 이러저러한 상황이 발목을 잡아서가 아니라 정말로 떠날 용기가 부족하기 때문일지도 모른다. 배낭에 떠날 용기만 채워도 여행은 충분하다. 과거의 나처럼 현실에 갇혀 안 되는 이유만 찾느라 어영부영 시간을 흘려보내지 않았으면 한다. 하루라도 더 젊은 날에 그곳으로 떠날 마음을 먹어 보는 건 어떨까. 지금 당장!

성시경의 잔잔한 목소리를 듣는다. 언제든 제주 바다가 보고 싶으면 아침 첫 비행기로 떠났다가 마지막 비행기로 오겠다고 일기에 적어 본다. 모든 것을 훌훌 버리고 그곳을 향하고픈 용기를 내어 본다.

오 찬란한 태양

글빛혁수

걷는 걸 좋아한다. 걸으며 노래 부르는 걸 좋아한다. 호기심이 많아서 어디를 가든 그 동네를 발로 싸돌아다녀야 직성이 풀린다. 그러다 보면 사람이 잘 다니지 않는 길이 찾아진다. 그 길을 빽빽 노래 부르며 걷는다. 좁은 골목 끝까지, 낯선 건물 현관 앞까지 무턱대고 들어가 보기도 한다. 그러다 보면 우연히 나만 알고 싶은 길이나 보물 같은 카페를 찾기도 한다. 사람과 차로 북적대는 도시 한가운데서도 조금만 발품을 팔면 그런 보석 같은 곳을 만날 수 있다.

가장 기억에 남는 곳은 오산천에서 동탄천으로 넘어가는 자전거 도보 길이다. 밤에도 하얀 시멘트 길이 빛난다. 한쪽은 논밭, 한쪽은 동탄천이 양옆으로 펼쳐진 조용한 길이다. 특히 일요일 밤이 좋다. 토요일에 비해 사람이 거의 없다시피 하다. 일요일은 가족이나 친구들과 시간을 보내느라, 아니면 내일 출근을 준비하느라 그런 것 같다. 혼자 살고, 딱히 친구도 없는 나는 이런 시간을 노린다. 그때 그 길은 온전히 나만의 무대가 된다. 그럴 때 부르는 노래가 이 〈오 솔레미오〉다. 목청껏 딥다 부르며 걷는다. 문을 열면 순식간에 다른 세상으로 가는 영화의 한 장면처럼, 나만의 세상이 펼쳐진다. 가로등 조명이 드문드문 켜진 무대 아래서 실컷 노래 부르며 걷는다. 가수가 부르는 것과는 당연히 비교가 안 되지만, 노래 몇 곡으로 목을 푼 다음 부르면 나름 괜찮을 때도 있다. 노래 부를 때는 기분 좋다. 진짜 가수처럼 고개를 뒤로 젖히고 손을 활짝 편다. 표정도 오만가지 다 지어 본다. 누가 보면 거장이 따로 없다. 사람들이 손뼉 치고 내 목소리에 감동한다. 태양을 정면으로 마주한 듯, 눈부신 표정으로 노래의 절정을 향해 간다.

오 솔레미오(오 찬란한 태양), 너 참 아름답구나!

8090 가요 부르기만 좋아하던 내가 뜬금없이 이탈리아 노래를 부른다. 가사를 보지 않고 부를 줄 아는 노래가 딱 세 곡 있는데, 그중 하나다. 다른 어떤 노래보다 내 목소리 톤에 잘 맞다. 몇 번이고 불러도 질리지도 않는다.

작년 2023년 2월, 근무하던 요양 병원을 그만두었다. 월급이 두세 달 밀리는 일이 반복되는 통에 어쩔 수 없었다. 결국 나 포함 직원 90%가 퇴사하고 병원은 문을 닫았다. 퇴사한 사람들과 민사와 형사 소송을 진행했다. 노동청, 근로복지공단, 대한법률구조공단에 법원까지 다녔다. 생전 처음 겪는 일이었다. 지푸라기라도 잡는 심정으로 여기저기 쫓아다녀 봤지만 끝내 3년 일한 퇴직금은 한 푼도 받지 못했다.

어차피 이렇게 된 거, 실업 급여 받으며 차분히 내 앞날을 생각해 보기로 했다. 지금까지 살면서 수고한 나에게 주는 특별한 휴가로 생각하기로 했다.

틈만 나면 돌아다니기 바빴던 젊은 시절처럼, '이번 기회에 마음껏 돌아다닐 수 있겠구나' 하고 좋은 쪽으로 생각하려고 노력했다.

지역 교육 포털에 들어가니 악기나 노래도 배울 수 있었다. 그중 아직 마감이 안 된 프로그램을 하나 신청했다. 바로 '우아한 클래식 성악 교실'이었다. 나는 노래방에서 악쓸 때 아니면 사람들 앞에서 노래를 거의 하지 않는다. 내가 들어도 도저히 못 들을 정도로 돼지 멱따는 소리가 나기 때문이다. 노래를 잘하고 싶었지만 배운다고 되겠나 싶어 노래 배울 생각은 하지도 않았었다. 목소리는 어느 정도 타고나는 거라 생각하고 있었기에 거의 포기하고 살고 있었다. 그런데 그 수업에서는 목소리가 좀 안 좋아도 배우면 좋아질 수 있다고 했다. 내 목소리는 '좀'이 아니라 '매우' 안 좋았지만, 성악가 선생님의 말을 들으니 할 수 있겠다는 희망이 생겼다. 배우고 싶었다. 호흡법 배우고 싶은 사람 나오라길래 두 번째로 나갔다. 먼저 나간 젊은 여자는 목소리가 좋았다. 노래를 잘했다. 예전에 음악대학교를 지원했다가 떨어지긴 했지만, 그 정도로 기본 가락이 있었다. 성악가 선생님의 지시에 따라 몇 가지 따라 해 보더니 곧잘 한다. 박수받으며 내려왔다. 나는 괜히 주눅이 들었다. 그래도 어쩌겠나. 머리 비우고 나갔다. 처음에는 쇠 긁는 소리가 났다. 사람들이 다 웃었다. 얼굴이 벌겋게 달아올랐다. 겨우 시킨 대로 호흡하면서 노래를 불렀다. 나중에는 어떻게 해야 하는

지 조금 감이 잡혔다. 그러니까 목으로 부르지 말고, 목구멍을 최대한 넓히고 속에 있는 소리를 내라….

여러 곡 중에 사람들에게 가장 인기가 많았던 '오 솔레미오'를 합창으로 부르기로 했다. 성악가 선생님은 호흡법부터 가르쳐 주었다. 호흡이 제일 중요하다고 했다.

"호흡은 배에 힘주며 하는 게 아니에요. 호흡을 유지하는 게 중요해요. 목구멍을 열고 숨을 들이쉬고 -발가락 끝까지 숨이 가는 걸 느끼면서- 끝까지 숨 들이쉬고, 얼음! 둘, 셋~ 몇 초 있다가 천천히 내쉬고~ 자기 전에 누워서 하루 세 번 정도 하면 좋아지는 걸 느낄 수 있을 거예요."

선생님께 배운 내용을 매일 잘 때마다 연습했다. 입을 다물고 "음~" 하는 소리를 코에서 나오게 하는 '허밍'이라는 노래 창법도 배웠다. 역시 입 다물고 "프르르르~" 하는 소리를 내는 '립트릴'이라는 입술 떨기도 배웠다. 노래 부르기 전에 몇 번 연습하면 신기하게 노래가 편하게 나오기도 한다. 이건 잘 안 되는 사람도 있다. 나도 처음엔 안 됐지만, 몇 번 꾸준히 하다 보니 어느새 잘되더라. 재미도 있어서 걸을 때 한 번씩 하기도 한다.

2024년 6월, 지금은 다시 요양원에 다니고 있다. 나에게 태양은 무엇인지 생각해 본다. 할머니, 할아버지, 요양원에서 생활하며 치료받는 사람들의 미소가 나에겐 태양이다. 내가 인사할 때 반겨 주는 얼굴들을 보면 행복하다. 사람 없는 나만의 거리를 걸으며 〈오 솔레미오〉를 부를 때처럼 뿌듯하다. 그 보답으로 〈오 솔레미오)를 불러 드리거나 TV에서 나오는 가요를 따라 부르며 춤을 추기도 한다. 아무것도 아닌 내 행동에 좋아하시는 어르신들 표정을 보면 태양같이 빛난다. 아이처럼 환하다. 그 빛을 받아 내 마음도 밝아진다. 나는 별 재주가 없는 사람이지만 내가 하는 행동, 움직임이 여기서는 모두 대단해진다. 웃음으로 돌아온다. 내가 작은 웃음이라도 줄 수 있는 사람이라는 게 좋다. 어르신들도 나로 인해 행복했으면 좋겠다. 내가 태양처럼 밝게 보이면 좋겠다. 눈이 부시지만 밝아서 좋은 태양처럼, 그냥 거기 있는 것만으로 빛나는 존재가 되고 싶다.

오 솔레미오(오 찬란한 태양), 너 참 아름답구나!

어쩌면 신이 나를 위해 만든 노래일지도 모른다. 어느 정도 괜찮은 목소리를 내기 위해선 목을 충분히 풀어 줘야 한다. 그러다 마침내 괜찮다 싶은 소리가 내 목을 통해 흘러나오면 두 손을 넓게 펼치고, 눈은 어딘가에 있는 나만의 세상을 바라본다. 나만 아는 미소를 띄운다.

1-3.
매일 만나는 오늘

김나라

밤, 별 흩어지는 새벽을 지나
구름다리 놓인 아침이 오고 바람이 주는 하루
평범하고도 익숙하며 고맙게 내게 있었던 오늘
— 어반자카파, 〈어떤 하루〉 —

　　　　10년 전, 유치원 교사로 근무하던 시절을 떠올립니다. 출근 후 조회 시간, 각 반 교사들이 교무실에 모여 오늘 하루에 대한 기도를 드렸습니다. 종교 생활은 하고 있지 않았지만 일하는 동료와 아이들을 위해 한마음으로 두 손을 모았습니다. 기도할 차례가 돌아오는 날이면 출근 버스 안에서부터 어떤 이야기를 전할지 고민합니다. 내가 생각하는 오늘의 행복과 바람은 무엇일지 생각합니다.

　"평범한 일상에 감사함을 느끼는 하루를 보내게 해 주시고, 유아, 교사, 차량 기사님 모두의 안전한 하루를 빕니다."

　유아는 빠르면 오전 8시부터 등원하여, 오후 5~6시까지 유치원에 있습니다. 매일 9시간 정도 함께합니다. 원생을 데리러 가는 것부터 업무의 시작입니다. 약 3분에서 5분 간격으로 편성되어 있는 탑승지마다 버스가 섭니다. 부모님들과 인사를 나누고, 아이를 한 명씩 태웁니다. 35인승 대형 버스 좌석이 하나둘 채워질 때마다 안전띠가 잘 매어져 있는지 확인합니다. "안전띠 다 맸지요?"라며 흔들리는 버스 안 복도를 오갑니다. 차가 막히는 구간이면 서두르라는 차량 기사님의 눈치에 버스가 서기도 전에 교사는 내릴 준비를 합니다. 승차 시간에 아이가 나와 있지 않은 경우에는 버스 문 앞에 서서 일일이 전화를 드려 확인합니다. 유치원 일과가 끝나면 다시 오후 하원 차량 지도에 들어갑니다. 스물네 명의 아이들을 노선에 맞게 나누어 태웁니다. 200명이 넘는 전체 원아, 특히 학기 초에는 얼굴이 익숙하지 않으니 가방에 쓰인 이름을 몇 번이나 들추며 확인합니다. 한번에 5~6명씩 내리는 하차 지점에서는 보호자가 맞게 나와 있는지 확인하는 일도 중요했습니다. 간혹 아이를 대신 받아 주겠다는 학부모님의 말에 감사하면서도, 안심하기보다 귀가 확인 전화를 우선으로 합니다. 이렇듯 매일 오전, 오후 40~50분씩 소요되는 등원 하원 차량 업무로 아이들의 안전을 책임지며 통솔하는 역할을 합니다. 아이들과 보내는 시간은 교실 밖에서도 늘 긴장의 연속이었습니다.

안전과 관련된 일은 차량에서만의 문제가 아니었습니다. 등원 버스가 유치원에 도착하자마자 교사의 눈과 손이 닿는 일이 많았지요. 교실로 들어가기 전 신발과 가방을 정리하고, 옷걸이에 겉옷을 거는 일, 간혹 감기에 걸린 아이들의 입까지 내려온 마스크를 올리는 일도 신경 써야 했습니다. 이미 정리를 끝내고 교실에서 자유 놀이 하는 아이들도 동시에 눈여겨봐야 합니다. 아침마다 얼굴에 난 상처가 있는지 확인하는 일도 중요한 업무였습니다. 하원 후 얼굴에 난 작은 상처를 묻는 학부모의 전화를 받을 때도 있기 때문입니다. 교사 탓을 하는 부모를 만난 적은 없지만, 아이가 얼굴에 상처가 나서 돌아오면 속상한 마음이 드는 것이 당연한 일입니다. 교사로서 더 꼼꼼하고 확실하게 확인하지 못한 입장이 되니 죄송하다는 말밖에 할 수 없었습니다. 종일 아이들의 안전 문제에 집중했음에도 이런 날이면 온몸에 힘이 빠졌습니다. 유아들이 어릴수록 새로운 반에 들어와 기본 생활 습관 적응하기까지는 1개월 이상이 걸렸습니다. 도움이 필요할 때 곧바로 몸을 움직여야 하니, 언제나 작은 절을 하듯 앉은 자세가 익숙했습니다. 아이들과 등지지 않고 한눈에 볼 수 있는 시야에서 살펴야 합니다. 학기 초 점심시간이면 옷에 붙은 밥알을 떼느라 애를 먹은 적도 있습니다. 간혹 옷에 실수하는 아이가 있으면 손이 부족해 당황스러웠던 적도 한두 번이 아니었습니다. 다급한 목소리로 보조 선생님에게 도움을 요청하고, 장난감 등 활동할 수 있는 거리를 내어 주고 재빠르게 처리합니다.

드디어 아이들이 집으로 돌아가는 시간입니다. 아직 귀가 전인 몇몇 아이들은 방과 후 교실로 데려다줍니다. 나도 모르게 안도의 한숨이 새어 나옵니다. 청소를 시작합니다. 몸의 긴장을 풀고 교실을 깨끗하게 쓸고 닦습니다. 세면대로 갑니다. 치약이 칫솔 사이에 잔뜩 남아 있습니다. 틈새가 벌어질 대로 벌어진 칫솔을 체크해 갈아 줍니다. 씻기지 않은 흰 치약이 묻은 양치 컵도 깨끗하게 씻습니다. 물기 하나 없이 반짝반짝한 세면대를 마지막으로 청소를 마무리합니다. 교실을 정리하고 교무실로 내려옵니다. 상담이 필요한 학부모님들과 통화를 합니다. 간혹 조금이라도 다친 아이가 있는 날이면 마음이 무거웠습니다. 안전사고 없는 '평범한 하루'는 내가 가장 원하는 행복이자 감사라는 생각이 들었습니다. 아이들과 관련된 큰 사고로 뉴스가 떠들썩한 아침이면 마음이 덜컥합니다. 세월호 사건이 일어났을 당시도 온 교사가 한마음으로 그들이 안전하게 귀가하길 바라던 마음을 기억합니다. 엄마가 되고, 코로나19 감염병이 유행하기 시작하면서 한동안 일상이 모두 잠금 상태가 되었습니다. 연일 보도되는 확진자 소식, 추가 확산 소식에 불안이 이어졌습니다. 한번도 겪어 보지 못한 상황에 아이를 원에 보내는 일이 늘 긴장의 연속이었습니다. 코로나19가 시작된 이후 별일 없는 오늘 하루에 감사함이 커졌습니다. 〈어떤 하루〉의 가사처럼 평범하고도 익숙한 하루에 고마움을 느꼈습니다.

일상에 지칠 때마다 내게 주어진 오늘을 3가지 측면으로 바라봅니다. 첫째, 평범한 하루가 가장 큰 행복임을 알아차립니다. 둘째, 감정과 기분을 배제하면 힘든 일은 시간이 지나면 괜찮아지겠지 생각합니다. 셋째, 소중한 사람들과 함께 눈을 맞추고 보냈던 순간들을 떠올립니다. 건강한 모습으로 가족들과 단란하게 한 끼를 먹는 일상에 감사함을 갖습니다. 스스로 타박하고 싶고 위로가 필요할 때면 평범한 오늘 하루 속에서 더 민감하게 소중했던 것들을 찾아봅니다.

1-4.
끝에 남는 한 가지

김소정

　　살면서 중요한 결정을 내리고 실행에 옮겼던 계절은 모두 여름이었다. 여름이면 없던 용기가 생기고, 망설이던 일을 저지르곤 했다. 첫사랑에게 먼저 연락한 것이 20살의 여름밤이었고, 마음에만 품고 있던 휴직과 어학연수를 실행에 옮긴 것도 여름의 여러 날이었다. 몸을 뜨겁게 데우는 여름 한낮의 열기도 좋지만, 그 후에 이어지는 해 질 무렵 미지근한 온기에 정이 간다. 미지근하다는 말은 '행동이나 태도가 분명하거나 철저하지 못하다'는 의미로 사용된다. 죄도 없는 미지근함은 억울할 것 같다. 목욕탕에 가면 열탕에 잠시 들어갔다 온탕에 더 오래 앉아 있는 나는 미지근함에 편들어 주고 싶다. 미지근한 온도라는 건 얼마나 맞추기 어려운가. 비염 증상 완화를 위해 코 세척을 하는데, 세척액 만드는 설명서를 읽어 보니 미지근한 물에 소금을 넣으라고 한다. 미지근한 건 어느 정도 온도이고, 어떻게 만들어 내야 하나 고민부터 든다. 미지근함은 뜨거움과 차가움보다 공들여야 만들어지는 온도인 것이다. 뜨겁고 차가운 것에 각각 용도가 있고 미지근함에도 용도가 있다. 사람 관계도 뜨거운 것을 찾아 헤매던 날이 있었다면, 미온수 같은 관계 속에 편안히 머물고 싶은 날이 많아졌다.

아직은 쌀쌀한 3월, 햇살 아래 있다 보면 가슴이 두근거리고 눈물이 나는 일이 생겼다. 여름에 겪는 충동 증상과는 달랐지만, 아무래도 저 따뜻한 햇살 탓인 것 같았다. 차에서 내려 걸어가다 밑도 끝도 없이 눈시울이 뜨거워져 눈을 깜빡여 눈물을 밀어 넣었다. 차로 돌아가 '햇살이 밝아서'라는 가사의 노래를 검색했다. 박진영의 〈대낮에 한 이별〉.

"햇살이 밝아서, 햇살이 아주 따뜻해서, 눈물이 말랐어. 생각보다 아주 빨리."

1월에 떠나신 아버지 생각이 났다. 눈물이 숫자, 볼륨을 높였다. 얼마 동안 울었을까. 시계를 보았다. 아이를 데리러 갈 시간이다. 눈물 닦고, 코 풀고, 아이 맞이할 얼굴을 준비한다. 차에서 내려 걷는다. 따뜻한 햇살과 바람에 정말 눈물도 금세 마르는 듯했다. 그래도 일상을 이어가는 건, 햇살의 온정 덕이다.

아이의 학교까지 저 앞에 건널목 하나를 남기고 있다. 신호등 초록 불에 숫자 20이 떴다. 힘주어 달렸다. 결승선을 통과하고 가뿐히 몇 발쯤 옮겼는데 오른 엄지발가락이 심하게 아팠다. 몇 달을 절뚝이며 생활한다. 오전 햇살을 받으며 장 보러 가던 길, 아픈

발이 원래 모습이었던 것처럼 느릿느릿 걸었지만 불편하게 생각되지 않았다. 이까짓 발가락 아픈 것쯤 때 되면 낫겠지. 느긋한 내 마음이 낯설면서도 괜찮게 느껴졌는데, 또 눈물이 났다. '아빠는 얼마나 아팠을까.'

아버지는 췌장암 4기 진단을 받고 약 9개월 후에 돌아가셨다. 진단받은 직후에는 항암을 거부하셨지만, 자식들 의견을 무시할 수 없으셨다. 자식 마음에 후회를 남기고 싶지 않으셨으리라. 소식을 듣고 한 달에 한 번은 고향에 내려갔고, 가족이 다 모인 식사 자리도 많아졌다. 거실에 둘러앉아 텔레비전도 보고, 얘기도 나누고, 과일도 먹고 하던 산만하고 평범한 오후. 아버지가 말씀하셨다.

"한 5년만 더 살다 가면 좋겠다."

평범하지만 평범하지 못한 날들이 흘러갔다.

중대한 병이란 걸 알면서도 본인 말씀대로 5년은 괜찮으시겠지, 막연히 안심하고 있었다. 1월 2일, 진단 후 약 8개월, 호흡 곤란으로 응급실에 가셨다는 연락을 받았다. 중대암 환자에게 폐렴은 치명적이다. 항암 기간 급격히 노쇠해 가는 아버지 모습을 보며 마음이 위태로웠지만, 병상에 누워 계신 모습은 그 이상이었다. 몸에는 각종 기계를 달았고, 폐 기능이 떨어져 콧줄 없이 생명을 이어 갈 수 없었다. 의사는 아버지 폐 상태가 오늘 임종하셔도 이상하지 않은 정도라 설명했다. 그런데도 나는 말귀를 못 알아듣는 사람처럼, 아버지를 다시 모시고 나오면 이번에는 면역 관리에 최선을 다해야겠다고 생각했다. 좋아하는 음식도 한 술 못 넘기시는데, 안 그래도 싫어하는 영양죽을 들이밀다 역정을 듣기도 했다. 아버지의 삶이 아까웠다. 최선만 다했던 삶. 그 삶의 빛을 잃어 가시는 모습에 초조했다. '사는 게 뭔가'라는 흔한 질문에 구체적인 답을 구하기 시작했다. 아버지 삶 뒤에 남는 것, 붙잡고 있던 삶을 두고 떠나며 가지고 가는 것은 무엇인가.

췌장암은 암 중에서도 통증이 가장 심하다고 한다. 일반 진통제로 고통을 견딜 수 없어 마약성 진통제를 주사한 지 이틀 만에 링거로 본격 투여하기로 결정되었다. 이제부터 아버지는 깊이 잠들게 된다. 실질적 임종 인사를 위해 모인 식구들 각자에 인사말을 하셨다. 그리고 마지막으로 아버지 스스로와 모두에게 말씀하신다.

"최대한 버텨 볼게. 파이팅."

병원에 들어온 지 약 보름째다. 담당 교수는 아버지가 지금까지 버티신 것도 기적이라 했다.

"이제 좀 잘게."

침대 등받이를 눕혀 드렸다. 이틀이 지났다. 교대로 저녁 식사를 마친 가족이 침상 주변에 모여 앉아 있었다. 주무시는 아버지 눈가에 눈물이 비쳤다.

"아빠, 왜 울어."

눈물을 닦아 드렸다. 소리는 들으실 수 있다는 누군가의 말에 아버지가 좋아하시던 노래를 들었다. 한 시간쯤 지났을까. 뜨겁게 살아온 생이, 태양 같았던 나의 아버지가 저물었다.

아버지가 마지막에 가지고 가신 것이 무엇인지 모른다. 영원한 이별을 앞두고 했던 사랑의 말로, 함께하는 시간을 즐거워하시던 모습으로 유추해 볼 뿐이다. 내가 떠날 때 나의 아이는 무슨 생각을 하게 될까. 후회 없이 사랑하며 살고 싶어졌다. 좋은 사람이 되고 싶어졌고, 나를 좋은 사람들 곁에 놓아주어야겠다고 생각했다. 그 속에서 작은 진심과 친절한 말을 전하며, 용기 주고 위로받으며 지내고 싶다. 내 삶에, 시간에, 공간에, 결국 남기고 싶은 건 움츠린 나그네의 외투를 벗긴 햇살 같은 사람들 그리고 정성껏 온도 맞추어 미지근하게 전했던 마음일 테니.

1-5.
어떤 마음이었을까

송기홍

  어제는 어버이날이라고 아들 내외가 다녀갔다. 멀지 않은 곳에 살아서 자주 만나지만 어버이날의 방문은 또 다른 느낌이다. 서로 다른 직장을 다니는 아들 내외가 퇴근하자마자 방문한 것이다. 아들만 셋 양육하면서 그들의 미래를 위해 늘 기도했었다. 그들이 모두 잘 자라 주어 고맙다. 그중 첫째가 지난해 가을에 결혼하여 가정을 이루었는데, 첫 어버이날이라고 방문한 것이다. 아들 내외가 고맙다.
  그리고 오늘은 부모님을 뵙고 왔다. 해마다 오월이 되면 부모님이 더욱 그리워진다. 국가 유공자여서 국립묘지에 모셨는데, 그곳에 다녀온 것이다. 집에서 국립묘지까지는 자동차로 한 시간 삼십 분 정도 걸린다. 그 거리를 달리며 부모님을 생각했다. 가난한 농부였던 부모님은 우직하게 일만 하시던 분이셨다. 초등학교도 졸업하지 못했지만 그런 부모님을 만물박사쯤으로 알고 어린 시절을 보냈다. 가난한 집이어서 아들 셋, 딸 넷을 양육하는 것이 쉽지 않은 일이었을 것이다. 그러나 끝까지 잘 키워 주신 부모님께 감사한 마음이다. 주식(主食)은 주로 꽁보리밥이었다. 그것도 고구마, 감자가 있는 계절에는 하루 한 끼 정도는 그것으로 때웠다. 건강을 위해서가 아니라 식량이 부족해서였다. 부모님이 천국에 가시고 십 년도 넘었다. 그러나 아직도 생생하게 생각날 때가 많다. 어버이날이라고 아들 내외가 다녀간 이런 날은 부모님 생각이 더욱 간절하다.

부모님 뵈러 가면서 음악을 들었다. 염평안 씨가 쓴 〈요게벳의 노래〉라는 곡이다. '어떤 마음이었을까'라는 가사가 후반부에 나오는데, 이 노래를 따라 부르다가 눈물이 왈칵 쏟아졌다. 운전해야 하는데 눈물이 흐르니 난처했다. '요게벳'은 구약성경에 나오는 모세의 어머니다. 이 노래는 어린 모세를 갈대 상자에 담아 강물에 띄우는 어머니의 마음을 담은 노래다. 노래를 따라 부르는데, 칠 남매를 위해 헌신하셨던 부모님 생각이 났다.

모세는 히브리인의 아들로 태어났다. 모세가 태어날 당시 히브리인들은 이집트에서 노예처럼 살았다. 그 당시 이집트의 왕은 투트모세 1세였는데, 우리에게는 바로(Pharaoh) 왕으로 알려진 인물이다. 그는 히브리인들이 강해지는 것을 두려워했다. 그래서 "히브리인은 아들을 낳으면 다 죽이라"라고 히브리 산파에게 명령을 내렸다. 역사 기록에 보면 모세는 BC1526년에 태어났다. 모세가 태어날 때는 배 속의 아이가 아들인지 딸인지도 모른 채 출산하던 때였다. 아들이면 죽여야 하는 바로 그 시대에 모세는 히브리인의 아들로 태어난 것이다. 모세가 태어났을 때 그의 부모는 모세를 살리고 싶었다. 죽음을 각오하고 아들을 숨기며 키웠다. 모세가 태어나고 3개월 정도 지났다. 이제 더 이상 숨겨 키울 수 없게 되자 아이를 강물에 띄우기로 하고, 갈대를 엮어 작은 상자를 만들었다. 물이 새지 않도록 역청과 나뭇진도 칠했다. 그리고 그 상자에 아들을 누이며 강물에 띄웠다. 갈대를 꼼꼼하게 엮어 상자를 만들고 방수 처리도 했지만, 아들을 강물에 띄워야 하는 모세의 어머니는 어떤 마음이었을까? 강물에 띄우면 아이가 죽을지도 모른다는 생각이 그녀의 마음을 힘들게 했을 것이다. 정성껏 만든 갈대 상자에 아들을 눕혔다. 그리고 동그란 눈으로 엄마를 보고 있는 아이와 입을 맞추며 마지막 작별 인사를 해야만 했다. 이 노래의 가사를 보면 그녀의 심정을 이해할 수 있다.

"작은 갈대 상자 물이 새지 않도록 역청과 나뭇진을 칠하네. 어떤 마음이었을까. 그녀의 두 눈엔 눈물이 흐르고 흘러. 동그란 눈으로 엄마를 보고 있는 아이와 입을 맞추고, 상자를 덮고 강가에 띄우며 간절히 기도했겠지. 정처 없이 강물에 흔들흔들, 흘러 내려가는 그 상자를 보며 눈을 감아도 보이는 아이와 눈을 맞추며 주저앉아 눈물을 흘렸겠지."

모세의 어머니는 아들을 살리기 위해 최선을 다했다. 그러나 자기가 할 수 있는 일이 더 이상 없다는 것을 알았을 때, 마지막으로 선택한 것이 자신이 섬기는 하나님께 기도하며 아들을 강물에 띄우는 것이었다. 강물에 떠내려가는 상자를 바라보며 또다시 하나님께 기도했다.

"너의 삶의 참주인, 너의 참부모이신 하나님, 그 손에 너의 삶을 맡긴다. 너의 삶의 참주인, 너를 이끄시는 주, 하나님 그 손에 너의 삶을 드린다."

우리 어머니는 내가 중학교 다닐 무렵부터 교회에 출석하기 시작하셨다. 그리고 언제부턴가 새벽에도 교회에 가서 기도하셨다. 농사일로 바쁘고 피곤하면서도 변함없었다. 비가 오나, 눈이 오나, 바람이 부나 어김없이 새벽에 교회에 가셨다. 그런 어머니에게 질문했던 적이 있다.

"농사일로 피곤한데, 새벽에 교회 나가시는 것 힘들지 않나요?"

어머니는 "다 너희를 위해서 기도하는 것이다."라고 짧게 말씀하셨다. 가난한 농부의 아내로 살지만, 자녀를 훌륭하게 양육하고 싶은 마음은 있으셨을 것이다. 그리고 현실이 만만치 않아서 힘드셨을 것이다. 가난한 농부의 아내로서 자녀를 위해 할 수 있는 일이 없다고 포기하신 것이 아니다. 자녀가 잘되기를 바라는 마음은 기도로 바뀌었다. 그 간절함이 새벽에도 교회에 나가 기도하게 한 것이다. 지금 그 부모님을 뵙기 위해 달리고 있다. 귀에 들려오는 노래를 따라 부르며, 우리 어머니도 모세의 어머니처럼 기도하셨을 것이란 생각이 든다.

모세의 어머니는 아들을 강물에 띄울 수밖에 없었다. 암울한 절망감은 간절한 기도로 바뀌었다. 모세의 어머니가 그랬던 것처럼 우리 어머니도 자녀를 위해 기도하셨다. 어린 시절 우리 집은 가난한 시골집이었다. 농사를 지을 땅은 텃밭 200평이 전부였다. 농부가 땅이 없으니 남의 땅을 소작으로 경작해야 했다. 그리고 남의 집에 가서 일해서 받는 품삯으로 겨우 생계를 이어 가고 있었다. 이렇게 가난한 집에서 어머니는 칠 남매의 장래가 걱정되었을 것이다. 모세의 어머니가 아들을 위해 기도했듯이, 우리 어머니도 또 그렇게 자녀를 위해 기도하셨다. 자기가 최선을 다했지만 더 이상 할 수 있는 일이 없다고 여겨질 때, 절망하고 포기하는 것이 아니라 하나님께 기도하신 것이다.

우리 아이들이 초·중·고등학교에 각 한 명씩 있을 때, 무척 힘든 시간을 보냈던 적이 있다. 먹고 사는 가장 기본적인 것이 해결되지 않았고 막막했다. 아내는 어린이집 교사로 일했지만 그 수입으로는 턱없이 부족했다. 그래서 대리운전을 시작했다. 술에 취한 손님 중엔 진상도 있었다. 추태 부리는 손님이 무례하게 굴면 자존심이 상했다. 한 방 날리고 싶은 생각도 들었고, 그만둘 생각도 했다. 그러나 어떤 것도 쉽게 결정할 수가 없었다. 가장으로서 가족을 위해 뭐든 해야만 했기 때문이다. 그리고 힘들면 힘들수록 더 기도했다. 내가 그랬던 것처럼 우리 아이들도 기도하는 사람이 되면 좋겠다. 최선을 다해 살다가 정말 힘들고 어려울 때가 되어도 포기하지 말고 하나님께 기도하면 좋겠다. 기도는 하나님께서 우리 삶을 만져 주시는 시간이니까.

직업이 목사다 보니 종교적인 내용을 담게 되었다. 자식을 위해 기도하는 부모의 마음을 느낄 수 있는 가사라서 노래와 노래 속 배경이 된 성경 이야기를 소개해 보았다. 아들을 강물에 띄워 보낸 모세의 어머니를 생각하며, 나를 위해 기도하신 부모님이 생각났다. 이 노래 덕분에 부모님과 나 모두 위로받았다. 지나온 삶까지도 어루만져지는 것 같다. 모세의 어머니처럼 우리 어머니처럼 내가 기도한다. 우리 아이들도 아빠처럼 기도하는 사람으로 살면 좋겠다.

1-6.
내 길을 걸어가네

신민진

"나는 걸어가네 휘파람 불며 때로는 넘어져도 내 길을 걸어가네"

— 김동률, 〈출발〉 —

"언니, 진짜야? 로또 일등 당첨됐다면서?"

아무한테도 말 안 한다며 로또 비결을 묻는 후배 교사 전화다. 퇴직한 지 삼 개월이 지났는데 로또 설은 잠잠해질 줄 모르고 매일 전화기가 울린다. 모두 공립학교 특수 교사로 이십 년 넘게 맺어 온 인연이다. 퇴직 소식을 듣고 메시지와 전화를 건네 오는 지인들이 고맙다. 하지만 그들의 관심은 역시 퇴직보다는 로또다. 내가 로또 일등 당첨이 되어 60억을 받았다나! 어쩌다 이런 소문이 났는지 모르겠다. 문제는 아무리 아니라고 해도 믿지 않는다. 난감하다. 로또가 아니라면 분명 거액의 재산이나 숨겨 둔 건물이 있을 것이라는 둥 추측도 난무한다. 정년이 보장된 안정된 직장이었다. 한창 공부시킬 어린 자녀가 둘이다. 마흔다섯 살 나의 퇴직이 그들에게는 그토록 무모한 행동일까. 로또 설이 아니고는 나를 이해하기 어려운가 보다. 삼 년을 고민했다. 희망에 찬 확신을 품고 멋지게 뒤돌아 나왔다. 동료 교사들의 부러움을 받고 의기양양했다. 하지만 종종 길을 잃고 헤맨다. 큰 사고를 친 것 같아 가슴이 철렁 내려앉을 때도 있다. 겉으로는 내가 하고자 하는 일에 자신만만했지만, 사실은 겁이 난다.

김동률의 〈출발〉. 튀르키예 카파도키아로 가는 버스에서 이 노래를 처음 만났다. 내 나이 서른넷, 혼자 떠나온 배낭여행이었다. 처음 해 보는 나 홀로 여행은 설레고 자유로웠다. 가고 싶은 곳을 마음껏 찾아다녔고, 새로운 친구들도 생겼다. 시간이 흐르는 것이 아까웠다.

보름이 지난 어느 날, 갈라타 다리를 걷고 있을 때였다. 낮에 퀼하네 공원에서 내 사진을 찍어 주었던 튀르키예인을 다시 만났다. 낯선 곳에서 마주하는 우연이 얼마나 반갑던지! 고등어 케밥을 사먹으며 같이 산책을 했다. 죽이 잘 맞는 친구였다. 이름은 M. 약속하고, 다음 날 또 만났다. 온종일 이스탄불 곳곳을 돌아다녔다. 하루가 금방 갔다. 헤어지는 것이 아쉬웠다. M도 같은 마음이었을까? 그날 저녁 집으로 초대를 해 주었다. M의 어머니가 요리를 해 주시는 동안 동생 둘과 게임도 했다. 집밥을 먹고 설거지도 함께 했다. 정겹고 웃음이 많은 가족이었다. 숙소로 돌아와서도 마음이 오랫동안 따뜻했다.

'백 유로 지폐가 다 어디 갔지?' 짐을 싸다 말고 털썩 주저앉는다. 지갑에 있던 돈이 없어졌다! 기억을 더듬어 본다. 내 몸에서 지갑을 떼어 놓은 건 어제 M의 집뿐이다. 뜨거운 여름날인데 서

문장, 살아갈 힘을 얻다

늘한 공기가 몸을 감싼다. 이스탄불을 떠나는 날이다. 숙소 체크아웃을 해야 했다. 오십 리터 커다란 배낭을 짊어지고 거리로 나왔다. '이제 어떻게 하지?' 아직 여행은 일주일이 더 남았다. 비용이 턱없이 부족하다. 오만가지 생각으로 마음도 복잡해진다. 그냥 걷다 보니 세 시간이 훌쩍 지난다. 다리가 아파 벤치를 찾아 앉았다. 아무것도 하고 싶지 않다. 여행도 싫고, 사람도 싫어진다. 저녁에는 카파도키아로 가는 야간 버스를 타야 했다. 터미널에 가려고 버스 회사에서 운영하는 셔틀버스를 기다렸다. 오기로 한 시간이 지났는데, 안 온다. '장소를 잘못 알았나?' 주변을 기웃거린다. 다른 골목으로 가 본다. 큰길로 나간다. 어두워지니까 길이 낯설다. 헤매다 보니 도대체 여기가 어딘지 모르겠다. 더 늦어지면 버스를 놓칠 것 같아 택시를 탔다. 시계를 보니 심장이 쪼그라드는 것 같다. 모든 것이 엉망이다.

가까스로 출발하려던 야간 버스에 올라탔다. 두 끼를 굶어 배도 고팠다. 서글픈 마음이 몰려왔지만, 버스를 탔다는 안도감에 그대로 잠이 들었다. 정신을 잃듯 잠에 빠져들어 열두 시간을 넘게 달렸다. 눈이 떠졌을 땐 어스름한 새벽. 저 멀리에서 태양이 빼꼼 떠오르는 것이 보였다. 태양이 시작되는 자리는 점점 붉은 빛으로 물들고, 이어폰에서는 김동률의 노래가 흘러나왔다. 심장이 두근거렸다. 창밖을 보니 머리가 또렷하게 맑아졌다. 황홀한 풍경 속에서 노래가 데려가 준 곳은 어느 길이 시작되는 곳이다. 과거도 미래도 없다. 지금뿐이다. 훌훌 날아다닐 듯한 가락에 마음이 가벼워진다. 안정감 있는 김동률 목소리는 괜찮다며 위로를 건네 왔다. 막막함이 순식간에 걷힌다. 발걸음 닿는 대로 길을 따라 어디든 갈 수 있을 것 같다.

"요즘은 뭐 해?"

동료 교사였던 지인의 메시지다. 퇴직하고 일 년이 지났다. 한 달에 한 번은 같은 메시지를 받는다. 로또 이야기는 들리지 않는다. 대신 지인들 사이에 내가 퇴직하고 무엇을 하며 지내는지 화젯거리라고 한다. 하고 싶은 일은 많다. 가장 먼저 뮤지컬 학원에 등록했다. 배우가 되어 무대에 올라 공연을 했다. 마흔 중반이 넘는 나이에 발레를 배운다. 심리학 학위를 받고, 코칭과 상담을 공부한다. 크리에이터가 되어 구독자가 삼백 명이 넘어선 유튜브 채널 운영을 한다. 그리고 작가가 되려고 에세이를 쓴다. 이런 소소한 도전들이 모여 나만의 길로 천천히 걸어가게 만들어 준다.

그래, 맞다. 어린 자녀를 두고 망망대해에 있는 느낌이 왜 없겠는가. 퇴직 이유가 로또 당첨이라는 소문이 불편하면서도, 사실이길 바라는 마음이 왜 없겠는가. 후회로 머리를 쥐어박지 않기 위해 수없이 마음을 다잡아 본다. 명상도 해 본다. 당장 아이들 학원비가 걱정이고, 생활비를 줄이기 위해 바둥거리고 있는 것이 현실이다. 하지만 괜찮다. 이 또한 내 길이다. '걱정에 몰두하지 말라'고 적힌 메모가 눈에 들어온다. 어제 책 쓰기 강의에서 들었던 표현이다. 마음에 품는다. 로또는 물론 재산도 없고 건물도 없지만, 걱정에 몰두하지 않기로 한다.

특수 교사, 배우, 댄서, 상담가, 크리에이터, 작가. 내 길을 걸어

왔고, 걸어간다. 지나온 길을 돌아보면 후회도 있기 마련이다. 선택하지 않았던 길은 아쉽다. 다른 길로 갔으면 지금보다 더 편하고 돋보이게 살고 있지 않을까 하는 생각도 든다. 하지만 인생길에는 후진이 없다. 자신이 선택한 길을 그냥 가야 한다. 출발만 할 수 있어도 좋다. 가다 보면 길은 나온다. 최근 결정한 작가의 길은 이제 겨우 첫발을 내디딘 왕초보이다. 갈 길은 멀지만, 오늘도 용기를 내어 글을 쓴다. 김동률 노래처럼 나도 질리지 않는 글을 쓸 수 있을 거란 기대도 품어 본다. 이제는 남들이 이렇다 저렇다 말하는 것에 신경 쓰지 않기로 한다. 가슴 뛰는 일을 향해 지금을 건는다. 무엇이든 할 수 있는 이 시간이 바로 로또다. 휘파람이 절로 난다.

1-7.

걱정하지 말아요, 그대

쓰꾸미

사람이 힘든 순간에 술에 의존하기보다 음악을 듣고, 종이에 마음을 담아 적어 내려가는 방법이 더 현명한 방법이라 믿는다. 이렇게 감정을 흘려보내는 것이 더 현명하게 힘든 순간을 극복하는 방법이라고 믿는다.

올해(2024년)로 만 43세가 되었다. 사람들은 흔히 40대가 되면 사회생활의 요령을 익히고, 가정을 이루며, 안정된 삶을 살아간다고 생각한다. 보통 사람들과 마찬가지로 회사에 다니고, 결혼하고, 자녀들을 키우며 살아가고 있었다. 원하는 대로 살아가고 있다고 믿었다. 그러나 2017년은 시련이 찾아온 해였다. 그해 어머니가 복막암으로 6개월 시한부 판정을 받았고, 직장에서는 회사 경영 상태가 악화되어 8개월 동안 강제 자택 대기를 해야 했다.

그동안 가치 있다고 여겨 왔던 삶의 우선순위가 흔들리기 시작했다. 문제의 시발점은 바로 돈이었다. 정상적인 근무 조건이 아니었기에 월급이 반으로 줄어들었다. 이전과 같은 소비 생활을 유지하면서 어머니의 치료비까지 감당하기란 불가능했었다. 그래서 예전에 모아둔 비상금을 사용했었다. 통장의 잔고는 빠르게 줄어들었다. 줄어드는 잔액과 함께 높았던 자존감도 낮아졌다. 또한 어머니를 돌보는 것을 최우선으로 삼다 보니, 아들로서의 역할에는 만족감이 높아졌다. 하지만 남편이나 아버지로서의 역할에는 낙제였다. 그렇게 삶은 언제나 순탄할 것이라는 착각 속에 있었다. 어려운 상황을 헤쳐 나갈 준비가 되어 있지 않았다. 그 결과, 한숨과 욕설이 입에서 10분이 멀지 않게 터져 나왔다.

　환경을 욕하고 부정하더라도 바뀌는 것이 없었다. 그래서 탓하는 대신, 유일하게 뜻대로 할 수 있는 나를 변화시키는 선택을 했다. 어떻게 변화해야 할지 몰라 스승이 필요했다. 그러나 주변에 경제적으로 성공한 스승은 없었다. 그래서 독서를 통해 배움을 얻기로 했다. 운 좋게도 첫 책으로『부자 아빠 가난한 아빠』를 읽으면서 돈에 대한 관점이 바뀌기 시작했다. 그 후로『부자의 언어』, 『부자의 그릇』,『돈의 속성』,『부의 인문학』,『부의 심리학』,『세이노의 가르침』 등 다양한 책들을 통해 부자들의 생각을 배우려고 노력했다. 읽은 책들에서는 회사가 나를 영원히 보호해 주지 않는다는 것을 알려 주었다. 그리고 자택 대기를 통해 회사의 냉정함을 직접 경험했다. 그 당시에는 사랑하는 사람들을 걱정하는 것이 아니라, 병원비와 생활비를 걱정하는 나 자신을 발견하면서 많은 실망과 자괴감에 빠졌다. 그래서 근본적인 문제는 돈이라고 생각했다. 돈 문제의 해결책으로 자동적인 수입을 만들기로 하였다.
　책들 내용 중 추천했던 방법들 중에서 '삶을 대하는 태도'를 바꾸기로 하였다. 300원을 아끼기 위해 아침 6시 30분 이전에 대중교

통을 타고 다녔다. 그리고 지출을 줄이기 위해서 밖에서 커피를 사 마시기보다는 회사 탕비실의 커피를 마셨다. 담배도 피웠지만, 담뱃값이 아까워 담배도 끊었다. 아이들이 사 달라고 하는 외식이나 장난감 등을 못 사 줄 때 핑계를 대는 내 모습이 가끔 못나 보이기도 했다.

이러한 방법은 회사에 다니면서 시도할 수 있는 방법들 중, 절약을 통하여 종잣돈을 모으고 투자하는 것이 자동적 수입을 만드는 최선의 방법이라 믿는다. 그리고 현재의 내 자존심보다 미래의 통장 잔고가 더 중요하다는 것을 어머니의 항암 치료 기간 동안에 경험하였다. (어머니는 2019년도에 돌아가셨다.) 그러니 소비를 불편할 정도로 줄이는 선택을 하고, 해외에 나가서 근무하는 것을 선택했다. 삶에서 누려야 하는 것을 뒤로 밀고 포기하면서 살다가 신문이나 뉴스에서 손쉽게 벼락부자가 된 사람들의 기사를 볼 때는 박탈감이 컸다. 지질하고 구차하게 돈을 모으고, 투자를 해 오던 방식이 부정당하는 느낌이어서 이보다 큰 좌절감이 없었다.

이때, 〈걱정말아요 그대(이적, 응답하라 1988 OST)〉의 노래는 눈물의 친구가 되어 주었다. 좌절감과 그동안 감추어 두었던 서러움을 이 노래와 함께 흘려보낸다. "지나간 것은 지나간 대로 그런 의미가 있죠"라는 가사가 흘러나와 내 귀로 들어오면, 멈춰 있던 서러움의 시계가 다시 움직이기 시작한다. 목표를 향해 앞만 보고 달리느라 일부러 외면했던 마음속 불만들이 서서히 터져 나오기 시작한다.

30분쯤 혼자서 소리 내어 울고 나면, 묵묵히 참아 왔던 감정들이 자연스럽게 이해되기 시작한다. 10번 정도 이 노래를 듣고 있노라면, 아무도 알아주지 않지만 누군가가 '너는 정말 최선을 다했구나'라고 말해 주는 듯한 따뜻함이 느껴진다. 그리고 20번쯤 되면, 혼자 울며 질질 짜던 모습이 떠올라 얼굴이 화끈거린다. 하지만 그 부끄러움도 잠시, 이 노래를 통해 부정적인 감정들을 모두 흘려보내고 나면 다시 평온한 마음이 찾아온다. 이 흘려보내는 경험을 통해 부정적인 감정들을 조금 더 수월하게 이겨 낼 수 있었다. 이 노래가 나에게 준 위로와 치유의 순간들을 나누고 싶다.

감정 변화의 과정을 다이어리에 꾸준하게 기록해 오고 있다. 매일의 기록이 없었다면 변화 자체를 부정하면서 더욱 방황했을 것 같다. 기록들은 힘들 때 다시 읽으면 큰 위안이 된다. 예전보다 조금씩이나마 원하는 방향으로 나아간다는 믿음 덕분이다.

그렇게 예전 기록을 읽거나 기록하면서 자주 듣는 노래가 이적이 부른 〈걱정말아요 그대〉이다. 삶을 하루하루 열심히 살다 보면, 가끔 방향에 대한 혼란과 현재의 힘든 상황 때문에 부정적인 감정에 휩싸이곤 한다. 그 우울한 감정에 빠져 있을 때, "지나간 것은 지나간 대로 그런 의미가 있죠"와 "후회 없이 꿈을 꾸었다고 말해요, 새로운 꿈을 꾸겠다고 말해요"라는 가사는 나를 다시 일상으로 평온한 마음과 같이 돌려보내 주었다.

힘든 상황이 닥쳤을 때, 나의 지난 과거와 같이 이적의 〈걱정말아요 그대〉를 틀어놓고 빈 종이에 힘든 부분을 글로 계속 쏟아 내었다. 그리고 일주일이나 한 달 뒤에 그렇게 힘들었던 감정에서 작성했던 글을 읽어 보았다. 그렇게 힘들었던 일이 희석되었다.

어떻게 극복하게 되었는지를 기록을 통하여 알게 되었다. 쓸 당시
에는 너무나 괴롭지만, 그 힘든 상황이 지나고 나면 절망적인 상
황이 아니라 성장을 위한 시련이나 기회였다는 것을 깨달았다.
또, 글의 마무리는 부정적으로 마무리하는 것보다는 조그만 칭찬
을 쥐어짜서라도 끝마침 하였다. 그러면 다음 시작을 좋게 시작하
는 것을 경험하였다. 흰 종이를 펼치고 부정적 감정을 쏟아낸 후
원하는 사항에 대해서 적으니, 내 삶에서 작은 변화를 일으켜 왔
다. 지금 이 책을 쓰고 있는 쓰꾸미 작가의 첫 글과 같은 긍정적이
고 좋은 방향으로 말이다.

1-8.
Blue eyes crying in the rain

양지욱

"가장 아름다운 창조는 누군가의 슬픔을 보며 울 수 있는
삶에서 시작한다."
— 미국의 소설가 Shannon L. Alder —

제주도에는 비가 자주 내린다. 하염없이 내리는 빗소리를 듣다 보면 아련한 감정이 스멀스멀 안개처럼 기어오른다. 그러면 '멜랑콜리(이유도 모르고 길게 나타나는, 우울한 감정)'를 선명하게 만들어 줄 나만의 플레이리스트를 추가한다. 10대부터 지금까지 사랑과 슬픔, 고독을 노래한, 감성적인 발라드로.

초등학교 시절부터 음악 듣기를 좋아하였다. 중학교 3학년 때 학교에서 쉬는 시간에 친구들과 만나 윤수일보다 조용필이 노래를 더 잘한다고 핏대를 올렸다. 한의 정서가 밴 후렴구가 있는 〈창밖의 여자〉를 좋아했다. 고등학생이 되어 팝가수, 샹송 가수, 칸초네 가수들을 알게 되었다. 속상해서 울고 싶고, 집이 싫어 어디론

가 떠나고 싶을 때, 항상 라디오에서 흘러나오는 음악을 들었다.

음악과 함께하는 일상에서는 LP 음반으로 만들어진 '이종환의 밤의 디스크 쇼'에 수록된 노래들을 특히 좋아했다. 그 안의 곡들은 번역된 노래 가사, 리듬, 멜로디, 영어 노랫말이 절묘하게 만났다. 팝송 노래가 흘러나오면서 이종환 DJ가 번역해서 들려주었던 노래 가사들은 한 편의 시와 같았다. 멜로디와 조화롭게 어울린 문학적인 표현들은 섬세한 단어들을 좋아하는 내 감성을 자극하기에 충분했다.

1988년 9월에 교사로 발령받고 첫 월급을 받자마자 LP 턴테이블을 구매했다. 친구 언니네 집에서 〈Blue eyes crying in the rain〉을 처음 들었다. '이종환의 밤의 디스크 쇼' LP 음반이었다. 레코드 가게에서 바로 그것을 샀다. 두꺼운 종이로 만든 네모난 커버에서 지문이 묻지 않게 조심하며 까만색의 LP판을 꺼냈다. 반복되는 기타 리듬을 타고 올리비아 뉴튼 존이 나지막한 목소리로 한 줄 한 줄 노래를 부르고, 이종환 DJ는 저만치 떨어져서 가사를 시처럼 읽었다. 번역된 노랫말과 영어 가사를 같이 들을 때면 가슴에서는 전율이 일었다.

사랑은 꺼져 가는 모닥불 같은 것
사랑은 오직 추억으로만 남아서 되살아나는 것
(중략)
헛된 사랑으로 점철된 내 인생은 허무만이 남겠지요

- 올리비아 뉴튼 존, 〈Blue eyes crying in the rain〉

다시는 못 만날 것을 안다는 체념, 사랑은 모닥불 같아서 추억으로만 남고 사라질 것이라는 부정적 인식, 머지않아 머리색은 은빛으로 바뀐다는 세월의 쓸쓸함을, 결국 자기 삶은 헛된 사랑으로 점철된 인생이라고 표현하여 인생의 허무함을 읽어 주는 가사는 처음부터 끝까지 슬픔으로 일관되었다. 노래를 듣다 보면 사랑하는 남자와 이별해서 울고 있는 여자 주인공이 되어 남자 주인공보다 더 슬펐다. 사랑하던 남자에게 이별을 통보받은 비련의 노래 여주인공이 바로 나였다. 특히 '헛된 사랑으로 점철된 인생'에서는 어느새 할머니가 되어 버린 내가 지난날을 후회하며 노래를 부르는 것만 같았다. 리듬, 멜로디, 가사, 악보의 마디 마디마다 슬픈 자화상이 이입되어 있었다. 한 달 내내 하루에도 수십 번씩 들었다. 전혀 질리지 않았다. 그러다 보면 슬픔을 담담하게 받아들일 수 있는 시간이 어느 순간 찾아왔다.

이 외에도 Georges Moustaki의 〈Ma solitude(나의 고독)〉, Sylvie vartan의 〈Love is blue(우울한 사랑)〉, 니콜라스 드 안젤리스(Nicolas De Angelis)의 〈Quelques Notes Pour Anna(슬픈 안나를 위하여 눈물로 적은 시)〉 등을 좋아해서 듣는 음악은 항상 정해져 있었다. '고독', 'blue(우울한)', '눈물'이라는 단어가 좋았다. 방구석에서 항상 그들과 친구가 되어 놀았다. 음악은 나의 첫사랑이었다.

슬픔이라는 감정은 겉으로 쏟아내지 않으면 마음의 병이 된다. 들어 줄 상대방이 있으면 마음의 문을 열고 드러낼 수도 있다. 하지만 자존심으로 누구에게도 속마음을 드러내지 못했던 10대 시절부터 지금까지 슬프다고 목 놓아 펑펑 울지 않는다. 대신 그때마다 음악을 들었다. 몇 시간 듣다 보면 슬픔과는 처음 만나는 사람처럼 데면데면하였다. 나도 모르게 슬픔은 처음부터 존재하지 않는 것처럼 저절로 멀어져 갔다.

고등학교 국어 시간에 희곡을 배우면서 '카타르시스(긴장 상태를 풀어 주는, 해방감과 정신적인 안정을 가져다주는 경험)', '정화(淨化)'라는 단어를 만났다. 그때, 슬픔 감정을 좋아하는 고질적인 병을 가진 내가 음악을 통하여 혼자서 내면의 슬픔과 마주하여 잘 이겨 낸 것을 깨달았다.

자신에게 닥친 비바람을 어떻게 받아들이고 헤쳐 나가느냐에 따라 미래의 운명은 결정된다. 슬픔이 다가왔을 때 극복의 대상으로 여기지 않았다. 극복하려면 그 대상과 싸워야 하고, 갈등은 필수이기에. 오히려 받아들였다. 슬픔을 시간과 공간을 같이 즐기는 친구로 만들자 인생의 동반자가 되었다.

고등학교를 졸업하고 40년 후, 슬픔은 노랫말로 표현할 수 있는, 가장 아름다운 창조를 나에게 선물로 안겨 주었다. 채찍비가 내린 다음 날, 〈하얀 이별〉의 마지막 가사에 마침표를 드디어 찍었다.

(전략)
그 차가운 풍경이 언젠가 어제처럼 비로 내리면
내리는 나의 눈물로 그대 지워 떠나갈게.

문장, 살아갈 힘을 얻다

1-9.
나는 문제없어

육이일

"이 세상 위에 내가 있고 나를 사랑해 주는 나의 사람들과
나의 길을 가고 싶어. 많이 힘들고 어려웠지.
그건 연습일 뿐야. 넘어지지 않을 거야. 나는 문제없어."

— 황규영, 〈나는 문제없어〉 —

'똑똑' 하고 내 방문을 두드리는 소리에 "네에." 하고 대답했다.
남편이 들어온다.

"그럼 그만 그려. 힘들어. 장시간 앉아 있으니 스트레칭 해야
지."

말만 하지 않고 머리 마사지도 해 준다. 고마움을 표현하며 허
리를 곧게 세웠다.

"'연극, 나를 만나는 시간'. 이런 게 있네?"

남편이 핸드폰을 내밀며 말했다. 중장년 센터 3학기 프로그램
공지였다. 나이 50~64세까지 선착순 모집. 무료 수강에 프로그램
제목까지 한눈에 들어온다. 우리에게 필요한 프로그램이다. 만 50

세, 나이도 딱 맞아 턱걸이한 기분으로 남편과 함께 신청했다.

"어떻게 이런 걸 찾았어?"

"꼭 되면 좋겠네!"

돌림 노래 하듯 번갈아 말하며 15명 안에 들길 바랐다. 어느 해보다 바쁜 나에게 쉼을 주고, 늘 바쁘게 살아가는 내 안의 나를 만나고 싶은 간절함이 올라왔다. 올해 기관서 하는 어르신들 웰다잉 강의도 마지막 회차만 있다. 날짜까지 준비해 둔 것처럼 척척 맞는다. '그럼, 그렇지!' 좋은 예감이 맞았다. '이 시간을 통해 자신의 삶을 돌아보고 제2의 인생 설계를 준비하는 소중한 시간이 되길 바랍니다.' 수업 시작 협조 문자를 받고 뛸 듯이 기뻤다. '모집 인원에 들다니.' 혼자 박수 치고 함박웃음을 지었다. 우리 부부에게 주는 특별 선물인 만큼 한 해의 마침표를 멋지게 찍으리라!

"여보, 우리 연극 수업 10회 동안 남남으로 지낼까?"

남편도 그러자고 한다. 부부가 함께하면 좋은 점도 있지만, 같이 다니면 듣는 말, 말, 말. 모든 것에서 자유롭고 싶었다.

지하철을 타고 가다 목적지 부근 100미터를 두고 남편이 앞서간다. 그 뒷모습을 보며 느린 걸음으로 가다 일부러 화장실도 들린다. 마음을 여는 연극 첫 시간, 둥그렇게 앉아 건너편에 있는 남편을 곁눈질했다. 나보다 고수다. 이쪽으론 눈길 한번 안 준다. 자기소개를 마치고 연극 선생님이 무인도에 가져갈 세 가지를 적으라고 했다. 한 사람씩 돌아가며 발표했는데, 선크림부터 마사지기, 핸드폰까지. 무인도에서 전기 없이 쓸 수 있을까 하는 물건까지 나왔다. 이렇게 생각이 다를 수가 있구나. 세 가지 물건 중, 두 가지를 버리고 한 개만 남기라고 했다. 내 차례. '배우자'라고 적은 종이를 흔들며 이유를 말했다.

"제가 못하는 것을 다 잘해요."

한 남자의 입꼬리가 소리 없이 올라간다. 이제 남편 차례. 순서를 눈으로 세었다. 일곱 번째까지 기다리고 기다리다 살그머니 빠져나왔다. 조금 있으면 남편 차례인데, 듣고 가면 늦는다. 일주일에 두 번 연극 수업을 하는데, 오늘은 일정이 있어서 한 시간만 하고 나왔다.

지하철 타고 오는 내내 궁금했다. 저녁때 얼굴을 보며 물었다.

"여보, 당신은 뭐라고 했어?"

남편이 잠깐 뜸 들인다.

"나도, 배우자라고 했지."

"우린 천생연분이네!"

알고 나니 싱겁다. 연극하는 동안 대화는 온통 수업 얘기로 꽃피웠다. 신문지 모양 놀이부터 찢기, 시 읽고 몸으로 표현하기 등. 커리큘럼을 수시로 봤다. '종이컵으로 나를 만든다고? 재미있겠는데! 다음 주까지 언제 기다리지?' 기다릴수록 시간이 더디게 갔다. 종이컵에서 팝콘 컵까지 다양한 컵을 가지고 나를 표현하는 시간. 무대 위에서 각자 만든 컵 인형을 소개했다.

"안녕? 난 '당신 멋져 유'라고 해. 이렇게 생긴 캐릭터로 글과 그림을 그리며 누군가 위로하지."

오늘도 일찍 가는 날이라 제일 먼저 무대로 올라왔다.

"다 같이 '당신 멋져 유'로 운을 떼 줄래?"

잘하다가 '유'에서 막혔다. 남편이 그 모습이 담긴 영상을 보냈다. 지하철을 타고 오는 동안 몇 번이고 돌려봤다. 발표할 때 몰랐던, 매일 아침 색연필 그림을 그리고 좋은 글을 쓴다고 했던 말이 오래도록 생각났다. 익숙해서 몰랐던 나의 일을 객관적으로 바라볼 수 있었다.

"이번엔 과제가 있으니 잘 들으세요. 좋아하는 노래를 개사해서 제 폰으로 보내 주시면 됩니다."

망설임 없이 놀이처럼 늘 하던 일을 적었다. 나의 일상을 색연필 그림으로 그리는 이야기. 반주에 맞춰 불렀다.

내 책상 위에 노트 있고 내가 아끼는 물건, 나의 색연필로 나의 마음 표현하지. 많이 힘들고 어려웠지. 그건 연습 일뿐야. 그림 표현 어려워도 나는 문제없어.

'내가 못하는 건가?' 심심하다. 앙꼬 없는 찐빵 같다. 간주 부분 13초 동안 랩을 하기로 했다. 막내아들이 불러 알게 된 〈Shape of You〉를 외웠던 기억까지 총동원했다. 빠른 영어 노래가 처음이라 큰 산을 넘은 기분이었다. 그때 가졌던 자신감을 살려서 불렀다. 하지만 그걸로 부족하다. 랩 잘하는 방법을 찾았다. '리듬, 강세, 반복'이라고 했다. 걱정 많은 나를 한방에 날려 줄 가사를 랩으로 넣었다.

걱정하지 마 하
함께 노래해 에

아픈 기억 모두 버려

가슴속에 묻어 묻어 묻어

가사를 적고 나니 제법 그럴듯하다. 남의 가사를 편곡했을 뿐인데, 작사가의 기분이 이런 건가? '뭐가 이렇게 쉽지?' 했던 생각과 달리 음치가 따로 없다. 천천히 가사를 읽고 큰소리로 읽었다. 다시 속사포처럼 빠르게 읽기를 반복했다. 반복이 답이었다. 거실과 방 사이를 오고 갈 때, 주방 냉장고 앞에서도 랩이 나왔다. 어느새 두 팔로 템포를 맞추며 사방을 찌르는 내 모습이 자연스럽다.

자신 없어 하며 안 한다던 남편도 뒤늦게 '아빠의 청춘'을 개사했다. 내 앞에서 불러 주던 남편 노래를 통해 친정아버지 생각이 났다. 무심한 듯해도 아들딸이 잘되고 행복하길 바라는 아버지 마음이다.

연극 수업 마지막 날. 그동안 배운 것 중에 자유롭게 발표하라고 했다. 무대 위 하얀 천 뒤에서 내가 만든 그림자 인형을 들고 앉았다. 슬쩍 긴장이 된다. 환한 조명이 깜깜한 무대 위 나를 향해 비췄다. 개사한 노래를 불렀다. 음악에 맞춰 그림자 인형을 좌우로 움직였다. 2절을 부를 때 무대 앞으로 나왔다. 강한 조명에 눈이 부시고, 객석에 앉은 사람들이 안 보인다. 안 보이니 안 떨린다. 내 팔 길이만 한 그림자 인형을 들고 스텝을 밟았다. 힘차게 불렀다. 색연필 그림을 그리며 세상 사는 이야기가 쉽지 않지만 나는 문제없다고. 언젠가 색연필로 뭐든 그릴 거라는 가사를 부르며 두 팔을 높이 들었다. 아쉬운 연극 시간을 마쳤다. 이제 삶의 자리에서 내 인생의 연극이 끝날 때까지 멋지게 살아가는 일만 남았다.

2019년 4월, 좋아하는 사람들에게 그림으로 뭐든 줄 수 있다는 사실을 깨달았다. 그 이후로 색연필을 놀잇감 삼아 매일 그림을 그린다. 코로나19도 한몫했다. 사람들을 만날 수 없을 때 글과 그림으로 만났다. 여전히 생각을 그림으로 표현하는 건 쉽지 않다. 누군가는 억지로 시켜도 못 할 일이다. 내게 있어 쉼의 시간은 다른 누군가를 위로하는 글과 그림이 된다. 매일 반복적으로 하는 이 일이 어렵고 힘든 게 아니라 내가 좋아하고 행복해하는 시간이다. 색연필을 잡은 손에 힘이 들어간다. 몽당연필이 되고, 심을 쓸 수 없을 때까지 쓴다. 색연필에 대한 나의 고마운 표현이다. 선물로 받은 색연필이 몇 개나 된다. 바라만 봐도 좋다.

연극 수업 10회 동안 남편과 남남으로 지낸 덕분에 편견 없이 잘 마칠 수 있었다. 007작전을 잘 마친 기분이다. 50대를 시작하는 나이에 내가 무엇을 잘하고 무엇을 좋아하는지, 연극 수업 제목처럼 '나를 만나는 시간'이었다. 우리 모두 인생이라는 무대 위에서 살아간다. 여기서 울고 웃는다. 속상하고 화나는 일도 만난다. 이 모든 것이 나를 나답게 하기 위한 신의 선물이다. 나의 캐릭터와 춤출 때 무대 위로 쏟아진 환한 빛처럼 살고 싶다. 어둠을 밝히는 작은 빛이라도 좋다.

'똑똑' 하고 남편이 노크하고 들어왔다. 그림을 그리고 색칠을 해도 이제 말없이 웃는다.

"여보, 우리 무인도 갈 일 만들지 말고, 둘이 섬으로 여행 다녀오
는 거 어때?"

1-10.
새로운 꿈을 꾸겠다고 말해요

윤미경

대학에 떨어졌다. 그것도 2년 연속 떨어졌다. 친구들은 94학번이었지만 나는 96학번이었다. 다른 대학에 다니다 왔느냐는 물음에, 이 년간 여군을 다녀왔다고 너스레를 떨었다. 뭔가 큰 포부가 있었다기보다 그저 막연히 서울에 있는 좋은 대학에 가고 싶었다. 그러나 공부 머리도, 요령도, 욕심도 없는 내가 고등학교 3년간의 방대한 교육 과정을 다 소화하는 것은 무리였다. 수학, 영어 공부는 물론이고 교련 시간엔 압박 붕대 감는 순서를 외워 시험을 봐야 했다. 'comment allez-vous(꼬망 딸레뷰)'와 같은 기본 불어를 겨우 익힌 내가 불어 문법 공부도 해야 했다. 내신 과목은 너무 많고, 이해도 안 된 채로 시험 범위를 달달 외워야 했다. 시험을 보자마자 잊어버리는 공부가 내 인생에 무슨 도움이 되는지 불만만 가득했다. 그런 자세로 내신에서 좋은 성적을 거둘 리가 만무했다. 수능은 그나마 나았다. 공부한 내용을 응용해서 풀어내는 수능 문제들은 그나마 수월하게 느껴졌다. 수능을 쳐 보고 나서야 뒤늦게 공부 욕심이 생겨 결국은 재도전을 선택했다.

재수, 삼수를 하며 공부에 푹 빠졌고 투자한 시간에 비례하여 성적도 올랐다. 학교 수업에선 내용을 이해하기도 전에 다음 진도를 나가기 바빴지만, 혼자서 공부하니 내 속도에 맞추어 진도를 나갈 수 있었다. 왜 그런 답이 나오는지 깊이 생각해 볼 여유가 있었다. 공부할 맛이 났다.

예쁘게 차려입고 대학 생활의 낭만에 빠진 친구들. 꼬질꼬질한 차림으로 학원과 도서관만 오가는 나. 친구들과 비교하며 보낸 2년이 쉬웠다고만 할 수는 없었다. 시간이 흐를수록, 원하는 점수가 나오지 않을까 봐, 또 실패할까 봐 불안했다. 삼수 끝에 수능 점수는 높게 나왔다. 그러나 속 썩이던 내신이 또 걸림돌이 되었다. 서울의 유명 대학으로의 진학은 실패하고, 보험으로 원서를 넣었던 고향의 교대에 입학하게 되었다. 오르지 못할 나무를 쳐다보느라 시간 낭비를 했나? 처음부터 교대에 왔으면 2년 더 고생하지 않았을 텐데. 후회스러운 순간도 있었다.

초등 교사가 되었다. 제주에서 십 년간 교직 생활을 하다가 늦은 결혼을 했다. 남편 직장을 따라 경기도로 전출을 왔다. 지역 점수를 딸 수 있는 농어촌 학교에 배정되었다. 가벼운 마음으로 도전한 수업 실기대회에서도 이 년 연속 좋은 등급을 받았다. 그 덕에 생각하지도 않았던 교육 관리자의 길을 꿈꾸게 되었다. 부장 보직을 맡고, 돌봄교실 가산점을 받으며 수월하게 승진의 길로 들어서는 듯했다. 승진을 위해서는 개인 연구 점수도 필요했다. 그런데 그것이 발목을 잡았다. 현장 교육 연구 대회, 교육 방송 연구 대회 등 각종 교육 연구 대회에서 응시자의 40% 안에 들어야 최종

수상을 할 수 있다. 나는 통과하지 못했다. 4년간이나 도전했지만 계속 떨어졌다. 동료들의 위로가 비아냥으로 들릴 지경이었다.

'승진 안 하고 평교사로 지내면 되지. 이게 뭐 대수라고?'

애써 아무렇지 않은 척했지만, 이미 상한 자존심은 쉽사리 회복되지 않았다.

'이쯤 되면 포기해야 하는 거 아냐?'

'아, 진짜 나는 안 되는 인간인가 보다.'

모든 것에 손을 떼고 싶었다. 그러나 포기할 때 포기하더라도 계속 떨어지는 이유가 무엇인지나 알고 싶었다. 실패했던 기억으로 마침표를 찍고 싶지 않았다. 1등급을 받은 연구 대회 보고서의 잘된 사례를 살펴보았다. 좋은 결과를 얻은 선배들의 조언을 구하며 나의 문제점을 분석했다.

난항을 겪던 남편의 사업은 결국 문을 닫았다. 누구보다 애썼을 남편을 위로해야 했다. 행여나 자존심을 건들까 봐 모든 게 조심스러웠다. 회생할 수 있는 시점이 언제인지 불투명했기에 막막했다. 그 무렵, 내가 근무했던 초등학교에 큰아이가 1학년으로 입학했다. 우유 급식비, 방과 후 수업료, 체험 학습비 등 학교에 수납하는 돈은 스쿨 뱅킹 통장에서 자동 인출 된다. 어느 날, 행정실에서 보낸 체험학습비 미납자 명단에 우리 아이 이름이 보였다. 내 통장에 잔고가 남아 있지 않았었나 보다.

"아니, 엄마가 학교 선생님인데 체험 학습비를 제때 안내다니, 이게 말이 돼요?"

여러 선생님이 모인 자리에서 농담으로 그 일을 이야기하는 후

배. 속사정을 알 리 없는 후배의 우스갯소리였기에 겉으로는 웃고 넘겼지만, 마음은 쓰렸다. 외벌이의 살림살이는 늘 빠듯했다.

전인권의 원곡이자 〈응답하라 1988〉의 OST인 이적의 〈걱정말아요 그대〉는 내가 실패로 좌절하고 지쳤을 때마다 위로해 준 노래다. 아무 걱정 하지 말라고 달래 주었다. 지나간 것도 지나간 대로 의미가 있는 거라고 어깨를 토닥여 주었다.

후회 없이 꿈을 꾸었다고 말해요
새로운 꿈을 꾸겠다 말해요
— 이적, 〈걱정말아요 그대〉

만일 실패의 과정 없이 단 한번에 대학에 붙었다면, 응시하는 연구 대회마다 결과가 좋아 바로 승진했다면, 남편의 사업 성공으로 풍족하게 살았다면, 내 인생은 어떠했을까?

남들보다 늦게 들어간 대학이니 더 열심히 공부하려 했다. 학생회, 동아리, 학과를 가리지 않고 온갖 활동에 열심히 참여했다. 방학에도 농활, 교환과 같은 각종 행사에 선배들을 따라다녔다. 또한 켜켜이 쌓인 실패의 경험 끝에, 2017년 인성 교육 실천 연구 대회 1등급, 2018년 교육자료전 1등급으로 연구 대회 점수 만점을 받게 되었다. 연구 대회 성공 비결을 주변 후배들에게 나눌 수 있는 선배가 되었다. 승진에도 한 발짝 더 가까이 다가갔다. 남편의 사업 실패로 어려운 시기에도 우리 가족은 서로 의지하며 웃을 수 있었다. 가족을 묶어 주는 더 단단한 끈을 가질 수 있었다. 수년간의 버팀과 응원 끝에 결국 남편은 재기에 성공했다.

'그때 이렇게 할걸.'

'아, 그 선택을 하지 말았어야 했는데.'

'이랬으면 더 좋았을 텐데.'

지나간 것에 대해 수많은 후회를 하며 살았다. 잘못된 선택으로 인한 안 좋은 결과가 나를 흔들어 놓고 짓밟을 때가 많았다. 비록 나는 땅바닥에 개구리처럼 주저앉아 있는 것처럼 보였지만, 실은 바닥을 박차고 솟아오를 에너지를 모으고 있었던 건지도 모르겠다. 그런 시간이 있었기에 나는 더 단단해졌고, 다시 새로운 꿈을 꿀 수 있는 희망을 품었다.

너무 걱정하지 말자. 너무 후회하지 말자. 아픈 기억들에 괴로워하지 말자. 그 지나간 것들이 모두 의미가 있는 것이다. 다시 또 내게 아픔이 찾아와도, 후회되는 순간들이 생겨나도 이제 나에게는 새로운 꿈을 꿀 수 있는 용기가 있다.

문장, 살아갈 힘을 얻다

1-11.
오랜 꿈들은 언젠가 나의 진짜 일상이 된다

홍순지

　　'이 노래!' 우연히 예전 노래를 들으면 심장이 뛴다. 노래를 듣던 그때의 감정이 고스란히 느껴진다. 초등학교 6학년 때 H.O.T의 〈캔디〉에 맞춰 친구들과 교실 앞에 나가 춤을 췄다. 〈캔디〉만 들으면 친구들과 찍은 단체 사진이 떠올라 웃음이 난다. 중학교 때는 god의 〈어머님께〉를 들으며 멀리 떨어져 있던 엄마에 대한 그리움을 달랬다. 대학교 때는 애절한 거미의 노래를 자주 불렀다. 언제부턴가 노래를 들을 때면 가사에 더 집중했다. 내 마음 같은 노래 가사에 위로를 받았다. 슬플 땐 감정을 쏟아내 괴로움을 씻고, 기쁠 땐 환희가 마음 가득히 차오르니까. 어린 시절 좋아하던 노래를 떠올리며 추억을 곱씹다가 진짜 날 '위로'해 준 노래가 생각났다. 달리는 걸 좋아하지도 않는 내가, 바깥으로 나가 숨이 턱까지 차오르게 뛰고 싶다는 느낌으로 가득 차 견딜 수 없을 때 듣던 노래. 이적의 〈하늘을 달리다〉였다.

　　부모님께 보탬이 되고 싶은 마음에 얼른 어른이 되고 싶었다.

초등학교 6년 내내 동화 작가를 꿈꿨지만, 가족과 떨어져 세상을 알아 가던 중학교 시절 희망 진로를 바꿨다. PD가 되고 싶었다. 바쁘게 다니며 존재감을 뿜어 내는 영향력 있는 사람이 되고 싶었다. 커리어 우먼을 꿈꾸며 언론정보학부 전공을 선택했다. 계절 학기에 복수 전공, 기업 인턴십까지 알차게 공부하고 일하며 대학 4년을 보냈다. 그리고 본격적으로 취업 준비를 하는 4학년이 되었다. 막상 졸업반이 되니 방송국이나 광고 회사를 고집하던 마음은 사라졌다. 그저 이름 있는 회사를 들어가고 싶었다. 취직 잘했다 소리를 듣고 싶었고, 자랑스러운 딸이 되고 싶었다. 엄마와 아빠를 위해 돈을 번다는 것. 부모님의 경제적 위기를 바라보며 자라온 나에게는 가장 간절한 바람이었다. 꼭 좋은 직장에 들어가야 했다.

토익은 당연하고 컴퓨터 관련 자격증, 한자 자격시험까지 이력서에 한 줄 채울 수 있다면 뭐든지 준비했다. 당시 '취업 뽀개기'라는 네이버 카페가 유명했다. 자주 카페에 드나들며 정보를 얻던 중, 토론을 함께 연습할 인근 학교 학생들과 팀을 구성해 모의 토론도 했다. 치열하게 토론을 이어 가다 보면 못할 게 없다고 느껴졌다. 끝까지 토익 점수를 올리려 애를 써 드디어 목표 점수 880점을 넘겼다. 자신만만하게 준비하고 입사 원서를 넣기 시작했다. 공기업, 대기업, 은행권, 이름을 들으면 알 만한 회사에는 다 원서를 넣었다.

하지만 곧 현실을 자각했다. 마음과 달리 줄줄이 불합격 통보를 받았으니까. 취업의 문은 높았다. 서류에서 떨어진 적도 수두룩하고 필기시험이나 면접에서 떨어지기도 했다. '여기는 별로 가고 싶지 않은데?' 우습게 보며 원서를 넣었던 회사에서까지 불합격 소식을 들었다.

"아쉽지만 귀하와 함께하지 못하게 되었습니다."

불합격 멘트에 슬슬 화가 나기 시작했다. '아쉬우면 날 뽑지 왜 떨어뜨려?' 화가 나다가 내가 그렇게 부족한가 싶어 의기소침해지고 위축되기 시작했다. '학점 관리를 더 할걸', '무리해서라도 연수를 다녀왔어야 하나?', '토익 공부라도 더 했어야지'. 온갖 후회가 밀려왔다. 다이어리에 빽빽했던 취업 일정이 어느새 후반부로 가고 있었다. 시간이 얼마 남지 않았다. 내색하지 않으셨지만 부모님도 적잖게 실망하신 눈치였다. 더 걱정하실까 싶어 부모님께도 속상한 마음을 토로하지 못했고, 속으로만 끙끙대다 보면 새벽마다 눈물이 터졌다. 얼른 취직해서 엄마 좋아하시는 케이크도 실컷 사 드리고, 아빠 어깨의 짐을 덜어 드리고 싶었지만, 그때만큼은 대학원에 진학하는 동기들이 부러웠다. 도망치고 싶었다. 한두 달만 지나면 취업 시즌이 끝날 시기다. '목표를 낮춰 작은 회사를 들어갈까', '더 스펙을 쌓아 내년을 노려야 하나'. 머리가 복잡했다. 하지만 졸업하는 해에 취직하지 못하면 다음 해에는 더 어렵다는 걸 알고 있었다. 동기와 선배들의 합격 소식이 들려올 때마다 더 초조해졌다. 그때부터 얼마간 〈하늘을 달리다〉만 들었다.

"내가 미웠지. 난 결국 이것밖에 안 돼 보였고 오랜 꿈들이 공허한 어린 날의 착각 같을 때…."

가사를 들으며 몇 번이나 울컥했다. 노래가 날 뛰게 했다. 집 앞

운동장에 나가 진짜 달렸고, 방문을 닫고 발꿈치를 든 채로 제자리 뛰기는 더 많이 했다. 잠시 나가는 내 모습조차 엄마에게 걱정이 될 것 같아 쉽게 나가지 못했다. 아무도 모르게, 더 가볍게, 더 높게, 천장에 닿을 때까지 뛰어오르던 시간. 방에서나마 숨이 찰 때까지 뛰면 답답했던 가슴이 뚫리고 다시 뜨거워졌다.

스스로에 대한 실망과 부족함을 마주하던 스물두 살의 가을, 노래 가사가 내 가능성을 채워 주었다.

힘이 빠져 침대에 엎드려 있던 2007년 11월의 어느 날, 나와 여섯 살 차이가 나 고등학교 1학년이었던 남동생이 방으로 들어와 모니터를 보며 말했다.

"누나, 원서 계속 쓰고 있어? 여기 쓰고 있는 거야?"

"몰라. 어차피 안 될 것 같아. 쓰지 말까 봐."

이불에 얼굴을 파묻고 있는 나에게 동생이 말했다.

"그런 게 어디 있어. 내가 인적 사항 입력해 줄게. 주소… 이렇게 하는 건가?"

"내버려 둬. 잘못 쓰면 큰일 나. 내가 할게."

동생이 뭘 잘못 만지기라도 할까 봐 불안한 마음에 벌떡 일어났다. 조심스레 키보드를 치고 있는 동생을 보니 미안해졌다. '응원해 주는 가족을 생각하자.' 다시 힘을 냈다. 동생이 열어 놓은 이력서 화면을 정성스럽게 채워 냈다. 앞서 불합격했던 많은 기업보다도 전형 일정이 길고, 경쟁률도 높았다. 1차 추천서와 서류 전형, 2차 필기 시험, 3차 영어 시험, 4차 토론 면접에 임원 면접까지 있었다. 숨 가쁜 전형 일정을 하나씩 통과했다. 한 단계씩 올라가면서도 기쁘기보다 불안했다. 나보다 토익 점수가 높고 월등해 보이는 선배들도 떨어지고 있었다. '내가 왜 붙지?' 의아한 마음이 들 지경이었다.

얼마 후, 취업 생각에 고개를 푹 숙이고 한숨 쉬며 집에 오는 길, 지하철 안에서 문자가 하나 도착했다.

"축하합니다! ○○○○○ 그룹 대졸 공채 결과 최종 합격 하셨습니다."

동생이 인적 사항을 입력해 준 바로 그 회사였다. 긴 전형 일정과 높은 경쟁률에 지레 포기하려던 그 회사였다. 믿어지지 않아 몇 번이고 문자를 다시 들여다봤다. 진짜인가? 맞나? 진짜야. 드디어 끝났어. 감사와 안도의 눈물이 흘렀다. 달리는 지하철 문에 비치는 내 얼굴을 바라보며 창피한 것도 모르고 '감사합니다'를 연신 내뱉었다. 눈물로 얼룩진 내 얼굴이 그렇게 예쁠 수가 없었다.

"누나 나 아니었으면 회사 못 들어갔다! 그럼 매형도 못 만났고 말이야! 다 내 덕이지."

함께 토론 면접을 봤던 입사 동기와 결혼까지 한 나에게 가끔 동생이 이야기한다.

그 뒤로도 인생의 쓴맛이 느껴질 때면 〈하늘을 달리다〉를 듣는다. '오랜 꿈들이 공허한 어린 날의 착각 같을 때'면 어김없이 이 노래를 들으며 몰래 뛴다. 취업을 준비할 때는 취업만 되면 아무 걱정 없이 인생이 잘 풀리기만 할 줄 알았다. 하지만 현실은, 그때부터 시작이었다. 회사 일이 마음처럼 되지 않아 속상할 때, 결혼 후 아이를 낳고 육아의 벽에 부딪혀 어렵게 들어간 회사를 그만두어야 했을 때, 또다시 불확실한 미래를 준비하면서 새벽까지 끝이 보이지 않던 공부를 할 때도 이 노래가 필요했다. 노래를 들으며 자신감을 채운다. 할 수 있다고 수십 번 되뇌기만 하는 것보다 노래에 맞춰 뜀박질을 하는 것이 훨씬 도움이 된다. 두려움에 쪼그라든 내 심장을 다시 뛰게 하고 내 발목을 잡고 있는 모든 불안을 떨쳐 버릴 수 있으니까. 해내지 못할 게 없다.

내 인생의 후반부도 잘 부탁해, 이적의 〈하늘을 달리다〉.

2장

내 마음을 돌보는 드라마,
영화 대사

2-1.
나를 향한 굿 나잇 인사

강혜진

'자존감'을 다룬 책과 강연이 인기다. 사람들은 돈 잘 버는 방법, 공부 잘하는 방법만큼이나 자존감 높이는 방법에도 관심을 가진다. 나도 다르지 않았다. 내 가치와 소중함에 대해 깊이 고민해 보는 시기가 있었다. 삼십 대 중반, 아들이 초등학교에 입학하고 여섯 살 된 딸이 더 이상 안아 달라 떼를 부리지 않을 만큼 컸을 때. 아등바등 살던 삶에 여유가 생기기 시작했던 때였다.

여느 날처럼 일거리를 챙겨 퇴근하는 길, 라디오에서 자존감 이야기가 흘러나왔다. 자존감이 높은 사람인지 아닌지를 한번에 판단할 수 있는 질문이 있다기에 귀담아들었다.

"당신과 똑같은 경험과 생각을 가진 이성을 만난다면 당신은 그 사람과 기꺼이 결혼하시겠습니까?"

자존감 높은 사람은 자기 자신을 있는 그대로 사랑할 수 있는 사람. 그러니 질문에 'YES'라 답할 것이라고 했다. 스스로 질문해 보았다. 나 같은 사람을 만난다면 결혼하고 싶은 생각이 들까? 두 번 생각해 볼 필요도 없이 NO! 나처럼 자신을 돌보지 않는 사람과 결혼해서는 행복하기 어려울 거라는 생각이 들었다.

기숙사 정원이 적어 신입생 여학생들만 기숙사에서 지낼 수 있었던 대학교 시절, 어려웠던 가정 형편에 2학년까지 기숙사에 머무를 수 있도록 배려받으며 대학 생활을 했다. 그러다가 2004년, 3학년이 되던 해에는 기숙사에서 나와 자취방을 구해야만 했다. 전봇대에 붙은 전단지에서 전화번호 하나를 뜯어 왔다. 월세 집 주인 번호였다. 비만 새지 않으면 된다는 생각에 당장 그 집으로 이사하기로 하고 계약서를 작성했다. 누추하기 짝이 없는 월세 집. 들어가 살기로 결심한 것은 이백에 십이만 원. 시세보다 저렴한 보증금과 월세 때문이었다. 단열도, 보안도 제대로 되지 않는 월세방. 여름엔 푹푹 쪘고, 겨울엔 손끝이 아릴 정도로 추웠다. 밖에서 흔들면 열리지 않는 게 이상할 정도로 문도 허술했다. 불안속에 잠을 청하기를 여러 날. 먹는 것에 큰 의미를 두지 않던 내가 자취하는 2년 동안 쌀을 씻어 밥을 안친 것은 손에 꼽을 정도였다. 혼자 있으니 요리할 필요를 느끼지 못했다. 맛있는 음식을 사 먹을 생각도 하지 않았다. 편의점에서 500원 남짓하던 삼각김밥과 컵라면으로 끼니를 때울 때가 많았다. 방학이면 그나마 식사를 거르는 날이 더 많았다. 2년 자취 생활 끝에 몸무게가 43kg까지 줄었다. 충분히 자지도, 운동하지도, 제대로 먹지도 않았다. 조금만 걸어도 관절이 쑤시고 숨이 찼다. 면역력이 떨어져 비염이 극성이었다. 자취하는 2년 내내 코를 줄줄 흘리고 살았다. 밥을 차리는 것도, 배불리 먹는 것도, 건강을 돌보는 것도 소홀했다. 그렇게 나를 사랑하는 것이 서툴렀다.

시골에서 나고 자란 탓에 도시 생활에 대한 막연한 두려움이 있었다. 일할 때에도 시골 작은 학교만 찾아다녔다. 작은 학교는 규모가 작은 만큼 교사 수도 적었다. 자연스레 교사 한 사람이 처리해야 할 업무량이 많았다. 경력이 쌓이고 집 가까운 데 위치한 학교, 규모가 큰 학교, 누구나 근무하기 좋은 환경의 학교에서 편안히 일하며 수업에 열중할 수 있는 상황이 되었지만, 그러지 않았다. 열심히 일한 결과로 나를 증명하려 했다. 일부러 시골의 작은 학교, 일 많은 학교를 찾아다니는 심각한 일 중독이었다. 출산 예정일을 보름 앞둔 만삭에도 자정까지 서류 작업을 하며 일했다. 워라밸과 어울리지 않는 삶을 살며 나에게 쉴 틈을 허용하지 않던 나. 주변 사람들이 다 알아보고 안쓰러워할 정도였다.

정서적으로 문제가 있거나 친구 관계를 힘들어하는 학생들에게 마음을 많이 썼다. 퇴근하고 나서도 학생들을 생각하느라 밤을 지새운 적이 한두 번이 아니었다. 주말에도 학교 걱정으로 제대로 쉬지 못할 때가 많았다. 학생과 학부모의 상담 전화를 받느라 밥 숟가락을 놓고 몇 시간씩 통화한 적도 부지기수였다. 다른 사람의 아픔에는 힘들겠다 공감하고 울어 주면서, 나의 편안한 주말과 잠, 식사는 포기하기 일쑤였다.

누가 시켰다면 갑질이라 신고하고도 남았을 일상. 남이 아니라 내가 나에게 갑질을 해 대고 있었다. 그것이 나를 학대하는 것인지도 모르고 있었다. 나를 있는 그대로 사랑하지 못한 채 살았다. 자존감이 높았다면 그리 살았을까?

얼마 전까지만 해도 나는 돌보아야 할 가족이 없다면 식사 준비도 하지 않고 편안하게 살았을 거라고 말하고 다녔다. 식사 대접

할 대상에 애초에 나는 없었다. 나 자신을 돌보지 않겠다는 말을 그렇게나 부끄럼 없이 지껄이다니. 한심하고 어리석기 짝이 없던 내 모습에 얼굴이 화끈거릴 지경이다. 나 같은 사람이 결혼하자고 달려들면 저 멀리 도망가야겠다는 생각이 드는 걸 보니 나는 여전히 낮은 자존감에서 빠져나오질 못했나 보다.

드라마 〈괜찮아, 사랑이야〉를 인상 깊게 본 적이 있다. 극 중 정신분열증을 앓다 치료를 끝내고 사회로 돌아온 남자 주인공 장재열이 라디오에 나와 다음과 같은 대사를 남긴다.

"다른 사람이 아닌 자신에게 너 정말 괜찮으냐 안부를 물어 주고 따뜻한 굿 나잇 인사를 해 줬으면 좋겠습니다. 그럼 오늘 밤도 굿 나잇, 장재열."

코끝이 찡해지면서 가슴이 쿡쿡 아려 왔다. 나를 뒷전으로 미뤄두는 나에게 섭섭해서. 내가 찬밥 취급만 하던 나 자신에게 미안해서. 남에게만 안부를 묻는 내가 나 스스로 따뜻한 말을 건네고 나를 먼저 보살펴야 한다는 것을 그 대사를 들으며 깨달았다.

비행기를 타고 출발하기 전, 승무원이 하는 안전 수칙을 유심히 들어 본 일이 있는가? 비상 상황에서는 아이가 아니라 보호자부터 산소마스크를 써야 한다는 수칙이 있다. 마스크를 아이 얼굴에 먼저 씌웠다가는 보호자인 부모가 정신을 잃고 결국 자신도, 아이도 지키지 못할 테니 말이다. 자기 얼굴에 마스크를 쓰고 숨을 쉴 여유가 있어야만 주변에 있는 아이도, 노약자도 챙길 수 있다. 주변에 더 큰 도움을 주고 싶으면 자기 먼저 챙기는 것이 우선이다.

다른 사람의 굿 나잇만 챙기던 나. 산소마스크를 쓰듯 나의 굿 나잇을 먼저 챙겨야 한다는 것을 늦게나마 알게 되어 다행이다. 나를 있는 그대로 인정하고 조건 없이 사랑해 주어야지. 누구보다 먼저 보살펴야지. 자존감에 물을 주고 볕을 쬐며 잘 길러야지. 한참 울고 나니 각오가 솟아났다.

내 주변에도 숱한 장재열이 존재하고 있다. 사람들의 안부를 묻고 아픔을 위로하며 사는 장재열. 매일 밤 굿 나잇 인사를 건네는 장재열. 그러면서도 정작 자신의 안부는 돌보지 않는 장재열. 우리네 엄마가 그러하고 우리네 아빠가 그러하다. 장재열과 다를 바 없는 엄마, 아빠의 이름을 불러 본다. 그리고 내 이름도 불러 본다. 그러자 두 팔을 활짝 벌려 나를 꼭 끌어안을 용기가 생겨난다. 나를 위해 좋은 재료로 요리하는 시간을 즐겨야지. 애쓰지 말아야지. 휴대폰을 무음으로 바꾸고 그 누구의 방해도 받지 않고. 그리고 나에게 매일 밤 굿 나잇 인사를 건네 보아야지. 해야 할 일을 잠시 뒤로 미뤄 놓아도 세상은 별 탈 없이 잘 돌아간다. 나의 자존감에 먼저 산소마스크를 씌워야겠다. 그러다 보면 나와 같은 이성이 나타났을 때 고개를 절레절레 흔드는 대신 먼저 '안녕' 손을 흔들 여유가 생겨날지도 모르니까. 아! 나는 이미 멋진 사람과 결혼을 했으니 이건 영구 보류.

오늘 밤은 나도 나에게. 굿 나잇, 강혜진.

2-2.
나의 이름은

글빛혁수

이름은 잭슨, 종은 잭 러셀 테리어.

직장 선배 집에 살고 있는 강아지 이름이다. 퇴근길에 우연히 선배를 만나 같이 전철을 탔다. 몇 마디 인사말을 주고받고는 할 말이 없어 스마트폰만 봤다. 그러다 아직 환한 대낮이었기에 별생각 없이 집에 가면 뭐 하시냐고 물어보았다. 폰을 보던 선배는 대번 얼굴이 환해지더니 잭슨하고 논다고 했다.

"잭슨요?"

생뚱맞은 그녀의 대답에 더 생뚱맞게 되물었다.

"아~ 개야, 개. 강아지랑 산책하는 거야. 집에 가면 얼마나 바쁜데. 일할 때보다 더 바빠. 산책시켜 줘야지, 먹여야지, 입혀야지, 씻겨야지, 학원 보내야지, 혼자 있을 땐 호텔에 맡겼다 찾아와야지, 정신없어."

선배는 손가락을 꼽아 가며 줄줄이 말했다. 나는 우선 강아지 학원이라는 말이 믿어지지 않아 물었다.

"학원요? 강아지가 학원도 가요? 거기서 뭐 하는데요?"

그녀의 대답은 간단했다.

"노는 거지~ 얼마나 잘 노는지 볼래?"

물어보지도 않았는데 강아지 사진이랑 동영상을 보여 준다. 잭슨의 모든 사진과 영상을 하나하나 넘겨 가며 설명하기 바쁘다. 전형적인 갈색 얼룩 개로, 귀엽긴 했지만 내가 좋아하는 스타일은 아니었다. 개 팔자가 상팔자라는 말이 저절로 나왔다.

선배는 계속 말했다.

"한 번 학원 가는 데 15만 원, 일주일에 두 번 가니까 30만 원, 한 달에….."

"120이요?"

내가 받아서 말했다. 선배는 대답 대신 눈썹을 펴며 고개를 끄덕였다.

나는 이어서 물었다.

"호텔은 또 뭐에요?"

"호텔은 호텔이지 뭐야. 혼자 있을 때 호텔에 맡기면 수영도 시켜 주고 얼마나 잘 봐 주는데."

그건 또 얼만지 차마 물어보지는 않았다. 거기다 먹는 거, 입는 거까지. 월급 해 봐야 빤한데, 반려견한테 다 쓰는 거나 다름없지 않나 싶었다. 게다가 얼마 전엔 교통사고까지 나서 병원비만 100만 원 들었다고 한다. 그러면서 목 보호대를 하고 있는 잭슨의 사진을 보여 준다. 나는 아깝지 않냐고 물어보지는 못하고, 선배 자신한테 쓰는 거보다 잭슨한테 쓰는 게 더 많겠다고 말했다. 선배는 말없이 미소만 지었다.

그만큼 사랑한다는데, 나는 당연히 할 말이 없다. 딸이 집에 놀러 왔다가 두고 간 개를, 마뜩잖아하면서도 할 수 없이 키우게 되었다는 선배. 이젠 정이 들어 뗄 수 없는 사이가 되었다는 그녀의 말을 이해는 하겠다. 하지만 힘든 병원 일을 하면서 그 피땀을 강아지 한 마리에게 쏟다시피 하는 건 나로서는 다른 세상 이야기다. 그만큼 사는 게 여유 있다는 말도 되겠고, 혈육 외의 생명체에게 나누는 마음이 따스하게 느껴지기도 했다.

나도 예전에 강아지를 키우고 싶었지만, 언젠가 떠나보낼 일이 아득해 차마 데려오지 못했었다. 그런데 그건 두 번째였다. 먼저 사랑이 있어야 한다는 걸 선배의 말을 들으며 깨달았다. 나만을 사랑하는 오직 하나의 생명체. 살갑게 나밖에 모르는 강아지에게 거의 모든 걸 주기도 한다.

선배의 말을 듣고 강아지 영화를 찾아봤다. 좀 더 선배의 말을 이해해 보고 싶었다.

이름을 지어 준다는 것, 그 생명을 책임지겠다는 하나의 약속!

〈개에게 처음 이름을 지어준 날〉이라는 영화 표지에 나오는 문장이다. 일본의 반려동물 실태를 밝히는 다큐멘터리 형식의 영화다. 사람이 돌보지 않으면 결국 죽을 수밖에 없는 동물들을 보면서 이름에 대해 생각했다. 영화 마지막에 주인공은 한 유기견을 식구로 맞아들인다. 새로 이름을 지어 준다. 개는 마음 놓고 해변을 뛰어다니며 영화는 끝난다.

사람이 태어나면 지어 주는 이름. 누군가를 처음 만나면 물어보는 이름. 살다가 힘들면 바꾸기도 하는 이름. 이름이 구체화될수록 존재는 선명해진다. 생명으로 다가온다.

이름을 지어 준다는 건 새로 태어났다는 뜻, 새로 시작한다는 뜻이다. 작년 2023년 12월 6일, 글빛백작 라이팅 코치를 만나 책 쓰기 과정에 입문했다. 글쓰기를 배우며 책을 쓰고 있다. '글빛혁수'라는 필명도 지었다. 지난 2024년 5월 18일에는 10명이 모여 쓴 공저 『나부터 챙기기로 했습니다』가 출간되기도 했다.

어렸을 때부터 일기도 거의 매일 쓰고 메모도 자주 하면서 살아왔다. 그냥 나의 삶이었다. 그러다가 글빛백작 라이팅 코치를 만나고 작가로서 글을 쓰고 있다. 움직이고 말하고 사랑하는 모든 게 글감으로 보인다. 내 생활의 거의 모든 것이 작가라는 이름으로 남고 있다.

내가 없어도 글은 남겠지. 내 이름은 지워지지 않겠지.

지금까지는 스스로 만족할 뿐, 별 의미가 없었다. 글로 남겨 놓은들 누가 볼 것이며, 내가 죽으면 이 글들을 어떻게 처리할 것인가. 답이 없었다. 일기부터 내가 쓴 모든 글을 어떻게 없앨 것인가. 고민이었다. 그러다가 책을 내고 '글빛혁수'라는 작가의 이름으로 살고부터 이런 고민이 사라졌다. 아, 내가 없어도 내 이름과 글은 남겠구나. 그래서 글을 남기기 위해 더 쓰려고 노력하고 있다. 쓸수록 글은 좋아질 것이고, 작가 글빛혁수의 글은 남을 것이다. 내가 죽어도 글이 남는다는 걸 생각하면 마음이 편해진다. 물론 읽을 만한 글, 좋은 글이면 좋겠지만, 아니어도 괜찮다. 글을 쓰는 하루하루가 쌓여 나를 만들 테니까. 나이 50에 결혼도 안 하고 보니 시간이 지날수록 허무해진다. 생의 마감 준비를 시작하기에 50은 적당하다는 생각이 든다. 나는 조금씩 나아지고 있다. 좀 더 내가 바라는 사람이 되어 가고 있다.

독자에게 약속을 한다. 내가 쓴 대로 살겠다는 약속. 일기가 나와의 약속이라면, 책은 독자와의 약속이다. 개에게 이름을 지어 주고 그 생명을 책임지겠다는 약속을 한다. 나는 내 글을 책임지겠다는 약속을 한다. '글빛혁수'라는 이름으로.

2-3.
내 안의 별

김나라

　　2024년 5월 첫 번째 일요일, 아이와 '지브리&디즈니 애니메이션 영화 OST 음악회'에 갔습니다. 딸과 함께 가는 음악회는 처음입니다. 날씨가 화창해 설레는 마음이 더했습니다. 지브리는 일본 대표 애니메이션 스튜디오입니다. 유명한 작품으로는 〈이웃집 토토로〉, 〈센과 치히로의 행방불명〉 등이 있습니다. 디즈니는 모르는 사람이 없을 정도입니다. 〈겨울왕국〉과 〈모아나〉는 딸이 두 번 이상 볼 정도로 좋아하는 영화입니다. 지브리와 디즈니 음악을 함께 들을 수 있어 기대되었습니다. 이 음악회는 우연히 SNS를 통해 알게 되었습니다. 예매 사이트에 들어가 공연 정보를 확인했습니다. 익숙한 음악 제목들이 보입니다. 그중에서도 영화 〈위시〉라는 연주곡은 이 공연을 선택하게 된 이유였습니다. 주말마다 영어 애니메이션을 보곤 합니다. 〈위시〉는 지난 2023년 11월에 개봉했는데, 영화관에서도 아이와 함께 스크린에서 눈을 떼지 못할 정도로 재미있게 본 영화입니다.

매표소 앞 죽 늘어선 사람들이 차례로 입장권을 받아 공연장으로 들어갑니다. 무대를 한눈에 내려다보고 싶어 2층을 예약했습니다. 악기 소리가 울려 퍼지게 들려 좋다는 장점을 느껴 보고 싶은 마음도 있었습니다. 자리를 찾아 앉았습니다. 객석에서 바라본 무대, 멀어 보여 걱정했지만 잘 보였습니다. 무대 위에는 단원들의 의자가 질서 정연하게 놓여있습니다. 공연이 시작되자 서울 시립 오케스트라 단원들이 입장합니다. 관객들의 박수와 함성이 공연장을 가득 메웁니다. 뒤이어 지휘자가 허리 숙여 인사합니다. 긴장이 느껴지는 적막함 속에서 연주가 시작됩니다. 첫 연주 음악은 〈마녀 배달부 키키〉라는 곡입니다. 모든 악기의 소리가 하나 되어 공연장에 울려 퍼집니다. 어디선가 들어 본 적이 있다고 귓속말하는 아이의 모습이 반가웠습니다.

"엄마, 〈위시〉 노래 언제 나와요?"

1부 연주회가 30분 정도가 지나니 자꾸만 되묻습니다. 가지고 온 손바닥만 한 수첩에 음악회 순서 목록도 적어 보고, 엄마에게 기대어 시간도 보내 보지만 8살 아이에게는 시간이 길게 느껴졌나 봅니다.

"2부에는 이제 〈겨울왕국〉의 음악도 나오고, 기다리는 〈위시〉도 나올 거야."

1부가 끝나고 15분간의 휴식 후 2부가 시작되었습니다. 악기로만 연주하던 1부와 다르게 보컬리스트가 나와 〈소원을 빌어〉라는 노래를 불렀습니다. 가족 단위로 함께 즐길 수 있는 공연이라 객석에서 즐거워하는 아이들이 눈에 띕니다. 좋아하는 음악이 나오자 아이도 덩달아 관객들과 함께 손뼉을 칩니다. 영화관에서 봤던 장면이 떠오릅니다.

"우린 금가루로 만들어졌어. 우리는 모두 별이야."

〈위시〉에서는 별을 무한한 에너지로 표현합니다. 주인공인 소녀 로사는 사람들의 꿈을 가져가 기억을 잃게 만드는 악당과 대립합니다. 자신에게 꿈을 맡겨 놓으면, 한 달에 한 번씩 소원을 이루어 준다는 마법사의 말에 사람들은 큰 기대를 품으며 살아갑니다. 그러나 그 기대는 시간이 갈수록 지루하고도 심심한 일상을 만들었습니다.

"언젠가 내 소원도 이루어 주겠지…."

진정한 꿈의 주인이 자신이라는 걸 잊은 채 살아가는 마을 사람들의 모습에서 몇 년 전 제 모습을 보았습니다. 꿈을 찾아가는 과정, 내 삶의 성장 방향이라는 메시지로 느껴졌습니다. 〈라푼젤〉이라는 영화도 기억났습니다. 세 번이나 반복해서 본 애니메이션 영화입니다. 성에 갇혀 사는 긴 머리 공주가 새로운 세상에 나오는 이야기입니다. 〈위시〉와 〈라푼젤〉 여주인공에게는 간절히 바라는 꿈이 있었습니다. 그 꿈의 시작은 '나'라는 사람에 대한 고민으로부터 시작했습니다. 나는 어떤 것을 좋아하고, 무엇을 잘할 수 있고, 어떤 사람으로 살아갈 것인지에 대한 물음이었습니다. 두 여주인공의 고민을 통하여 본 나에 대한 끊임없는 물음은 꿈을 이뤄 가는 데에 필요한 첫 번째 질문이었습니다. 그동안 자신을 잘 알지 못한 채 남들 하는 대로 적당히 하면 된다고 생각했습니다. 그래서 쉽게 좌절하기도 했습니다. 최근 작가가 되겠다는 마음도 마찬가지였습니다. 단지 책을 좋아하고 가까이하는 사람으로서 글을 쓰겠다고 했지만, 초보 글쓰기 실력에 얼굴이 붉게 달아올랐습니다. 작가라는 한 줄의 타이틀을 갖고 싶었던 건 아닐까 부끄러웠습니다. 책 쓰기를 배운 지 1년이 되어 갑니다. 더디게 느껴지는 속도에 내가 가진 그릇에 대한 고민이 깊은 날도 있었습니다. 그래서 〈위시〉의 내 안에 반짝임은 언제나 존재한다는 말이 큰 용기로 다가왔습니다. 내가 가진 꿈이라는 단어를 다시 생각해 보는 계기가 되었습니다. 일이 많아 버거울 때면 내가 가고 있는 길이 맞는지 물음이 생기곤 했습니다. 이것저것 다방면에 신경 쓰다 보면 하나에 몰입하는 시간이 부족하다고 생각했습니다. 더 잘하고 싶은 마음에 욕심을 부리기도 했습니다. 무언가를 자꾸만 시도하고 있는 모습은 진득한 면이 부족하다는 단점으로 보여졌습니다. 내 미래의 방향에 대한 물음을 던져 보았습니다.

2024년 1월에 오래도록 고민하며 쓴 만다르트를 다시 꺼내 보았습니다. 만다르트는 활짝 핀 연꽃 모양으로 아이디어를 다양하게 발상해 나가는 데 도움을 주는 사고 기법입니다. 대게 목표를 이뤄 가기 위해 세부적인 계획을 세우는 틀로 사용됩니다. 공부방, 독서, 자녀 교육, 운동, 비움, 책 쓰기, SNS, 건강 등 총 9개의 목표가 적혀 있습니다. 그리고 방향성을 나타내는 한가운데 칸에는 '꾸준함'이라고 적었습니다. 2024년도 초반, 내 미래를 계획한 꿈 지도를 잊고 살았습니다. 세부 계획들도 살폈습니다. 신기하게도 벌써 이뤄낸 것들이 몇 가지 있었습니다. 무언가를 이루기 위해서는 스스로 질문하고, 나에게 집중하는 일이 중요했습니다. 그저 내 안에 존재하는 반짝임이 두려움에 가려 보이지 않을 뿐이었습니다. 2023년 12월, Y 언니에게 생일 선물로 받은 다이어리의 문구가 마음에 닿습니다.

"언제나 나라의 반짝임을 잊지 마"

나로 충실히 살아가는 오늘이 내 안에 존재하는 금가루를 발견하는 일이라는 생각을 잊지 않기로 했습니다. 나는 나를 가장 잘 아는 사람이 되어야 하며, 우리는 각자 무언가로 빛나는 별처럼 소중한 존재입니다.

문장, 살아갈 힘을 얻다

2-4.
못난 완성

김소정

"아무것도 아니야."

드라마 〈나의 아저씨〉 남자 주인공 동훈의 대사다. 명대사가 많은 드라마였는데, 유독 그 말에 마음이 닿았다. 여자 주인공 지안은 아픈 과거에 머무른 채, 마음을 닫고 외롭게 살아간다. 지안을 안타깝게 여기던 아저씨가 말한다.

"네가 대수롭지 않게 받아들이면 남들도 대수롭지 않게 생각해. 네가 심각하게 받아들이면 남들도 심각하게 받아들여. 모든 일이 그래. 항상 네가 먼저야."

아저씨 말을 들은 지안의 표정이 나와 같아 보였다. 깨달음과 안도. 그렇구나. 아무것도 아니구나.

2015년 8월, 혼자 2주 동안 유럽 4개국 6개의 도시로 배낭여행을 떠났다. 첫 목적지는 체코 프라하. 경유지인 러시아 공항에서 환승 게이트가 바뀌면서 프라하 공항에 한 시간 늦게 도착했다. 공항에서 시내로 가는 방법을 공항버스 한 가지만 알아 두었는데, 연착으로 그 한 가지 교통수단을 놓쳤다. 날은 어두워지고, 버스도 곧 끊긴다고 했다. 마음이 급했다. 커다란 배낭을 멘 채, 오는 버스마다 달려가 중앙역에 가는지 물었다. 소득 없이 이리저리 뛰어다니기만 하다 주변을 돌아보았다. 뒤쪽 의자에 앉아 있던 70대로 보이는 남자와 눈이 마주쳤다. 본인도 여행자 차림이었는데, 자기가 타는 버스를 따라 타면 중앙역으로 갈 수 있다고 한다. 버스를 따라 타고, 지하철 환승도 한 번 했다. 그는 네덜란드 사람이고 프라하를 좋아해 휴가마다 온다고 했다. 중앙역에 도착했을 때는 밤 11시경. 예약한 호텔은 역에서 걸어서 5분 거리였고, 늦은 밤이라 술에 취한 사람이 많았다. 그가 호텔 앞까지 함께 가 주었다. 어떻게 감사해야 할지 모르겠다고 하니, 다른 사람이 어려움을 겪고 있으면 도와주면 된다고 한다. 남에게 모자란 모습 안 보이고, 신세도 지지 않으려 하며 살아왔다. 얇은 인생관에 금이 가는 순간이다. 체크인 하고 짐을 풀자 안도의 숨이 나왔다. 집에서 나온 지 21시간 만에 다리 뻗고 침대에 누웠다. 여행은 이제 시작이다.

독일 뮌헨에서는 가정집에서 머무를 예정이다. 벨을 누르고 2층에 올라가 집주인 클라우디를 만났다. 그의 남자 친구 클라우스, 아들 펠릭스와 딸 멜리사도 함께였다. 손님이 머무는 방을 소개해 주었다. 침대와 책상은 깨끗하게 정리되어 있었고, 문 옆의 탁자 위에는 뮌헨 안내 지도와 간단한 간식거리가 아기자기하게 자리해 있었다. 집주인의 감각과 따뜻한 배려가 느껴졌다. 마침 점심을 먹으려는데 같이 먹겠냐고 묻는다. 지치고 배가 고픈 차라 체면 차리지 않고 바로 감사하다고 대답했다. 식사는 단출했지만 이야기는 풍성하게 오갔다. 식사 후 집 근처 강변에 수영하러 간다고 함께하자고 한다. 원래는 비어 가든에 가려고 했지만, 이건 마치 독일 가정 문화 체험 아닌가. 이번 여행 사전에 사양이란 없는 듯, 신이 나서 따라나서다 출발도 못 하고 굴욕을 맞았다. 독일 가족의 자전거 네 대는 하나같이 높았다. 민망한 나보다 더 당황한 가족은 키가 좀 작다는 이웃의 자전거까지 빌려다가 나를 타 보게 했다. 독일에서 작은 키란 몇 센티미터인가. 발이 닿지 않는 자전거를 타고 지면도 고르지 않은 초행길을 달릴 자신이 없었다. 가족 모두가 자전거를 타지 않고 나와 함께 걷기로 했다. 원래의 나였다면 가는 내내 미안해하며 불편해하거나, 차라리 나 빼고 가라고 애초에 물러났을 것이다. '미안하다, 고맙다' 한 번 하고 산책과 대화를 즐겼다.

여름 강가의 숲길은 아름다웠다. 민폐를 끼쳐 가며 따라오길 잘했다. 머무르기에 좋은 곳을 찾아 조금 멀리 걷고, 걷고 또 걸어서 너른 강변에 도착했다. 한국에서 6개월간 수영 강습을 받은 건 여행지에서 물놀이를 즐기고 싶어서였다. 자신 있게 겉옷을 벗고 수경까지 차고는 물속으로 뛰어들었다. 그곳에선 모두 얼굴을 내밀고 물결에 몸을 맡겨 여유롭게 떠다니고 있었다. 남사스러움을 무릅쓰고, 수경 낀 얼굴을 물속에 밀어 넣었다. 깊이도 낮고 중간중간 바위도 있는 강물은 탁했다. 내가 할 수 있는 수영장 영법으론 물놀이를 즐기기는커녕 조금도 움직여 나갈 수 없었다. 그곳에서 유일한 동양인이 특이한 차림새를 하고 나타나 허우적거리기만 하다 물 밖으로 나왔다. 지켜보고 있던 클라우디 옆에 앉았다. 민망한 상황도 클라우디 앞에선 부끄럽지 않았다. 뭐든 괜찮다고 해 줄 듯한 품이 넓은 사람 같았다. 원래 알던 사이였던 것처럼 서로의 이야기를 나누었다.

멜리사와 펠릭스의 모습을 보며 참 보기 좋은 남매라고 했더니 전에는 안 그랬다고, 격렬하게 싸웠단다. 둘의 친부가 둘을 항상 비교했고, 펠릭스가 좋지 않게 행동해 왔다고 한다. 함께 살고 있는 클라우스는 대인기피증이 있어 오늘 함께 나오지 못했다고 했다. 둘 다 예술업에 종사했고, 마음이 잘 맞는 단짝이었다. "I love him so much."라고 하는 클라우디의 모습이 강바람에 어울려 아름다웠다. 지나온 그의 삶에 굴곡이 있었을지언정 아름다움까지 앗아 가지는 못했나 보다. 오히려 그에게 더 깊고 넓은 품을 선물한 것 같았다. 물놀이를 마친 펠릭스, 멜리사와 함께 저녁 식사거리를 사 들고 돌아가는 길, 클라우스가 반려견을 데리고 집 앞에 마중 나와 있었다. 저녁노을을 배경으로 한 우리 여섯 모습이 한 장의 그림 같다 느껴졌다. 시시한 체면을 내려 두고 마음을 열었더니 마음속 사진첩에 행복한 장면이 남았다.

여행은 내내 고됐다. 어찌나 자주 길을 잃는지, 여행하다 길을 잃는 것이 아니라 길을 잃기 위해 여행하는 것 같아 스스로 원망

문장, 살아갈 힘을 얻다

스러워졌다. 상황이 반복되자 방법을 생각하기 시작했다. 생각보다 너무 멀리 왔거나, 방향이 틀렸단 느낌이 들면 멈추어 서서 주변을 다시 보았다. 지도를 돌려서 보고, 지나는 사람을 붙잡아 묻고, 기억 속 정보를 다시 곱씹어 보기도 했다. 길을 잃었을 때 해야 할 것은 길을 찾기 위해 계속 움직여 나가는 것이 아니라 현재 있는 곳을 살피는 것이었다. 헤매지 않기 위해 신중을 기했다. 여전히 실수는 발생했지만, 많이 자책하지 않게 되었다. 따뜻한 도움은 연료로 삼아 다시 나아갔고, 퉁명스럽고 화나 있는 사람을 만나면 상황을 제대로 보게 하는 배움으로 삼았다.

여행보다는 헤맴이라 할 만한 여정을 마쳤다. 애초에 했던 계획이 틀어져 오히려 재미있는 경험을 하기도 했고, 갚지 못할 감사한 마음, 세상을 보는 다른 시각을 얻기도 했다. 떠나지 않았다면, 중단했다면 없었을 성장이다. 실패를 두려워하는 마음에 차라리 '하지 않기'를 선택하곤 했다. 완벽을 추구하다가 완성하는 용기를 내지 못할 때가 많다. 못났어도 완성은 완성이다. 인생의 여정에서 작고 못난 완성들이 쌓이고 쌓여 단단해진 마음이, 도리어 나를 믿어 주고 세워 주기를. 좀 모자라도 괜찮다. 아무것도 아니다.

2-5.
건국 전쟁

송기홍

"우리 자유를 우리 손으로 회복합시다. 나의 사랑하는 동포여, 이 말
을 잊지 말고 전파하여 준행하시오."

영화 〈건국 전쟁〉에서 이승만 대통령의 육성 녹음으로 들려진
내용이다. 이 영화는 대한민국 초대 대통령이었던 이승만과 한국
전쟁을 다룬 역사 다큐멘터리다. 이 영화를 세 번이나 봤다. 두 번
은 상영관에 가서 입장권을 구매하여 봤는데, 같은 영화를 입장권
을 구매하여 두 번씩 보는 것이 내게는 흔하지 않은 일이다. 그 후
텔레비전에서 무삭제판이라고 방영하길래 또다시 봤다. 이 영화
를 여러 번 관람한 이유는 이 영화가 우리의 근대사를 담고 있기
때문이다. 우리 근대사를 다큐멘터리 형식으로 제작한 이 영화가
좋았다.

　가난한 농부의 아들로 태어난 나는 어린 시절에 가난이 무엇인
지 몸으로 느끼며 자랐다. 우리 집은 평소에는 꽁보리밥을 먹어야
했고, 고구마나 감자가 나오는 계절에는 그것으로 한두 끼는 끼니

를 때웠다. 먹기 싫어도 살기 위해 어쩔 수 없이 먹어야 했다. 그래서인지 지금은 보리밥이나 고구마 감자는 별로 좋아하지 않는다. 쌀밥은 제삿날이나 되어야 맛볼 수 있었다. 그래서 어렸을 때는 제삿날을 기다렸다. 우리 집은 아버지가 종손(宗孫)이어서 다행인지 불행인지 제사가 많았다. 제삿날에 쌀밥을 먹을 수 있는 것으로는 다행이라고 생각한다. 그러나 가난한 집에 제사가 자주 오니 부모님은 부담되셨을 것 같다. 평소에는 꽁보리밥에 반찬도 별로 없는 식사를 해야만 했다. 그런데 제삿날이 되면 쌀밥에 반찬도 여러 가지를 더했다. 당시에는 제사상에 올리는 그 음식들이 무슨 의미인지 잘 몰랐다. 단지 쌀밥에 여러 가지 반찬을 먹을 수 있다는 것만으로 그날이 기다려졌다. 그러나 제사는 항상 밤늦은 시간에 행해졌고, 어린 나이에 기다리다 지쳐서 제사가 시작되기 전에 잠이 들곤 했다. 구수한 제사 음식 냄새를 맡으며 시간이 빨리 지나가기를 기다렸다. 시간은 왜 이리 천천히 가는지, 기다려야 하는 시간이 너무 길게 느껴졌다. 그러다 졸음이 오기 시작하면 졸지 않으려고 눈을 비비기도 했다. 그런데도 잠이 쏟아지면 쭈그리고 앉아 꾸벅꾸벅 졸다가 쓰러져 잠이 들곤 했다. 잠에서 깨어 보면 아침이었다. 아침에 일어나면 쌀밥은 아주 조금만 남겨져 있었고, 동생과 함께 나눠 먹다 보면 언제나 부족했다. 쌀밥을 또 먹으려면 다음 제삿날을 기다리는 수밖에 없었다. 지금은 더이상 제사를 지내지 않지만, 흰 쌀밥은 지금도 너무 맛있다.

어린 시절에는 동네 아이들과 뒷동산에 올라가 전쟁놀이를 자주 했다. 골목마다 어린애가 넘쳐나던 시절, 나무 막대에 끈을 묶어 어깨에 메고 다니며 그 총으로 전쟁놀이했다. 두 팀으로 편을 나눌 때는 내 동생처럼 나이 어린 동생들은 인기가 없었다. 쉽게 발각되기 때문이다. 그래서 자기 동생은 항상 자기가 책임져야 했고, 내 동생은 언제나 내 편이 되었다. 팀이 정해지면 각자 위치에 숨어 있다가 '전쟁~ 시작!'이란 신호와 함께 전쟁놀이는 시작되었다. 상대편을 발견하면 나무 막대로 된 총을 겨누고 '영수~ 빵!' 하면 영수가 총에 맞아 쓰러지는 흉내를 내던 놀이였다. 지금 스마트폰으로 하는 그 어떤 온라인 게임보다 더 즐겁고 신나는 놀이였다. 검정 고무신을 신고 산비탈을 오르내리다 보면 신발이 벗겨지기도 했다. 신발이 벗겨지지 말라고 새끼줄로 신발을 묶었다. 그래도 재미있었다.

이 영화를 보는데 어린 시절 전쟁놀이하던 일이 생각났다. 6.25 전쟁이 휴전하게 되고 시간이 많이 지나지 않았기 때문인지, 어린 시절에 전쟁놀이를 많이 했다. 오징어 게임을 하고, 땅따먹기, 자치기, 비석 치기, 딱지치기, 제기차기, 연날리기 등을 할 때도 있었다. 6.25 전쟁에서 나라를 지켜 내지 못했다면 친구들과 놀던 어린 시절도 없었을 것이다. 생각해 보니 그것 또한 참 감사한 일이다. 이 대통령은 취임 후 여러 가지 정책을 폈다. 1949년에는 농지개혁법을 제정했다. 대지주들의 농지를 정부가 매입하여 소작농과 빈농들에게 저렴한 가격에 재분배했다. 토지개혁으로 많은 농민이 자신의 토지를 소유하게 되었다. 이를 통해 기존의 대지주 중심 사회 체제가 붕괴하고, 평등한 사회 구조가 만들어지는 계기가 되었다. 그러나 우리 집은 여전히 농토가 없었다. 정부가 저렴한 가격에 분배하는 그 토지마저도 매입하지 못했다. 그만큼 가난했다. 우리 명의로 된 농지는 없었지만, 부지런하셨던 아버지는 국가 소유의 하천 부지를 개간하여 소작으로 농사지었다. 그리고 해마다 가을이 되면 농지 사용료 명목으로 나라에 소작료를 내셨다. 그렇게 냈던 소작료는 개인 소유의 농지 소작료에 비해 저렴했고, 그 어려운 시절을 견뎌 오는 데 도움이 됐다. 그 시절 가난한 농부의 아들로 자랐기에 영화의 내용이 오래된 타인의 이야기가 아니라 내 어린 시절의 이야기처럼 친근감 있게 느껴졌다. 36년간의 일제 강점기가 지나고 해방을 맞은 우리나라는 해방이 되었지만, 모든 것이 혼란스러웠다. 그런 시기에 이 대통령은 나라의 기틀을 세우고 "우리 자유를 우리 손으로 회복합시다. 나의 사랑하는 동포여, 이 말을 잊지 말고 전파하여 준행하시오."라고 말하며 국민을 계몽했다.

자유는 우리 손으로 만들어 가야 한다. 남에게 의존해서 얻어지는 것이 아니라 스스로 만들어 가야 한다. 〈건국 전쟁〉은 이승만 대통령의 육성 녹음과 역사 자료 영상들이 삽입되어 있어서 더 실감 났고, 역사학자들의 인터뷰 역시 이 역사를 이해하는 데 도움을 주었다. 욕심이 과했던 것일까? 결국 1960년, 4·19 혁명으로 대통령직에서 물러나야 했다.

과유불급(過猶不及)이란 말이 있듯이, 욕심이 과하면 언제나 끝이 좋지 못한 것은 역사의 가르침이다.

2-6.
나를 위한 영화

신민진

"내 인생 별거 없다고 생각했는데, 꽤 괜찮은 순간들이 항상 있었어.
내 인생을 초라하게 만든 건 나 하나였나 봐."

— 드라마 〈그해 우리는〉 —

"오늘 대본 리딩 하고 인터뷰 영상 촬영합니다. 준비하고 오셔요."
점심 무렵, 메시지가 왔다. 우리 극단 단장이다. 긴 글 끝에 부담
없이 오라는 말도 덧붙여져 있다. '준비? 부담 없이? 신경을 쓰라
는 건가?' 의도를 몰라 고개가 갸우뚱한다. 첫 연극 공연을 앞두고
있다. 아마추어지만 배우가 된 기분에 설렌다. 연습 시간이 다가
오니 이상하게 긴장이 된다. 시선을 받으며 내 이야기를 한다고
생각하니 가기 싫은 마음이 올라온다. '못 간다고 할까?' 그럴듯한
핑곗거리도 없다. 어떤 옷을 입고 갈지 옷장을 뒤적여 본다. 어깨
봉긋한 여성스러운 카디건, 화려한 원피스, 실크 셔츠를 바꿔 입
어 본다. 아무래도 아니다. 부담스럽다. 좀 과해도 될 날인데 눈에
띄고 신경 쓴 것처럼 보이기 싫다. 베이지색 기본 니트를 골라 입

는다. 얼굴색과 비슷해 보호색 같다. 마음이 편안하다. 머리와 화장을 해 볼까 하다 그만둔다. 평소와 똑같이 질끈 묶은 머리에 화장기 없는 얼굴로 집을 나섰다.

연습실에 들어갔다. 단원들 모두 한껏 단장한 모습이다. 옷도 화려하고, 긴 머리에 웨이브도 탱글탱글, 화장도 곱게 한 모습이 예쁘다. 나를 보고 당황한 눈치지만 크게 내색하지 않는다. 단장이 다가와 "어? 오늘 인터뷰 촬영하는 거 몰랐어요?" 하는데 멋쩍다. '나도 꾸미고 올 걸 그랬나?' 후회도 되지만, 아무렇지 않은 척 웃고 떠든다. 인터뷰는 단원들이 한자리에 모여 진행했다. 유쾌한 분위기였다. 하지만 무대 중앙에 의자는 딱 하나. 조명과 커다란 카메라, 시선을 한 몸에 받아야 하는 그 자리란, 생각만 해도 몸이 떨려온다. 하지만 나는 평소 당당하고 어디에도 기죽지 않는 캐릭터다. 속내를 들키지 않고 평소 분위기를 살려야 했다. 천연덕스럽게 다리를 꼬고 앉았다. 미소를 머금고 내 이야기를 이어 갔다. 평온한 목소리와 시선 처리 이 정도면 성공이다 싶었다.

영상은 몇 달이 지나 공연 당일에서야 공개되었다. 무대를 꽉 채운 대형 롤 스크린 안에 그때의 모습들이 생생하게 담겨 있다. 단원들은 신이 나서 몰려드는데, 나는 망친 시험 성적표를 받을 때처럼 창피하고 긴장된다. 화장실에서 마음을 가다듬고 무심한 척 돌아오니 마침 내 순서. 분명 나처럼 생긴 한 여자가 화면 속에 있다. 눈꺼풀은 경련을 일으키듯 바르르 떨며 수시로 깜빡거린다. 경직된 얼굴인데 입은 애써 웃는다. 차마 쳐다보기 어렵다. 당시 불편한 마음이 그대로 느껴졌다. 잘 감춘 줄 알았는데 아니었구나. 들통나 부끄러운 마음마저 감추고 싶다. 무대에 오르고 싶어 연극에 도전했다. 그런데 스포트라이트는 힘들다. 별거 없는 내가 초라해 숨고 싶은 나를 만난다.

나는 그냥 평범한 사람이다. 크게 내세울 것도 자랑할 것도 없다. 어린 시절 유일한 자랑거리는 우리 언니였다. 언니는 소위 엄친딸이다. 학창 시절 내내 전교 1등 타이틀을 달았다. 다재다능했다. 그런 언니가 있으니 내가 적당히 잘하는 건 티도 안 났다. 하지만 나쁠 것도 없다. 언니 인생에 편승해서 편하게 살았다. 크게 노력하지 않아도 쉽게 얻었고, 어디서나 관심을 받았다. 보잘것없는 내가 들통날까 봐 마음을 졸였지만, 언니 옆자리는 달콤했다. 이제는 어른, 각자의 삶을 산다. 하지만 여전히 나를 드러내기는 어렵다. 주목받는 순간이 오면 일부러 볼품없는 모습이 되어 숨는다. 빛나는 주인공 옆에 조연, 그게 내 운명인 줄 알았다.

교직 생활을 하던 시절, 가깝게 지내던 E 교사를 만났다. 8년 만의 만남이었다. 어찌나 반갑던지, 손을 잡고 방방 뛰며 인사를 나누었다. 테이블에 앉자마자 불쑥 그녀가 말한다.

"선생님 저 아침부터 너무 설렜어요. 우리 반 아이들한테 자랑하고 왔잖아요. 오늘 롤 모델 선생님 만나서 너무 떨린다고."

"롤 모델? 내가? 롤 모델이라고? 왜?"

잘못 들은 줄 알았다. 같은 학교에서 4년을 함께했지만, 처음 듣는 말이다. 눈을 크게 뜨고 그녀를 바라본다. 그녀 얼굴은 고백이라도 하듯 상기되어 있다.

"내가 너희들한테 잘하는 거 다 그 선생님 덕분인 거야. 그러니까 너희들도 고마워해야 해. 그랬잖아요. 하하! 저 진짜 선생님 하시는 거 다 따라 하고 싶어서 연구했어요."

세상에나. 이런 찬사가 또 있을까. E와 그때 그 시절 이야기로 꽃을 피운다. 일찍 출근해서 하루를 준비하는 것, 미루지 않고 일을 빠르게 처리하는 것, 화내지 않고 아이들 훈육하는 것, 주변 사람들과 웃을 일이 많다는 것, 타인의 마음을 알아주고 기억하는 것, 여가를 자유롭게 즐기는 것과 같은 소소하고 일상적인 모습도 꽤 괜찮은 순간이 될 수 있구나. 머릿속에 환한 전구가 켜진다. 집에 와서도 '롤 모델'이라는 단어가 머릿속에 맴돈다. 내 삶을 되돌아본다. 그녀의 이야기를 통해 알게 된 나의 모습을 천천히 바라본다. 별거 없다고 생각했던 지난 시간이었다. 다르게 바라보니 고요하게 빛을 낸다. 내가 살아온 시간이 제법 괜찮게 느껴진다. 그 속에 나도 썩 괜찮다.

눈을 감는다. 내 인생을 한 편의 영화로 떠올린다. 관객이 되어 바라본다. 나라는 주인공을 중심으로 수많은 등장인물이 오고 간다. 다양한 에피소드가 펼쳐진다. 멜로, 액션, 코미디, 드라마, 모험. 장르를 넘나든다. 흥미진진하다. 주인공은 바뀌지 않는다. 영화 속에서 슬프고 화가 나고 외롭고 초라해도 나는 주인공이다. 영화는 정지 버튼 없이 계속 흘러간다. 내가 주인공인 걸 알아차리니 조명이 한층 밝아진다. 어떤 이야기가 펼쳐질지 궁금하다. 천만 관객 영화가 부럽지 않다.

2-7.
우린 그래야 하잖아

쓰꾸미

　　사랑하는 사람, 관계를 더 오래 유지하고 싶은 사람과는 적당한 거리가 필요하다.

　해외에서 자주 일하는 직업이라 외국에서 혼자 시간을 보내는 방법들 중에 하나가 드라마를 보는 것이었다. 그렇게 본 드라마 중 하나가 바로 〈그해 우리는〉이었다. 이 드라마를 좋아했던 이유는 웅이와 연수가 고등학교 때 만나 같은 시간과 공간을 공유하는 모습이 과거의 추억을 떠올리게 했기 때문이다. 20살에 철없이 만나 8년 동안 연애 후 결혼한 내 과거와 너무나 닮았기 때문이다. 특히 "연수야, 우리 이거 맞아? 우리 지금 이러고 있는 거 맞냐고. 다른 사람 아니고 우리잖아."라는 대사는 심장을 요동치게 했고, 소리를 지르면서 보게 했다.

　드라마에서 이 대사는 시간이 지났어도 그때 감정으로 쉽게 돌아갈 수 있다. 웅이의 감정이 내 감정과 똑같아서 비슷한 선택과 결정을 하면서 감정 이해를 넘어 나와 웅이의 감정이 하나가 되는 듯한 기분으로 보게 되었다. 사랑하는 사람과는 항상 같은 마음이어야 한다고 생각했다. 그러나 대부분은 그렇지 않은 경우가 더 많았다. 인생의 반 이상을 함께한 아내가 왜 다른 생각을 하는지, 불만이 생겼다. 관계가 소원해졌다가 다시 회복하는 반복을 겪었다. 예를 들어, 2017년 어머니의 복막암 문제로 아들의 역할에만 열중한 성격 때문에 아내는 답답해했다. 아들의 역할만큼 아버지와 남편의 역할도 중요하다는 점을 깨닫지 못해 답답해했던 것이었다. 처음에 좋게 이야기 시작하더라도 결국 의도와 다르게 자존심 싸움으로 끝나기 일쑤였다. 외부에 힘든 상황이 닥쳤을 뿐 아니라 내부에서도 문제가 생긴 것이었다. 좋은 상황일 때에는 절대 발견되지 않는 문제지만, 반드시 해결해야 나중에 비슷한 상황을 슬기롭게 해결할 수 있는 문제였다. 고민 끝에 서로가 불필요한 싸움의 상처를 줄이기 위해 글로 전달해 보는 방법을 사용해 보니, 서로 간의 관계가 개선되는 효과를 보았다. 특히 가까운 가족과 친한 친구에게는 더욱 그랬다.

글로 의견을 전달하면 한 번 더 들여다보게 되고, 표현이 순화되고 명확해졌다. 그러면 불필요한 논쟁과 감정싸움을 피할 수 있었다. 물론, 글로 의견을 보내 달라는 것은 모든 일상과 관련한 사항이 아니다. 글을 쓰는 것은 상당한 시간과 에너지를 소모하는 일이다. 그렇기에 건전한 갈등에서 더 좋은 관계를 형성할 때 더욱 효과가 좋았다. 삶에서 우선순위 충돌 문제를 해결하고 다시 같은 방향을 바라보며 살아가야 하는 상황에 해당하였다. 오해하지 않기를 바란다.

아직 독립적인 삶을 완성한 인간이 아니기 때문에, 가까운 사람은 나와 동일한 사람으로 생각하는 경향이 강하다. 이야기하지 않아도 나와 가까운 사람은 같은 생각을 하고 같은 선택을 할 것이라는 착각에 빠지곤 한다. 어떤 표현이나 의견을 제시할 때 '우리'라고 표현하고, 그 '우리'에는 가장 가까운 사람이 포함되는 경우가 많았다. 상대방이 동의하지도 않았고 혼자만의 착각 속에 빠져 생활하다가, 상대방이 다른 의견이나 감정을 이야기할 때 혼자 삐치고 속 좁게 툴툴거린다. 나이가 40세가 넘었지만, 왜 그렇게 속상한 것이 많은지 놀라울 따름이다. 때때로 어른이 아니라 아이처럼 행동하고 반응하는 자신이 부끄럽다. 예를 들어, "작가가 될 거야. 그것도 베스트셀러 작가."라고 이야기하면, 현실주의자인 아내는 "그래."라고 짧고 감정 없이 반응한다. 꿈에 대해서 열정이 식지 않고 지속할 수 있도록 격려와 응원을 원했다. 그러나 돌아오는 것은 짧고 감정 없는 단답형 반응뿐이었다. 그래서 혼자 상처를 받고, 삐쳐서 집에서 대화할 때 툴툴거리게 된다. 글로 상황과 감정, 필요한 사항을 명확하게 작성해서 보여 주었다면 이런 못난 행동은 피할 수 있었을 것 같다. 예를 들면, '요즘에 나 너무 힘들다. 나와 비슷한 사람들에게 어떻게 하면 힘을 줄 수 있을까? 사람들이 내 글로 위로를 받으며 읽고 힘을 내서 열심히 살아갔으면 한다.' 이렇게 구체적인 생각을 글로 적어서 전달해서 이야기하니 짧은 답변보다는 긴 응원과 격려가 돌아왔다.

말로 생각을 전달할 때, 본론 시작 전 분위기를 형성하는 작업에 신경을 많이 써야 결과가 좋았다. 회사에서도 자주 경험하는 사항이다. 업무 진행 시 각자의 우선순위가 있다. 중요한 업무를 하고 있을 때 동료들이 와서 의견을 나누는 과정에서 집중하지 못하고 답변하는 나를 하루가 멀다 하고 발견한다. 동료들의 이야기보다 내가 하던 일이 더 중요했기 때문이다. 이런 상황에서는 상대의 이야기에 집중하지 못하는 모습으로 불필요한 오해를 받기도 하였다. 말로 의견이나 생각을 전달할 때는 화자가 중심이 되면 열 건 중 한 건도 원하는 성과를 얻기 힘들었다. 반대로 청자를 중심으로 이야기하면 열 건 중 일고여덟 건 정도는 긍정적인 반응을 이끌어 내는 결과를 얻었다. 중요한 이야기를 할 때는 듣는 사람이 준비되어서 의견을 전달하는 것이 효과적이었다. 하지만 듣는 사람이 나를 위해 항상 이야기를 들어 줄 준비를 해 놓고 기다려 주지 않는다. 효과적인 의사소통을 위해 중요한 사항은 글로 작성해서 의견을 나누는 것이 좋았다. 글이라고 해서 딱딱한 느낌도 있지만, 카카오톡이나 E-mail을 적극적으로 활용했다.

싸우거나 갈등이 발생한 후, 화해가 필요할 때 글로 생각과 감정을 전달하는 방법을 이용하였다. 가끔 꽁한 성격이라 부정적인 감정이 가득할 때는 조심하게 된다. 그래도 그때 감정에 못 이겨 고슴도치처럼 뾰족하게 반응하기도 한다. 부정적인 감정이 희석되면 잘못을 깨닫고 다가가 살갑게 풀어 보려고 한다. 그러나 여기서도 문제가 발생한다. 내 기분은 풀어졌지만, 상대방은 불편한 상황에서 화해 제스처를 취하면 부정적인 감정을 부추기는 경우가 많았다. 돌아오는 반응은 "본인밖에 모르는 사람"이라는 말일 때가 많았다. 이런 본인 위주의 행동을 하다 보니, 아내에게 부정적 피드백(욕)을 받는다. 그래서 어색한 상황을 풀고, 상대방에게 시간을 주어 감정을 추스르고 관계를 회복하기 위해 글로 시작해 보는 것으로 큰 효과를 보았다.

삶을 더 현명하게 살고 싶다. 그리고 가까운 사람과 행복하게 살기 위해 필요한 것은 바로 적당한 거리라고 믿는다. 적당한 거리를 통해 가까운 사람을 동일시하지 않는다. 그리고 일방적인 통보 형태가 아닌 존중과 배려가 묻어나는 글을 통해 관계를 더욱 끈끈하게 만들 수 있었다. 글을 쓰고 나서 소리 내어 읽으면 의도와 감정이 어떠한 상황에서 그렇게 행동하게 되었는지에 대해 생각해 보고 개선 사항을 알게 되는 것은 예상하지 못한 보너스였다. 마지막으로 가까운 사람과 감정이 격해지는 상황이 발생했다면, 글로 써 놓은 뒤 하루 뒤에 다시 읽어 보고 보내면 관계가 많이 개선되었다. 여기서 중요한 점은 '하루 뒤(시간적인 거리)'라는 점이었다. 사랑한다고 가까운 사람을 동일시하면 내 마음만 고달프고 아프다. 서로가 적절한 거리와 예의를 갖추면서 살아가는 것이 삶을 풍요롭게 만드는 방법이라고 믿는다.

2-8.
집은 없어도 생각과 취향은 있어

양지욱

"집은 없어도 생각과 취향은 있어."

— 영화 〈소공녀〉 —

2019년, 넷플릭스에서 우연히 영화를 보았다. 제목은 〈소공녀〉다. 돈이 없는 여자가 주인공으로 등장하리라 상상은 했다. 난방이 안 되는 월세를 들어 살면서도 하루에 위스키 한 잔과 담배 한 갑을 포기할 수 없는, 주인공 미소의 취향. 도저히 받아들이기 힘들었다. 더구나 그녀는 위스키와 담배 가격이 올라도 둘 다 끊지 않고 산다. 결국 월셋집을 포기하고, 강가에서 텐트를 치고 살아간다. 가사 도우미인 미소는 영화가 끝나는 마지막 장면까지 취향을 포기하지 않고 산다. 그런 그녀의 언행은 '진정 나를 위한 삶은 무엇인가?'를 생각할 수 있는 계기가 되었다.

나는 그동안 어떻게 살아왔을까? 다른 사람의 겉모습을 보면서 "아니, 어떻게 저런 음식을 먹지? 왜 그렇게 말하는데? 머리 모양은 어떻고?"라며 뾰족하게 말을 내뱉었다. 날마다 욕조에 물을 가득 받아 장미 입욕제를 넣고, 느긋하게 몸을 맡겨 노래를 듣는 딸의 모습을 보면 이해하기 어려웠다. 간장에 쓱쓱 비빈 밥을 맛있게 먹는 모습을 보면 '저 애가 내 딸이 맞나? 저게 진짜 맛있어서 먹는 걸까?'라는 의문이 들기도 했다.

어느 날 딸의 책상 서랍을 열어 보고 깜짝 놀랐다. 셀 수 없는, 알록달록 색깔의 그 많은 필기도구. "필기도구가 왜 중요한데?"라고 물었다. 물음에 답을 하지 않았다. 교토 여행에서 mina 상가 6층 문방구 코너에 이틀에 걸쳐 두 번 갔다. 매장 사이사이를 천천히 걸어 다니며 구경하다 친구 혜진이 생일 카드 한 장을 드디어 골랐다.

"엄마! 어때?"

"응, 예뻐. 괜찮은데."

그렇게 공책 한 권, 메모지 하나, 편지지 한 장, 연필 한 자루도 깊이 생각하고 골랐다. 필기도구에 대한 그녀의 지극한 사랑은 마치 이방인을 보는 듯했다. 취향을 부정할 때마다 "엄마, 취존(취향 존중)도 모르냐."라면서 결코 화를 내지 않았다. 그러던 어느 날, 안 되겠다고 생각했는지 『취향의 기쁨』이라는 책을 도서관에서 직접 빌려다 주었다. 권예슬 작가는 그 책에서 "초라한 취향은 없다. 가난한 취향도 없다. 취향이 다르다고 틀린 것은 아니다. 취향 찾기를 멈추지 말라." 외치면서 자신만의 방식으로 살아가는 '취향의 기쁨'을 그림과 함께 자유롭게 표현하고 있었다. 그 이후 나도 취향에 관심을 가지기 시작했다.

2021년, 작가가 되겠다는 결심을 하고 글쓰기를 시작하였다. 노트에 볼펜으로 일기와 글을 쓰면서 그동안 딸이 필기도구에 왜 공들였는지 알게 되었다. 글을 쓸 때 노트 재질과 볼펜에 따라 글씨가 잘 써지거나 엉망이 되었다. 쓸 때 기분도 달랐다. 글을 쓰려면 마음에 드는 노트와 볼펜이 필요하다. 학교에 근무하는 사람이라 30년 넘게 한 번도 필기도구를 돈 주고 산 적이 없었다. 시행착오를 거쳐 스프링이 끼워지고, 갱지로 만들어진 3,500원 노트에 자바 제트라인 0.7mm 12개 1다스에 7,000원 가격인 유성 볼펜을 이용하여 글을 쓰는 데 만족한다. 필기도구에 대한 소박한 취향이 비로소 생겼다.

취향은 소비할 때 잘 드러난다. 문방구에는 관심이 없어 취향이 없었을 뿐, 좋아하는 그 무엇을 선택할 때는 취향을 추구하고 있었다. 특히 옷 스타일, 머리 모양, 액세서리, 향수, 음식, 책 등은 취향과 연결되어 지나칠 만큼 '나'라는 주체성을 이미 드러내고 있는 것이 아닌가.

2024년 2월, 3박 4일로 모녀가 일본 교토로 여행을 갔다. 아침 식사를 하기 위하여 아라시야마 치쿠린(대나무 숲) 부근 맛집 '다이쇼 하나나'에서 줄을 서고 기다렸다가 도미회 정식과 된장절임구이 정식을 시켜 먹었다. 그 어떤 맛집인들 30분이나 기다렸다 밥을 먹은 일이 없다. 딸이 먹고 싶은 음식을 같이 먹음으로써 다른 사람의 음식 취향을 접할 수 있었다. 그녀와 거리가 한 뼘은 더 가까워졌다. 딸을 통하여 남의 취향도 소중하다는 사실을 깨달았다. 그들의 취향을 조금씩 인정하면서 '그래서 미소가 집은 없어도 하루에 담배 한 갑을 피우고, 위스키 한 잔도 매일 마셨구나!'라는 생각이 들었다.

취향은 변한다. 딸은 옷 입는 스타일을 통하여 나를 이해하기 시작했다. 지난 4월에 따로 사는 딸이 집에 왔다. "엄마 옷장에서 가져가 입을 만한 옷이 없을까?"라고 말을 꺼내자마자 지난겨울부터 눈독을 들이던 검은색 골프복 치마반바지를 옷걸이에서 가장 먼저 뺏다. 입기 전에 먼저 옷의 표정을 이리저리 살폈다. 거울 앞에서 입어 본다. 작년부터 살이 조금씩 빠지기 시작한 그 몸에 잘 어울렸다.

"음, 조금 짧은 길이가 흠이야. 편하고 무엇보다 나에게 잘 어울린다! 엄마가 왜 이런 옷을 사서 입는지 이제 알겠어."

몸매에 자신감이 생겼는지, 거울 앞에서 앞모습, 뒷모습, 옆모습까지 체크를 한다. 살 때부터 자기 옷인 양 몸에 딱 떨어지게 잘 맞는 옷을 입은 그녀는 누구보다 눈부셨다.

취향은 말하지 않아도 드러난다. 가끔 다른 사람을 이해하기 위하여 그가 입고 있는 옷을 살펴본다. 이전에는 '왜 저렇게 입었을까?' 상상한다. '치마 정장을 입었네. 색깔은 검은색으로 튀지 않아. 짧은 머리와 잘 어울리고. 역시 전형적인 교사 스타일이군! 관습형 인간인가?' 혼자 놀이는 끝이 없었다. 지금은 '맞아, 저 사람의 옷 입는 방식이야. 편한 옷을 입었군!'으로 바뀌었다. 취향에는 정답이 없기에 선입견 없이 그 사람을 대할 수 있다. 내 취향이 소중하기에 타인의 취향도 존중한다.

취향은 새로운 것을 더하거나 기존의 것을 빼면서 다시 만들어진다. 산책하며 이어폰으로 발라드 음악을 듣는다. 시를 읽는다. 그러다 좋아하는 문장을 발견하면 읽고 베껴 쓰며 생각하는 연습을 한다. 반려견을 키우다 2년 전 하늘나라로 보낸 후에는 산책하다 만난 강아지를 주인의 허락을 구하고 한 번 만져 보며 만족한다. 모녀는 해외 여행지인 어느 호텔에서 천연 입욕제를 넣은 욕조에 몸을 푹 담그고 음악을 들으면서 향기를 느낀다. 좋아하는 음식을 같이 먹고, 24시간 대화를 공유하는 일상을 다시 꿈꾼다. 이렇게 만들어진 취향은 소소한 것도 행복하게 만든다. 진정 나를 위한 삶이다. 이제 취향은 더 이상 액세서리가 아니고, 필수품이다.

사람마다 취향은 다양하다. 다른 사람과 나의 취향을 알아 가는 일도 하루를 의미 있게 살아가는 방법이다. 영화를 고르는 기준도 나만의 취향이다. "집은 없어도 생각과 취향은 있어."라는 대사 덕분에 나의 삶을 더 소중하게 여기게 되었다. 나와 다른 사람의 기준을 존중하려고 한다. 사람마다 볼펜, 옷, 집 안 물건을 고르는 기준은 다르니까. 다르다는 점을 인정했다. 각자의 취향을 존중하고 서로 이해하게 되어 딸과 옷을 공유해서 입는다. 다른 사람 취향을 인정했더니 내 삶이 점점 가벼워졌다.

2-9.
그 말 한마디가

육이일

"말은 마음을 담는다. 그래서 말에도 체온이 있다.
세상이 그나마 살만하도록 삶의 체온을 유지시켜 주는 건
당신의 투박한 체온이 담긴 따뜻한 말 한마디다."

— 드라마 〈응답하라 1988〉 —

중학교에 막 올라갔을 때다. 엄마가 옆방 사는 아저씨께 식혜 한 사발을 가져다 드리라고 했다. 수줍음 많은 아이였다. 식혜를 든 채 옆집 방문 앞에 멈췄다. 신발이 가지런히 놓여 있다. '뭐라고 하지?' 혼자 고민했다. 작은 소리로 '아저씨?' 하고 연습했다. 긴장된 마음으로 갈색 방문을 두드렸다.

"아저씨, 계세요? 아저씨, 식혜 드세요!"

잠시 후 문이 열리고, 낡은 메리야스 차림의 아저씨가 나왔다. 얼굴을 못 올려보고 말했다.

"엄마가, 식혜 드시래요."

내 목소리가 점점 작아진다.

"고맙다. 잘 먹겠다고 전해 드려."

식혜 받은 아저씨의 부드러운 목소리에 고개를 들었다. 숯처럼 진한 눈썹과 환한 미소가 나를 바라봤다. 맛있게 드시라는 말도 못 하고 집으로 뛰어갔다. 단순한 심부름이다. 어른이 된 지금은 일도 아니다. 그날의 따뜻함 때문일까! 식혜 심부름 하던 수줍은 아이 생각에 한 번씩 미소가 난다.

어린이집을 운영하는 동안 해마다 불우이웃 돕기 바자회를 열었다. 처음엔 아나바다(아껴 쓰고 나눠 쓰고 바꿔 쓰고 다시 쓰기)로 시작했다. 주변 반응이 좋았다. 그다음 해부터 아나바다 대신 불우이웃 돕기 행사를 했다. 겨울이 길고 유난히도 춥던 어느 해였다. 시골 교회 공부방 화목난로 연통에 불이 붙었다는 소식을 들었다. 난로는 쓸 수 없게 되었고, 오후 4시면 산자락 끝이라 해도 일찍 넘어간다.

"목사님, 필요한 것 있으세요?"

처음엔 없다고 했다. 조심스레 다시 물었다. 불에 타서 못 쓰는 화목난로 대신 주물 난로가 필요하다고 했다. 가격은 250만 원. 난로에 대해 아는 정보가 없어 비싸다는 생각을 했다. '주물이 비싸구나.' 금액에 맞춰 바자회 계획을 짰다. 어린이집 안에서 하던 바자회 장소도 옮겼다. 근처 커피숍이다. 사장님께 12월 불우이웃 돕기 바자회 얘기를 했는데, 단골 찬스로 흔쾌히 허락했다. 남편과 어떻게 운영할지 구상을 했다. 어린이집 재원생과 졸업한 친구들까지 초대하기로 했다. 판이 커졌다. TV에서 한참 방영했던 〈응답하라 1988〉 대신 '응답하라 일일찻집'이라고 제목을 정했다.

남편 아이디어다. 언제 어디서 누구를 어떻게 도와줄지 적었다. 티켓 300장을 주문하고, 200개의 머그잔을 맞췄다. 일일 찻집 티켓 한 장에 만 원, 인맥을 총동원해 다 팔았다. 커피숍 유리창에 대형 현수막을 붙였다. 밖에서도 잘 보인다. 흐뭇한 마음이 올라왔다. 행사 당일, 티켓이 있으면 마시고 싶은 음료를 시키면 된다. 방명록과 모금함도 만들었다. 찾아온 사람들이 한 해의 소원을 적는 하트 모양 종이도 가득 준비했다. 적은 종이를 나무에 매달면 소원 나무가 된다. 주문한 머그잔 200개만 오면 됐는데, 문제가 생겼다. 업체 사장님이 날짜를 잘못 적어 이틀 뒤에 도착한다고 했다. 머리를 한 대 맞은 것 같았다. 음료와 다과를 담아 드리기로 했던 계획이 빗나간다. 컵을 의뢰할 때 마음에 쏙 드는 디자인이 좋았다. 하지만 행사 후에 오는 물건은 필요가 없다. 취소할 수도 없는 상황이라 이곳에 주문한 것을 후회했다. 전화로 미리 확인 못 한 것을 반성하며, 일할 때 상대방만 믿어도 안 된다는 철칙 하나를 배웠다.

어린이집을 나왔다. 바자회가 있는 커피숍이다. 교회 바자회 때 팥죽 담당이신 친정엄마가 팥죽을 쒀 왔다. '괜찮다.'고 했는데 좋은 일에 동참하고 싶어 하셨다. 곰솥 가득 끓여 온 엄마표 팥죽이 먹음직스럽다. 반짝반짝 윤이 난다. 어린이집 학부모와 아이들이 다녀갔다. 몇몇 분은 바자회에 자원했다. 반가운 얼굴들이 오전부터 찾아왔다. 한 팀씩 무리 지어 오는 손님들을 받으며 테이블로 안내했다. '어떻게 이런 생각을 했어?' 칭찬과 따뜻한 말 한마디도 잊지 않았다. 이대로 성공한 바자회가 될 줄 알았는데, 아니었다.

오전 내내 맑던 하늘이 점점 흐리더니 눈이 내리기 시작했다. 오후 한 시가 지나자 눈발이 굵어진다. 펑펑 내리던 함박눈은 그칠 줄 모르고 쌓였다. 거짓말처럼 순식간에 일어난 일이었다.

"원장님, 미안해요. 좋은 일 하는데 못 갈 것 같아요."

"미안해, 친구야. 길이 너무 미끄러워서 위험해!"

지인에서 친구까지 여기저기 전화와 문자가 왔다. 길이 미끄러우니 당연하다. 나도 그랬을 테니까. 하늘이 구멍 난 것처럼 한꺼번에 많은 눈이 내렸다. 큰길 골목길 구분 없이 모두 하얀 세상이 되었다. 일 년의 하루를 택해 이웃돕기 하는 날, 그 많은 날 중에 오늘이라니. 간만에 좋은 일 하는데, 함박눈 말고 차라리 비를 내려 주시지. 고개를 뒤로 젖혀 하늘을 봤다. 이렇게 큰 눈송이도 오랜만이다. 나도 모르게 한숨이 나왔다. 친정엄마표 팥죽도 다섯 그릇만 팔리고 발길이 뜸해졌다. 친정엄마는 무슨 생각을 하셨는지 포기하지 않았다. 엄마의 네 자매들이 총동원됐다.

"팥죽 사세요. 맛있는 동지팥죽이에요."

날이 추워 백화점 큰길 지하도에서 외쳤다고 했다. 주변에서 장사하는 분들의 텃세에도 불구하고 네 자매의 팥죽 판매 활약은 30분 안에 끝났다. 동지를 앞두고 팥죽을 맛보니 불티나게 팔렸다고 한다. 커피숍 큰 창 너머로 친정엄마와 이모들이 웃으며 돌아오는 게 보였다. 마치 싸움에서 이긴 네 자매 같았다. '괜찮아, 힘을 내! 할 수 있어.' 끝까지 포기하지 말라고 몸으로 보여 주셨다. 실망한 나를 위해 발 벗고 나선 그 모습에 다시 힘을 냈다.

온다고 했던 지인들 절반이 못 오고 약속한 시간이 되었다. 오후 여섯 시. 불우이웃 돕기 바자회 일일 찻집이 끝났다. 커피숍 사장님과 정산할 차례다. 장소 대여비는 티켓을 갖고 차를 마시면 그 값만큼 내기로 했었다. 판매한 티켓이 절반도 안 들어왔다.

"사장님, 죄송합니다."

예상 금액보다 적은 비용을 드렸는데, 사장님이 나를 걱정했다.

그날 저녁, 통장에 입금된 금액을 보고 내 눈을 의심했다. 좋은 일 하는데 못 가서 미안하다는 문자가 빗발쳤다. 티켓값으로 동참하겠다며 금액을 보내왔다. 안 보내도 그만인데, 목표한 금액이 마법처럼 채워졌다. 반강제로 부담을 준 티켓도 있었을 텐데, 마음이 뭉클했다. 왜 하필 눈이 오는 날을 잡았냐는 사람이 한 사람도 없었다. 살면서 비슷한 상황이 오면 이럴 땐 어떻게 돕는지 몸소 배운 시간이었다. 늦은 저녁, 집에서 정산하며 알았다. 펄펄 내리던 함박눈은 목표 금액을 맞추기 위한 하늘이 도운 것이었음을. 눈이 와서 망쳤는데, 오히려 눈 때문에 못 온 지인들이 고마웠다. 사람의 눈으로 보면 조용한 바자회였다. 하지만 보이지 않는 곳에서 하나둘씩 마음을 모아 주던 이 일을 통해 보이는 것보다 보이지 않는 힘이 크다는 사실을 깨달았다. 그러니 끝까지 실망하면 안 된다.

"힘내세요. 함께 이겨 낼 수 있어요."

진심 어린 말과 행동은 나를 일으켜 주는 힘이 있다. 살다 보면 뜻하지 않은 어려움을 만난다. 그때 함께 마음을 내는 게 얼마나 중요한지 배웠다. 50대를 살아가면서 나도 삶의 자리에서 말에 정성을 담는다. '말은 사람을 만든다. 말이 날개다.' 이 속담처럼 따뜻한 말은 내가 세상에 남길 수 있는 큰 선물 같다. 오늘도 말의 체온을 건넨다. 체온이 담긴 말은 세상을 따뜻하게 한다. 혼자 고민해봤다. 세상에 많은 말 가운데 딱 한마디로 위로하라고 하면 무슨 말을 할까? '고마워, 사랑해!'보다 따뜻한 그 말 한마디가 나를 살렸다.

"괜찮아."

2-10.
하나씩 하나씩 해결하다 보니

윤미경

    밤 11시, 지인과 모임을 하고 늦게 귀가했다. 남편의 퇴근 시간은 늘 늦다. 아이들 저녁을 부탁하거나 집안일 분담은 기대해 본 적이 없다. 싱크대는 엉망이고, 고양이 털이 마룻바닥 한구석에 뭉치를 틀고 있었다. 모임에서 술도 몇 잔 기울였기에 집 안 꼴은 못 본 척하고 얼른 샤워 후 잠을 청했다. 숙취 탓에 다음 날 아침에도 늦게 일어났다. 집안일을 외면하고 바쁜 출근을 했다. 저녁 시간, 퇴근하고 돌아온 집은 더 엉망이었다. 침대에 누워 잠시 쉬고 싶었지만, 나의 레이더망에 하나둘 포착된 집안일을 뒤로하기가 힘들었다. 싱크대 속을 들여다보니 전날 저녁 아이들이 시켜 먹었던 빨간 떡볶이 국물에 아침을 먹은 시리얼 그릇과 컵이 벌겋게 범벅이 되어 있었다. 빨래통 속은 안 봐도 훤했다. 사춘기 냄새 나는 중학생 남자아이 둘과 남편이 벗어 놓은 옷이며 수건이 한가득 들어 있었다. 매일 겉옷과 속옷을 번갈아 세탁하던 나는 전날 빨래까지 두 번 세탁기를 돌려야 했다. 빨래를 돌리면 그것으로 끝이 아니지 않은가? 건조 후 빨래를 개서 정리까지 하려니 죽을 맛이었다. 고양이를 키우니 하루라도 청소기를 돌리지 않으면 양말이나 검정 옷에 털이 붙어 있기 일쑤다. 화장실 상태는 괜찮았을까? 집안일을 하루 걸렀다고 다음 날 해야 할 일들이 두 배로 쌓여 있었다. 저녁에는 온라인 글쓰기 모임도 있는 날인데 큰일이었다. 호흡을 가라앉혔다. 세탁기를 돌리며 동시에 설거지했다. 저녁 식사를 위해 소고기와 미역을 참기름, 마늘에 달달 볶아 물을 부어 미역국이 끓여지기를 기다리는 사이, 청소기를 돌리고 화장실 청소까지 하나씩 하나씩 처리했다.

2000년, 여동생과 베트남으로 여행을 갔다. 나짱에서 호핑투어를 할 때였다. 쾌속정을 타고 20분 정도 바다로 나가니 커다란 배가 정착되어 있었다. 큰 배로 옮겨 타고, 세계 각지에서 온 여행객들과 해산물, 열대 과일을 먹으며 얘기를 나눴다. 잠시 뒤 여행 가이드가 바다 멀리 둥둥 떠 있는 포도주잔들을 가리켰다.

"저기까지 수영해서 가는 사람들은 마음껏 와인을 마실 수 있어요. 자, 출발하세요."

말이 끝나기 무섭게 여행객들이 하나둘 배에서 뛰어내렸다. 수영에 자신이 없는 여동생은 배에 그냥 남아 있겠다고 했다. 나 혼자만 즐길 생각에 동생에게 좀 미안했지만, 공짜 와인을 향해 배에서 힘차게 다이빙하며 입수했다.

'이쯤 되면 물 위로 떠올라야 하는데?'

다이빙하는 순간 파도가 나를 향해 밀려왔나? 입수 지점이 잘못되었나? 나의 몸은 큰 배의 밑부분으로 휩쓸려 들어가 좀처럼 물밖으로 나오질 못했다. 발버둥을 쳤지만 앞으로 나아가긴커녕 내

머리만 연신 배 바닥에 부딪혔다.

'아, 이렇게 허무하게 죽는 것인가? 와인 때문에 다이빙했다가 죽은 사람으로 뉴스에 나오면 어떡하지? 그것도 선생인데 말이야. 이제 나 때문에 다른 선생님들 국외 여행 금지되는 거 아니야?'

죽음을 앞두고 이런 어이없는 생각이나 하다니. 더 이상 숨쉬기가 어려울 지경이었다. 뜻대로 되는 건 아무것도 없었다. 꼭 살아서 돌아가야 했다. 이렇게 불명예로 죽을 순 없었다. 아직 못 해 본 것도 많은 스물다섯, 죽기엔 너무 아까운 나이였다. 작전을 바꿨다. 몸에 힘을 빼고 더 깊이 잠수했다. 발을 배 바닥 쪽으로 향하게 하고 배를 세차게 밀었다. 그랬더니 몸이 서서히 배 밑바닥에서 나올 수 있었다. 점차 위로 떠올라 물 밖으로 겨우 고개를 내밀었다. 시간이 얼마나 걸렸는진 모른다. 여동생은 내가 한참 동안 물속에서 안 나오니 걱정스러운 듯 배 밖으로 몸을 내밀고 있다가 내가 보이자, 안도의 웃음을 지으며 손을 흔들었다. 언니가 고군분투 끝에 살아서 돌아온 것도 모르고 말이다. 몸이 바들바들 떨리고 심장이 두근거렸다. 그러나 그때는 안전에 민감하던 시절도 아니었고, 응급 처치를 받아야 할 정도의 위급 상황도 아니었기에 별일 아니라는 듯 지나갔다. 귀한 목숨과 바꿀 뻔한 와인이라 그랬을까? 그날의 레드 와인 한 모금은 어찌나 달콤했던지.

사실 나는 손재주도 없고 뭔가 내세울 만하게 잘하는 것이 없다. 앞뒤 안 가릴 만큼 푹 빠지는 취미도 없다. 그런데 책을 읽다 보니 좀 더 제대로 읽고 싶어졌다. 책을 깊이 있게 소화하기 위해서는 글쓰기 없이 불가능했다. 내 경험과 연결 지으며 읽고, 그것

문장, 살아갈 힘을 얻다

을 글로 나타내니 내가 읽은 책 속 문장들이 살아 숨 쉬었다. 글쓰기를 시작한 후 밋밋하던 나의 일상도 의미 있게 다가왔다. 일상의 모든 것이 다 글감이었다. 책 읽기와 글쓰기는 바늘과 실처럼 세트로 묶인 패키지였다.

사십 대 후반의 난 이제 책 쓰기를 시작하려 한다. 새로운 도전을 하고 있다. 왜 책을 쓰려고 하는지 나 자신에게 무수히 물었다. 의욕은 앞서나 막상 글을 쓰려고 노트북 키보드에 손을 올리면 막막하다. 써 놓은 글을 다시 읽으면 고칠 것투성이다. 내가 쓴 글이 책으로 발간된다는 걸 상상만 해도 머리털이 곤두선다. 누군가가 내 글을 읽게 될 것이고, 그 평가가 두렵다. 글을 계속 써야 하는지, 책 쓰기에 도전하는 게 맞는지 여러 번 주저했다. 그런데도 글을 쓰고 있다. 여전히 막막하지만 책을 쓰고 싶은 것만은 확실하다.

영화 〈마션〉에선 화성 탐사 임무 중 사고로 화성에 홀로 남겨진 와트니라는 식물학자가 등장한다. 화성에서 살아남아 천신만고 끝에 지구로 귀환한 와트니. 어떻게 살아 돌아왔냐는 물음에 와트니는 이렇게 답한다.

"포기하고 죽을 게 아니라면 노력해야 한다. 무작정 시작해야 한다. 하나를 해결하고, 또 다음 하나를 해결하고. 그러다 보면 살 수 있다."

화성이라는 낯선 환경에 놓인 와트니는 처음부터 대단한 로드

맵을 세워 둔 것이 아니었다. 생존이 달린 문제였기에 앞뒤 가리지 않고 들이밀어야만 했다. 첫 아이디어가 실패하면 다음 아이디어를 실행해야 했다. 하나씩, 하나씩 해결하다 보니 결국 지구로 돌아올 수 있게 되었다.

와트니의 지구로의 여정을 나의 책 쓰기에 대한 메시지로 바꿔 본다.

'책 쓰기를 포기할 게 아니라면 노력해야 한다. 하겠다고 마음을 먹었다면 무작정 시작해야 한다. 하나를 쓰고, 그다음을 쓰고, 그러다 보면 책 한 권을 쓸 수 있다.'

밀린 집안일도 그러했고, 베트남 나짱의 배 밑바닥에서 살아 나온 것도 그러했다. 두려워하지 말자. 포기할 것이 아니라면 노력하자. 하나씩 하나씩 해결하다 보면 결국은 해낼 수 있다. 이제 나는 그렇게 무작정 책 쓰기를 시작한다.

문장, 살아갈 힘을 얻다

2-11.
스무 살 봄날 같은 청춘의 기억

홍순지

2023년 봄, 드라마 〈스물다섯 스물하나〉를 만났다. 청춘의 청량함으로 꽉 차 있던 작품. 드라마를 보는 시간만큼은 나도 스무 살로 돌아갔다. 삶에 대한 열정과 설렘으로 가득 찼던 시절, 순수한 마음으로 서로 좋아하고 응원하던 나의 신입생 시절을 떠올리면서 말이다. 직장 일에, 살림에, 육아에 지칠 때면 스무 살의 추억을 꺼낸다. 달콤한 스무 살의 추억을 꺼내 잠깐씩 위로받는다. 그리고 누가 볼 새라 얼른 마음 깊이 넣어 둔다.

바쁘고 지치던 봄이었다. 퇴근 후 평소처럼 전쟁 같은 저녁 시간을 보냈다. 둘째 아이를 재우고 방문을 닫고 나오면 그제야 잠깐 자유 시간이다. 식탁 위에는 밤에 읽으려 꺼내 둔 전공 서적들이 쌓여 있다. 하다 만 설거지도 눈에 보인다. 하지만 아무것도 하고 싶지 않았다. 마음이 공허했다. 펼쳤던 책을 덮고 거실에 앉아 TV를 켰다. 혼자 TV를 보는 것이 어색했지만 남편을 기다릴 여유가 없었다. 마음을 달래 줄 드라마 한 편이 간절했다.

고요한 봄밤, 〈스물다섯 스물하나〉를 정주행하며 웃고 울면서 과거의 나와 만났다. 초록빛 가득한 청춘의 에너지로 마음도 다시 채웠다. 주인공 백이진과 나희도는 서로 응원하고 믿어 주는 친구다. 자신을 괴롭히는 빚쟁이들로 인해 죄책감에 싸여 행복하지 않겠다고 다짐하는 백이진과, 엄마를 원망하는 마음으로 힘든 나희도. 서로를 통해 웃음을 되찾아가는 둘. 둘이 인생을 이야기하는 장면이 마음에 오래도록 남았다.

"모든 비극은 멀리서 보면 희극이래."

백이진이 말하고,

"그러고 보면 백 프로의 비극도 없고 백 프로의 희극도 없는 것 같아. 그래도 너랑 내 앞에 놓인 길엔 희극이 더 많았으면 좋겠다."

나희도가 대답한다.
서로의 비극을 위로하고 서로의 희극을 바라 주던 스무 살. 그 찬란했던 시절을 나도 끄집어내 본다.

2004년, 04학번. 오리엔테이션 때부터 입이 떡 벌어졌다. 전국 각지에서 각양각색의 친구들이 모여 있었다. 서울 송파 토박이에 집순이인 나는 대학 입학 전까지 삼성역 이상 나가 본 일이 거의 없었다.
"워메~ 징하게 많다잉. 넌 워디서 왔냐." 전라도 사투리를 쓰는 친구와 "우리 같은 학부라니!" 끝을 올리는 강원도 사투리를 쓰는 친구까지, 다른 모습들이었지만 신입생이라는 공통점 하나로 우리는 금방 친해졌다. 1학년 때는 철없이 학교 주변 맛집을 돌며 매일같이 놀러 다녔다. 그간 공부하면서 받았던 스트레스와 대학 입학 전 강행한 다이어트에 대한 보상을 받고 싶었던 걸까. 매일 3차까지 먹곤 했다. 술도 없이 말이다. 학교 앞 삼거리 오르막길을 올라가면 대패 삼겹살집이 있었다. 1인분에 2,500원 정도 했다. 친구들과 삼겹살을 먹고 나면 또 왜 그렇게 맵고 달달한 떡볶이가 먹고 싶었는지. 결국 2차로 매콤한 떡볶이를 먹고 디저트로 와플과 딸기빙수까지 먹었다. 내 허벅지 살을 찌르며 친구들이 "이건 다 와플이야!"라고 말하며 웃곤 했다.

대학교 1학년은 인생에서 일탈 같은 시간이었다. 젊음이 주던 자신감과 무모함 덕분일까? '내 마음'대로 행동하고 '내 행복'을 오롯이 느끼던 시절이 나에게도 있었다니, 새삼 놀랍다. 걱정과 불안을 안고 사는 나에게 그 뒤로는 진로, 취업, 결혼, 육아 등 인생의 고민이 끝없이 이어졌으니 말이다.

"야, 우리 심야 영화 볼래?"

친구 한 명이 호기롭게 한 제안에 말이 끝나기 무섭게 친구들이 좋다며 호들갑을 떨었다. 당시 우리 집은 암묵적인 통금 시간이 있었다. 밤 11시. 밤 10시에 하던 월화 드라마나 수목 드라마가 11시 10분경 끝나는데, 그 시간만 되면 아빠가 전화를 하셨다. 아빠는 외박 한번을 허락하지 않는 분이셨다. 부탁은 뭐든 들어주는 자상한 분이셨지만 늦게 들어오는 것만큼은 단호하셨다. 덕분에 난 친구들과 놀다가도 10시만 되면 마음이 초조해졌다. 학교 근처 어디서 놀든 집에 가는 데 1시간 남짓은 걸렸기 때문에 밤 10시가 마지노선이었다. 늘 초조하고 조급한 마음으로 지하철을 기다렸다. 그런 나에게 심야 영화라니! 어디서 용기가 났는지 모르겠다. 부모님께 전화를 걸어 허락해 달라고 졸랐다. 결국 자주 연락을 하기로 약속하고 허락을 받아 냈다. 부모님은 나의 간절한 마음을 외면하실 만큼 야박하지 못하셨다. 인생 첫 외박이었다.

하루는 친구들과 미팅을 갔다. 스카프를 둘렀던 내 옷차림을 떠올려 보면 4월이었던 것 같다. 서울대학교에 다니던 초등 동창생의 주선으로 우리 학부 친구 5명과 서울대생 5명이 미팅을 했다.

"야, 근데 맘에 안 들면 어쩌지?"

"맘에 안 들면 얼른 나와서 우리끼리 놀자!"

"좋아. 그럼 암호를 정하자. 맘에 안 들면 난 스카프를 두를게."

"좋아. 난 그럼 기침을 세 번 할까?"

"그래! 난 가방을 떨어뜨릴게."

2호선 지하철을 타고 신촌역으로 가는 길, 우린 첩보 영화를 찍듯이 암호를 만들었다. 그날 우린 스카프를 두르지도, 기침을 하지도, 가방을 떨어뜨리지도 않았다. 비록 커플로 성사된 사람은 없지만 말이다.

2학년이 되자, 심야 영화도, 미팅도 함께하던 우리는 조금씩 다른 길을 가기 시작했다. 설레는 마음으로 놀러 다녔던 1학년 때와 달리 마음이 묵직했다. 서로 다른 생각을 하는 시간이 많아졌다. SKY(서울대, 연대, 고대)에 가야겠다며 다시 수능을 준비하는 친구가 생겼고, 자연스럽게 멀어지는 친구도 생겼다. 현실이 보였다. 3학년, 4학년이 되면서 각자 다른 복수 전공을 하게 되고, 모두 다른 진로를 찾으면서 1학년 때처럼 아무 생각 없이 신나게 놀거나 밤 늦도록 붙어 있고 싶은 마음도 사라졌다. 학점 관리도 해야 했고, 취업 준비를 위해 토익 점수도 만들고, 가능한 많은 자격증을 따야 했으며 등록금을 위해 과외도 계속해야 했다. 그 시대부터 '취업난'이라는 세 글자는 뉴스 단골 소재였다. 삼겹살집과 떡볶이집, 와플집에 드나들던 우리는 이제 교내 매점으로 갔다. 이동 시간도 줄이고 비용도 아껴야 했으니. 그제야 어려운 집안 사정까지 다시 자각하게 된 나는 한동안 '만 원으로 일주일 살기'도 했다. 매점에서 천 원짜리 김밥이나 몇백 원짜리 육개장 컵라면으로 점심을 때웠다. 반짝거리던 우리의 청춘은 세상을 알아 가며 조금씩 다른 빛깔로 자리를 잡아갔다.

드라마 속 백이진과 나희도도 자연스럽게 멀어진다. 처음 어른이 되어 서툴고 낯설던 시절, 세상에 치이고 가족에게도 위로받지 못하던 그때, 서로에게 깊게 위로가 되던 백이진과 나희도. 그들은 점차 다른 길을 가게 됐고 자연스럽게 헤어졌다. 그리고 멀리서 서로에게 응원을 보낼 줄 아는 어른이 되었다. 백이진, 나희도의 사랑처럼 우리의 우정도 그렇게 남았다. 서로의 앞날에 희극이 많기를 멀리서 응원하면서.

3장

삶의 태도를 배우는 명언

3-1.
삶도 배움도 열정적으로

강혜진

할머니의 트레이드마크는 축 늘어진 러닝셔츠와 코끝에 걸친 돋보기안경이었다. 어렸을 적, 학교에 다녀오면 할머니가 어디 있는지 찾는 것에서부터 하교 후 일과가 시작됐다. 마루에다 책가방을 턱 던져 놓고 "할매!" 하고 부르면 할머니는 고개는 책을 향하고 눈만 치켜뜨며 나와 동생을 바라보곤 하셨다. 웃으며 반겨 주는 것도 잠시, 밥상에 비스듬히 걸터앉아 책 읽기에 여념이 없으셨다. 도령들이 서당에 모여 '공자 왈 맹자 왈' 소리 내어 읽는 것 같은 가락에 맞추어 책을 읽으셨다. 타령인지 민요인지, 할머니가 흥얼거리시던 성경 구절이 아직도 떠오른다. '태초에 빛이 있으라' 했다던 창세기 첫 장을 하도 들어서, 저런 노래가 있나 하고 느낄 정도였다. 트로트풍의 성가도 종일 흥얼거리셨다. 음정도, 박자도 엉터리. 할머니는 찬송가도 자기 마음대로 부른다며 놀려 대곤 했다. 할머니의 흥얼거리는 글 읽기는 밤낮을 가리지 않았다. 종일 글귀를 따라 쓰셨다. 관절이 툭툭 불거진 할머니 손가락이 글자 써 내려가는 걸 구경했다. 우리 반 선생님이 봤다

문장, 살아갈 힘을 얻다

면 아마 예쁘게 다시 써 오라고 했을 거라 종알댔다. 내가 쓰는 걸 잘 보고 다시 써 보라고 하며 나도 자진해서 쓰기 연습을 많이 했다. 할머니는 글자 쓰는 것에 늘 진심이셨다.

2005년, 대학교 4학년 졸업을 앞둔 12월, 자취방에 있던 짐을 싸 본가로 내려왔다. 단잠을 자던 다음 날 아침, 할머니는 곧 돌아가실 것처럼 창백한 얼굴을 한 채 바닥에 누워 계셨다. 신음 섞인 목소리로 내 이름을 부르고 계셨다. 원래도 성치 않은 다리로 평생 제대로 움직이지 못했던 할머니였다. 가뜩이나 골다공증이 심해 의사에게 조심하라는 말을 듣곤 하셨다. 그런데 늦잠 자고 있던 나의 아침밥을 차리려다가 넘어져 다치신 것이었다. 부모의 이혼으로 엄마 대신 나를 사랑으로 길러 주시던 할머니는 그 겨울 그렇게 무너져 내리셨다. 할머니를 바라보며 나도 무너졌다. 한겨울 찬바람에도 외투 걸칠 겨를 없이 잠옷 바람으로 구급차에 올라 병원으로 갔다. 골다공증으로 구멍이 숭숭 뚫린 뼈는 수수깡처럼 연약했다. X-레이 사진으로 본 할머니의 허벅다리 뼈는 똑 부러져 있었다. 졸업하면 돈 벌어서 효도해야지 했던 나는 월급 받은 돈을 병원비, 간병비 내는 데 원 없이 썼다. 봄이 다 지나고 여름이 올 때까지 밤에는 병원 보호자 침대에서 쪽잠을 잤다. 내가 받은 사랑을 이렇게라도 갚아야지 생각했다. 한 시간에 한 번씩 일어나 할머니 대소변을 받아 냈다. 낮엔 학교에서, 밤엔 병원에서 할머니를 돌보기 위해 일했다.

수술 후 두 달이 지나서야 겨우 혼자서도 앉을 정도로 회복이 된 할머니는 집에 가서 돋보기안경부터 챙겨 오라고 하셨다. 간호사실에서 『좋은 생각』한 권을 얻어 오셨다. 더듬더듬. 내가 읽어 드릴까 여쭤봐도 공부하는 거라며 한사코 싫다고 하셨다. 우스꽝스러운 '공자 왈 맹자 왈' 음률에 맞춰 읽는 것이 부끄러운 나는 안중에도 없는 듯 아랑곳하지 않고. 뻐꾸기가 우는 6월이 올 때까지 할머니는 『좋은 생각』2월호를 천천히 음미하며 읽으셨다.

예순 인생을 까막눈으로 살았던 할머니다. 학교 근처에는 가 본 적도 없다고 하셨다. 글자를 몰라 버스를 탈 수 없으니 혼자서는 먼 곳까지 가 본 적도 없다고 하셨다. 그러나 글자만 몰랐을 뿐 누구보다 열심히 사셨다는 사실만은 확실하다. 당신은 셈이 빨라 장사도 곧잘 했고, 기억력이 좋아 물건을 어디 뒀는지 절대 잊어버리지 않는다며 깨알같이 자기 자랑을 늘어놓곤 하셨다.

할머니는 갓 학교에 입학해 한글 공부를 시작한 나와 내 동생에게 글자를 가르쳐 달라 하셨다. 받침이 어려운 글자를 찾으면 책 귀퉁이를 접어 두었다가 우리가 학교에 갔다 올 시간이 되면 대문 앞까지 나와 기다리셨다. 글자를 손으로 짚어 가며 어떻게 소리를 내면 되느냐 묻곤 하셨다. 다 늙어 글을 배워서 뭐에 쓰려고 하느냐는 이웃 할머니들의 핀잔에도, 살날이 얼마나 남았다고 그리 열심히 공부하냐는 주변 사람의 간섭에도, 할머니는 틈날 때마다 읽고 또 읽으셨다. 편지 한 줄은 읽고 쓸 수 있었으면 좋겠다고 하셨다. 밥상에 걸터앉아 그림을 따라 그리듯 글자를 따라 그리셨다.

2003년, 집안 형편이 녹록지 않자, 남동생은 대학 입학 한 학기만에 자퇴서를 냈다. 해군 부사관으로 지원해 입대하겠다고 했다.

"더 배우면 좋을 낀데, 공부 더 안 하고 군대 간다니까 마음이 썰렁하다."

학업을 중단하고 생계를 걱정하는 철든 동생을 가장 마음 아파 하신 것이 할머니셨다.

"혜진아, 인자 쓰는 것도 다 이자삐고 못 쓰겠다. 이거는 우째 쓰노? 한번 써 봐라."

몇 날 며칠 같은 글자만 쓰고 또 쓰시며 당신 평생 처음이자 마지막이었던 편지 쓰기를 연습하시던 할머니. 할머니는 훈련소에 있는 동생에게 편지를 부치셨다.

'태진아 니 보고 싶다'

단 여덟 자. 쓴 사람도 받는 사람도, 그 흔한 인사 한마디도 없는 편지를 보고도 동생은 그것이 할머니의 편지인 줄 단박에 알았다고 했다. 같이 훈련받던 훈련생들은 편지를 안고 엉엉 소리 내어 우는 동생을 보며, 할머니의 삐뚤빼뚤한 글씨를 보며, 그 속에 담긴 사연을 전해 듣고는 모두 함께 울었다고 했다.

Live as if you were to die tomorrow, learn as if you were to live forever.
(내일 죽을 것처럼 살고, 영원히 살 것처럼 배우라.)
— 마하트마 간디

어느 날 어디에선가 본 마하트마 간디의 명언은 공부를 게을리 하지 않는 할머니를 떠오르게 한다. 할머니는 삶과 배움에 대한 열정이 나이와는 상관없다는 것을 말없이 보여 주셨다. 나에게 남은 시간이 얼마든, 지금 나이가 몇 살이든, 주어진 시간을 충실히 살고 배우는 것을 게을리하지 말라는 것을 몸소 가르치셨다. 삶도 배움도 지금이 아니면 다시 없을 기회라고 생각하고 후회 없이 열정을 쏟으라는 것도 느끼게 해 주셨다.

　나도 먼 훗날 할머니가 되어 있을 것이다. 그때를 그려 본다. 그때도 지금처럼, 나는 누구보다 열심히 살며 남부럽지 않은 열정으로 배우고 있을 거라 확신한다. 마음을 어루만지는 문장을 쓰기 위해 내일 죽을 것처럼 열심히 살고 영원히 살 것처럼 뜨겁게 배워 가려는 마음을 필사 노트에 눌러 적어 본다. 할머니가 그리하셨던 것처럼 나도 매일 읽고 쓰며 하루를 연다.

3-2.

공짜가 좋다

글빛혁수

작년 2023년 12월 6일, 글빛백작 라이팅 코치를 만났다. 그냥 무료 강의를 해 준다고 해서 아무 생각 없이 들어갔다. 한 달 전에 유튜브 광고를 보고 예약해 놨다가 까맣게 잊고 있었는데 알람 메시지가 와서 들어 보았다. 뭐라도 배워서 조금이라도 생활에 보태기 위해 이것저것 찾아 듣고 있던 때였다. 그러던 중 글빛백작을 만났다. 강의하는 백란현 라이팅 코치의 목소리 억양이 우리 동네 말투였다. 대구 고향 집 마당에 들어선 듯, 홀린 사람마냥 강의를 들었다. 그 줌(ZOOM) 수업에 20명이 넘게 있었다. 그날 하루 일상을 말해 볼 사람을 찾길래 기다리다가 내가 말을 꺼냈다. 아무도 말하는 사람이 없었다. 백란현 코치는 내 말을 듣고 짧은 문장들을 만들어 주었다. 오늘 있었던 일을 말하면서 뭔가 인연이라는 느낌이 들었다. 그냥 마음이 편했다. 내 집에 온 느낌이었다. 처음 봤는데 그냥 반가웠다. '어차피 책 쓰기로 한 거, 여기저기 헤매지 말고 여기서 들어 보자.' 하는 생각이 들었다. 안 그래도 기회가 왔다는 느낌이 들면 일단 잡고 보기로 마음먹고 있었다. 약간은 절박한 마음으로 가입 절차를 밟았다. 120만 원은 내게 큰돈이었다. 일단 돈이 없었다. 2022년에 두 번이나 사기를 당했다. 그것도 연속으로. 그 달 그 달 빚 갚기도 빠듯했다. 하지만 반면에 몇천만 원의 돈을 떼어 먹히고 나니, 백 얼마쯤은 크게 느껴지지도 않았다. 마침, 남는 카드가 있어 6개월 할부로 가입을 했다. 이은대 작가의 책도 도서관을 돌며 하나씩 찾아봤다. 글에 진정성이 느껴졌다. 다른 글쓰기 책과는 달리 그의 삶이 진하게 묻어 있다는 느낌이 들었다. 글 쓰는 법도 알려 주었지만, 사는 이야기가 내 가슴을 울렸다. 백란현 코치의 강의를 들으면 내 가슴이 울리겠구나. 뭔가 그런 느낌을 가졌던 것 같다.

이은대 자이언트 북 컨설팅 인증, 글빛백작 라이팅 코치 책 쓰기 강좌에 입문한 이유는 두 가지다.

첫째는 말투였다. 고향 사투리였다. 그냥 강사가 하는 말이 쏙쏙 이해가 됐다. 고향 집에 온 것 같았다.

둘째는 평생회원이라는 거였다. 평생 같이 글을 쓰고 같이 책을 낸다는 거였다. 평생? 120만 원으로? 처음 무료 특강도 말 그대로 공짜 강의였지만, 그게 문제가 아니었다. 120만 원으로 앞으로 긴 긴 인생을 함께할 수 있다니. 믿어지지 않았다.

나는 그때 어려운 상황이었다. 사기를 당해 빚이 3,500만 원이었다. 유튜브로 1,500만 원, 주식 단톡방으로 2,000만 원, 두 번이나 연속으로 당했다. 유튜브로 사기를 당하고 약해진 상태에서, 그걸 갚으려고 또 덫에 걸려들고 말았다. 유튜브로, 카톡 단체방으로 멀쩡하게 사람을 등쳐 먹을 수 있다는 걸 그때는 까맣게 몰랐다. 그 일당에게 나와 똑같이 당한 사람들이 모여 경찰에 신고 했지만, 그때 하필 우리보다 훨씬 큰 몇백억 대 사기가 터져 우리 사건은 뒷전으로 넘어간 느낌이었다. 수사하는 형사들도 이런 인터넷 사기는 해외에 거점이 있어 못 잡을 확률이 높다고, 너무 기대 말라는 투로 이야기했다. (실제로 〈PD수첩〉 같은 시사 프로를 보면, 경찰이 해외로 가서 수사를 마음대로 할 수가 없다고 한다. 그 나라의 법이 있기 때문이다. 사기 일당들은 그런 나라들만 골라서 거점을 만든다는 거였다.)

월급 반이 빚으로 나갔다. 그나마 어머니께서 반찬이나 다른 먹거리를 보내 주셔서 당장 밥 먹고 사는 덴 문제가 없었다. 하지만 앞으로 5년이 될지 10년이 될지, 빚으로 드리워진 먹구름은 걷힐 기미가 보이지 않았었다. 내 나이 반백 살인데 언제까지 빚을 갚아야 하나. 지푸라기라도 잡고 싶은 마음으로 글빚백작 책 쓰기 강의를 들었다. 당장 이런 강의를 듣는다고 빚이 해결되지는 않겠지만 내 인생의 꿈을 일단 시작하고 싶었다. 그걸 분리했다. 빚은 빚이고, 꿈은 꿈이다. 120만 원 더 빌려서 꿈을 시작한다고 빚이 얼마나 더 불겠나 하는 생각을 했다. 이대로 가다간 내 인생 아무것도 남는 게 없을 것 같았다. 나는 거의 포기 심정으로 마음을 비우고 강의를 듣기 시작했다.

빚 갚느라 고달팠지만, 강의 들을 때만큼은 행복했다. 혼자 사는 생활이니 좀 덜 쓰면 된다고 생각했다. 빚에 대한 스트레스를 더는 받지 않기로 했다. 안달복달한다고 빚이 없어지지는 않을 테니. 나는 마음을 가볍게 먹기로 했다.

그리고 신기한 일이 일어났다. 책 쓰기 라이팅 코치들의 조언을 들으며 더듬더듬 책을 쓰다 보니 내 인생이 보이기 시작했다. 내가 글로써 살아 움직이고 객관적으로 바라봐지기 시작했다. 어차피 빚 갚는 인생, 원하는 곳에 정신을 집중하고 사니 즐거운 생활이 이어졌다. 글을 쓰고 책을 쓸 때만큼은 행복했다. 그러다 한 달 전 2024년 4월 말, 직장 때문에 전라도 광주로 이사를 했다. 이사 준비를 하면서 어머니에게 빚 이야기를 했다. 어머니는 한숨 쉬시면서도, 그래도 자식이라고 지인에게 무이자로 돈을 빌릴 수 있는 길을 마련해 주셨다. 매달 되는대로, 생활할 거 하면서 갚을 수 있는 만큼 갚으라고 하셨다. 고마웠다. 갑자기 한시름 놓고 나니, 미래가 밝아졌다. 걱정하실까 봐 어머니에게만큼은 말씀드리지 않으려 했지만, 오히려 아신 게 잘된 일이 됐다.

사기를 당하고 2년 동안 빚 갚는 생활이 일상이 되면서 동아줄 잡듯 버티고 기댄 말이 있다.

'새옹지마'.

좋은 일, 나쁜 일은 그걸로 끝나지 않고 좋은 일로 바뀔 수 있다는 말. 그러니 그 하나에 마음 두고 고통받지 말라는 말. 전 재산이던 귀한 말이 도망가도 그러냐고 밭이나 매던 새옹을 생각했다. 이러다가 좋아지지 않을까, 막연하게나마 희망을 가지려고 노력했다. 도망갔다 더 좋은 말을 데리고 돌아온 새옹의 말처럼 안 좋은 일이 왔다는 건 좋은 일이 오려는 징조라고 믿어 보기로 했다.

말이 도망가도, 말 때문에 아들 다리가 부러져도 무심하게 바라본 새옹처럼, 나도 글을 쓰면서 내게 다가온 고난을 차분히 보려고 노력했다.

공짜를 좋아하다가 사기를 당했다. 그 와중에 무료(공짜) 책 쓰기 특강을 만났다. 특강을 듣고 책 쓰기 정규 과정에 들어가고 싶은 마음은 가득했지만, 막상 시작하기엔 뭔가 걸리는 게 있었다. 사기당한 기억이 나를 가로막고 있는 느낌이었다. 120만 원 내고 가입하더라도 과연 얼마나 나를 끌어 줄 수 있을까 싶었다. 어쩌다 강의에 참석 못 할 때는 또 얼마나 신경 써 줄까, 하는 걱정 섞인 마음도 들었다. 알아볼 대로 알아보고 최대한 조심해서 하자. 무엇이든 무턱대고 섣불리 덤비지 좀 말자. 일단 시작하고 보자는 내 인생관이 생각지도 못한 돌풍에 흔들릴 대로 흔들리고 있었다. 하지만 그러다가 기회를 놓치면 어떡하나, 불안하기도 했다. 얼마나 자신 있으면 평생 코치를 해 주겠다고 하는 걸까. 호기심이 불안을 눌렀다. 그렇게 큰소리치는 사람이 하는 이야기가 궁금했다.

결과는 대성공이다. 하늘에서 떠돌던 내 꿈은 비가 되어 땅에 내려, 책이라는 이파리로 돋아났다. 책을 쓰면서 내 인생의 모든 일에 대해 감사하는 마음이 생겼다. 좋은 일은 좋은 일 데로, 안 좋은 일은 안 좋은 일 데로, 글로 옮길 수 있는 소재가 되기 때문이다. 글을 쓰면 영화처럼 노래처럼 내 인생이 눈에 보이고 귀로 들린다. 행복한 꿈속에서처럼 기분 좋다. 나만 볼 수 있는 일기도 좋지만, 사람들에게 즐거움을 주는 책 쓰기는 내 인생의 보약이다. 영어로 '힐링'이라고 할 수 있겠다. 마지막 눈감는 그날, 웃으며 갈 수 있겠다는 생각이 든다.

책을 쓴다는 건 그런 거라고 할 수 있겠다.

3-3.
금요일의 비움

김나라

"어쩌면 내 삶도 뭔가 부족해서 숨이 찬 게 아니었을지 몰라.
내가 뱉어내야 하는 것들을 생각한다. 덜어내야지.
내 안의 이산화탄소를."
— 이연, 『매일을 헤엄치는 법』 —

'2024년 4월 4일 금요일의 비움.'
매주 금요일마다 집 안에서 비울 것을 찾습니다. 어느 순간부터
정리는 자리 옮기기일 뿐이라는 생각이 들었습니다. 비워 낸 자리
는 더 좋은 것으로 채울 수 있었습니다.

분주한 아침 등원 준비 시간입니다. 가끔 아침을 활용해 자기
계발을 이어 오다 보니 평소보다 1시간 정도 일찍 일어나는 날이
많습니다. 일하다 보면 아이 등원을 챙겨야 할 시간이 늦어지는
날도 있습니다. 촉박하게 남은 30분 동안 아이를 깨우고, 씻으러
갑니다.

"엄마 씻고 올게. 옷이랑 챙겨 입고 있어."

"엄마, 옷이 안 보여."

샴푸 거품에 실눈을 뜬 채로 아이 말에 대답합니다.

"거기 서랍에 있을 거야. 잘 찾아봐."

마저 머리를 감습니다. 잠시 뒤 아이는 다시 툴툴거리며 화장실 앞에 서 있습니다. 옷이 보이지 않는다고 합니다. 머리카락을 재빨리 헹궈 내고 저까지 씩씩대는 발걸음으로 방 안으로 들어갑니다. 열려 있는 서랍, 이리저리 뒤적댄 흔적이 남아 있습니다. 평소 아이 옷장을 정리해야겠다고 했지만, 미뤄 왔습니다. 초여름 날씨에도 겨울 스타킹, 두꺼운 양말, 긴 팔 상의가 뒤섞여 있습니다. 뒤죽박죽된 옷장을 보니 미안한 마음이 들었습니다. 옷뿐만 아니라 평소에도 제자리 없이 늘어놓은 물건들이 자꾸만 눈에 거슬렸습니다. 정리하고 있을 여유가 없다고 생각했습니다. 그러다 보니 서둘러 나가야 할 때마다 물건들을 찾느라 오히려 시간과 감정 에너지가 쓰였습니다. 아이 방 역시 나이에 맞지 않은 장난감들이 천에 가려져 뒤섞여 있습니다. 언니, 오빠들처럼 공부하는 책상을 빨리 갖고 싶다는 말에, 놓을 자리 먼저 만들어야 한다는 말만 되풀이하고 있었습니다. 1년이 지나도 찾지 않은 옷은 그다음 해에도 입지 않게 된다는 새언니의 말이 떠올랐습니다. 수업이 없는 금요일마다 정리 정돈 하자 마음먹었습니다. 파란색 50리터 봉투를 가지고 아이 방으로 들어갔습니다. 작아서 못 입는 옷, 입지 않을 옷들을 꺼내 담았습니다. 꼬박 두 시간 비움에 집중했습니다. 조금씩 공간이 생겼습니다. 아이의 작은 방에서 짐은 비닐 다섯 봉지를 꽉 채웠습니다. 작은 종이 하나 버리기 싫어하던 아이였습니다. 그러나 함께 비워 내며 깨끗해져 가는 자신의 방을 마음에 들어 했습니다. 옷을 정리하기 위해 컴퓨터 방에 모아 둔 종이 가방 뭉치를 가져왔습니다. 손잡이 반대쪽 아랫부분을 잘라 주머니 모양을 만들었습니다. 상의, 하의, 외출복, 내복 각각 담을 수 있게 서랍에 넣었습니다. 주머니마다 이름을 적어 쉽게 찾고 분류해 보관할 수 있도록 했습니다. 적어도 한 계절 동안은 옷 때문에 더이상 잔소리하지 않게 되어 좋았습니다.

가족들과 캠핑을 시작한 지 삼 년이 지났습니다. 안방 쪽 비상 대피로와 베란다에는 각종 용품이 가득 차 있습니다. 쓰임이 있는 물건들이지만, 매번 다 가지고 가지 않아도 충분할 때가 많았습니다. 차에 실은 짐보다 집에 놓고 가는 짐이 많게 느껴질 때도 있었습니다. 처음 캠핑을 시작했을 때 장비가 조금 부족하더라도 없으면 없는 대로 큰 불편함이 없었습니다. 무엇을 가져가야 할지 몰라, 집에서 쓰던 밥 먹는 테이블을 챙겨 간 기억은 오히려 재미있는 추억으로 남아 있습니다. 용품이 부족할 것 없이 채워지니 늘어나는 짐과 좁아진 공간에 불만이 생겼습니다. 가끔 캠핑카가 있으면 좋겠다는 말에 공감했지만, 간단히 꼭 필요한 것만 챙겨 가볍게 즐길 수 있는 여유가 그리웠습니다.

자기 계발에서는 중요하지만 급하지 않을 일을 먼저 하라는 말이 있습니다. 독서, 글쓰기에만 해당하지 않았습니다. 내가 살아가는 집안 환경, 일을 하며 손과 마음이 닿는 공간의 편안함도 내성장을 위한 챙김이었습니다. 비울 수 있는 것은 물질적인 것만이 아니었습니다. 일상 식습관에도 비움이 필요했습니다. 만성적인 피부 질환을 가지고 있는 저는 몸이 피곤하면 가려움증이 심해집니다. 최근 내과에서 건강 검진을 받았을 때도 홍삼이나 인삼처럼 열 성질을 가지고 있는 음식은 좋지 않으니 조심해야 한다는 말을 들었습니다. 일상 식습관에도 비움이 필요했습니다. 간편한 음식으로 끼니를 대충 먹는 습관, 미루고만 있던 운동을 우선순위로 실행하자고 마음먹었습니다. 운동은 내 몸속에 있는 지방을 태우는 일이기도 합니다. 운동할 때마다 깊이 숨어 있던 숨을 밖으로 내뱉고, 땀을 흘리는 것도 비움이었습니다. 운동한 날만큼은 물도 더 많이 마시게 되고, 음식을 가려 먹게 되는 좋은 생활 습관으로 이어졌습니다. 일기를 쓰는 일도 마음을 덜어내 주었습니다. 걱정이나 고민이 있을 때면 내 생각을 있는 그대로 종이에 적습니다. 하루 이틀 지나고 보면 별것 아닌 일로 느껴지는 일들이 많았습니다. 마음의 자리를 조금 덜어내고 나면, 가벼워지는 느낌이었습니다.

내 색깔과 맞지 않은 것들이 에너지를 조금씩 갉아먹는 일상을 되돌아봅니다. 오히려 부족하지 않은 게 많아 문제가 되는 세상에서 비워야 할 것을 찾습니다. 모든 것이 나에게 필요하다 생각이 드는 것은 오히려 '보이지 않는 불안으로 자꾸만 담아내려는 건 아닐까'라고 자각해 봅니다. 항상 마지막 느낌이 좋은 일을 계속하자 다짐합니다. 비우고, 꺼내고, 적습니다. 일상을 살아가는 더 나은 나를 위하여 이산화탄소를 뱉어 냅니다.

3-4.
수줍은 친절

김소정

"친절하라. 당신이 만나는 모든 사람은 힘겨운 싸움을 하는 중이다."
― 플라톤 ―

믹스커피는 뜨거운 첫 한 모금이 가장 맛있다. 달콤 쌉쌀하고 뜨끈한 첫 모금에 묘한 안도감을 느끼고, 하기 싫은 일을 견디고 해낼 용기마저 얻는다. 나는 종종 나에게, 남에게 믹스로 친절함을 건넨다. 몇 마디 말보다 조용한 커피 한 잔이 더 힘이 되기를 바라며.

오랜만에 고향에 내려가면 엄마는 딸이 좋아하는 반찬으로 식탁을 차리신다. 배불리 먹고 나면 감사의 표시로 둘의 믹스를 준비한다. 엄마는 미각과 후각이 뛰어난 편이라 엄마와 믹스를 마실 때면 물의 온도와 양, 사용하는 잔에 신경을 쓴다. 먼저, 집에서 가장 좋은 커피잔 세트를 꺼내어 뜨거운 물로 잔을 데운다. 잔 데운 물을 버리고 믹스 스틱을 뜯어 컵에 부은 후, 팔팔 끓는 물을 잔

문장, 살아갈 힘을 얻다

의 3분의 2 지점에 맞춘다. 커피가 출렁거려 잔을 더럽히지 않도록 조심스럽게, 하지만 신속하게 저어 조금이라도 더 식기 전에 엄마에게 가져다 드린다. 엄마는 물이 많거나 식은 믹스커피는 개수대에 갖다 버릴 정도로 단호하기도 하지만, 만족스러운 믹스에 대해서는 서비스 제공자가 자부심을 느낄 만큼 표현하신다. 약간의 수고스러움과 긴장감에 대한 충분한 대가를 얻는다.

"캬, 맛있다."

통과다. 지금 들고 마시는 커피잔이 어디에서 왔는지부터 이야기를 꺼내신다. 서로의 이야기에 귀 기울여 주는 것만큼 살맛 나는 일이 있을까. 살아갈 힘을 충전한다.

직장 휴게실에는 커피 머신이 있어 동료들은 아메리카노를 내려 마신다. 하루를 시작할 에너지를 얻고 정보도 공유하는 시간이다. 믹스로 하루를 여는 사람이 나 말고 한 명 더 있다. 우리 부장님. 아침마다 믹스 스틱을 두 개 뜯어 커다란 텀블러에 투 샷으로 넣어 드신다. 어느 날 아침, 휴게실에 비치해 둔 노란색 믹스가 똑 떨어져 있었다. 수납장 이곳저곳을 뒤져 보았지만 하나도 없었다. 둘의 마음이 다급해졌다. 옆 휴게실에 믹스가 한 다발 꽂혀 있는 걸 보고 부장님이 몇 개 빌려 오신다. 40대 여자 둘이 다행이라며 신이 났다. 마침, 휴게실에 들어온 총무님께 믹스 주문을 부탁했다. 배송은 하루 이틀 걸릴 텐데, 걱정이 든다. 다음 날, 집에 쟁여 둔 믹스 한 박스를 들고 출근했다. 믹스에게 제자리를 찾아 주고, 어제 신세 진 휴게실에도 한 뭉치 갚는다. 동료들이 하나둘 들어온다. 어제 봐놓고 오랜만에 보는 양 반가워하는 이들이 참 좋다.

부장님이 들어오신다.

"믹스 왔네!"

부장님의 올라간 광대를 보니 내 기분도 떠오른다.

일을 쉬면서 집에 있으니, 믹스를 끊어 보자 결심했다. 달콤하고 영양가 있는 과일로 대체해 보기로 했다. 처음 얼마간은 잘 실천했다. 몸에 활력이 생기고 피부도 좋아 보이는 듯했다. 그러다 어느 날, 아이를 등교시키고 집에 돌아와 설거지와 청소를 마쳤다. 창가 그물 침대에 잠시 누웠는데, 믹스를 마시지 않을 수 없었다. 그 그물 침대는 3년 전 내가 내 생일 선물로 사 준 물건이다. 그곳은 남편이 누워 텔레비전을 보는 전용 공간이 되었고, 나는 거기에 누워 낮잠 한숨 못 자 보는 워킹맘의 일상을 보냈다. 그물 침대는 거실 창 옆에 나란히 놓여 있다. 창은 남향이라 하루 종일 햇빛이 잘 드는 데다, 청량산이 바로 보이는 마운틴 뷰이다. 계절, 날씨, 시간마다 다른 하늘과 산의 색을 볼 수 있다. 드디어 나의 최애 자리에 누웠다. 방금 청소한 덕에 집은 깨끗했고, 창밖은 봄이라 산의 초록이 싱그러웠다. 이런 평화롭고 완벽한 시공간에 금기 한 방울 없으면 심심하지. 느낌 잃을세라 뜨거운 믹스 한 잔 들고 돌아와 고요함과 눈부심에 나를 누인다. 행복이 바로 지금 여기에 있다.

내가 믹스를 좋아하는 건 나의 유전자에 쓰여 있는 것일 수도 있다. 우리 엄마가 믹스 소믈리에라면 아빠도 못지않은 믹스 애호가였다. 나처럼 모닝 믹스커피도, 식후 믹스커피도 좋아하셨다. 아빠가 항암을 하던 중 급성폐렴으로 병원에 입원하셨다. 식욕 촉진제 힘으로 밥 몇 술 겨우 삼키고 나면 그래도 힘이 좀 나는지 기대어 앉아 이야기도 하고 텔레비전도 보셨다. 믹스커피를 한 잔 타 드릴까 하니 달라고 하신다. 충분히 식힌 후 빨대로 몇 모금 드셨는데, 그게 아빠 생전 마지막 믹스였다. 장례식의 첫 아침제를 올렸다. 제 지낸 뒤 믹스커피 한 잔을 타서 아빠 제사상에 올렸다. 젊고 건강한 모습으로 환하게 웃고 있는 아버지 사진이 눈에 들어왔다. 돌아가시기 전, 밥 한 끼도 제대로 먹을 수 없는 몸 상태에 좌절하시던 아버지. 가신 곳에서는 맛있는 거 많이 드시고 좋아하는 사람들과 믹스도 한 잔씩 나누시길.

바쁜 아침 아이가 뭉그적거릴 때면 인내심이 필요하다. 한참을 욕실에 들어가 있었는데 겨우 양치만 하고 나온다. 잔소리가 입 밖으로 쏟아져 나오기 직전 믹스커피를 찾았다. 마시는 동안 마음에 너그러움이 한 줌 들어앉는다. 할 일을 한 번 더 일러 주고, 커피로 입을 막고 기다렸다. 등교 준비를 마치고 손잡고 걸어가 학교 쪽문에서 웃으며 인사를 건넸다.

"좋은 하루 보내고 나중에 만나, 안녕."

하루를 시작하는 아침, 아이와 함께 웃을 수 있어 감사하다.

간단하게 만들어 건넸던 커피 한 잔에 가볍지만은 않은 마음이 담겼다. 귀 기울여 주는 열린 마음, 친구를 위한 배려, 나에게 주는 휴식과 소중한 이와의 추억 그리고 기다리는 정성이다. 남에게 건넨 작은 친절이 오히려 내 마음을 풍요롭게 했다. 사는 건 어려

위도 친절하기는 쉽다. 친절을 곁에 두고 지내다 보면 사는 것도
쉬워질 것만 같다.

3-5.
복 있는 사람

송기홍

"새해 복 많~이 받으세요."

해마다 설날이 되면 서로 인사를 나눈다. 너도 복을 받고 나도 복을 받으면 얼마나 좋으랴! 그런 소망을 품고 인사하는 것이리라.

복 있는 사람, 복 있는 사람, 복 있는 사람이 되고 싶었다. 가난한 농부의 아들로 태어나 어린 시절에 생각한 '복'은 부자가 되는 것이었다. 가난이 싫었다. 농사지을 땅도 없는데, 시골에서 농부로 사는 아버지가 이해되지 않았다. 아버지에게 도시로 이사 가자고 말하고 싶었다. 마음속으로 여러 차례 생각하고 또 생각했다. 그러나 아버지를 어려워했던 나는 끝내 말을 꺼내지 못했다. 중학교 다닐 때였다. 몇 날 며칠을 고민하다가 어머니께 말씀드렸다.

"우린 가족이 많으니, 도시로 이사 가서 살아요, 형도 누나들도 다 도시에서 방 얻어 사느라 힘들어하는데, 우리 가족이 도시로 이사 가서 살면 형이나 누나들도 집에서 다니고 좋잖아요."

나는 여러 번 어머니를 졸랐다. 그러나 돌아오는 대답은 늘 똑같았다. "안 된다!"라는 것이다. 안 된다는 단호한 거절. 그러나 안 되는 이유는 말해 주지 않았다. 어린 마음에 그런 부모님을 이해할 수 없었다. 어린 시절에는 부모님 눈치를 많이 살피는 아이였다. 어머니에게는 내 생각을 말하기도 했지만, 아버지에게는 어떤 말도 감히 할 수 없었다. 도시로 이사 가서 살자고 졸랐던 얘기가 아버지에게 전달되었는지도 알 수 없었다. 그렇게 어린 시절을 보냈다. 그러나 지금 생각해 보니 안 되는 이유를 알 것 같다. 농촌에서도 가진 것이 없어 살기 힘든데, 빈손으로 도시로 이사를 갈수는 없었을 것이다.

나는 칠 남매 중에서 다섯 번째로 태어났다. 맨 위의 형과 첫째와 둘째 누나는 초등학교만 졸업하고 도시로 가서 공장에서 일했다. 내 바로 위인 셋째 누나도 겨우 중학교를 졸업하고 공장에 가서 일했다. 셋째 누나는 무엇이든 욕심이 많았다. 중학교 다닐 때는 시험 기간이 되면 '잠 오지 않는 약(타이밍?)'을 먹으면서 밤새우며 열심히 공부했다. 그러나 어려운 가정 형편에 고등학교에는 진학할 수 없었다. 중학교를 졸업한 그는 할 수 없이 공장에 다니면서라도 야간 고등학교를 다니겠다고 했다. 그리고 갔던 곳이 부산이었다. 셋째 누나는 본인의 소원대로 부산에 가서 공장에서 일하며, 야간에는 산업체에서 운영하는 고등학교에 다니고 있다고 편지가 왔다. 그러나 그 학교도 졸업하지 못했다. 그 이유는 회사가 부도가 나서 학교가 문을 닫았기 때문이다. 그때 누나는 크게 실망했었다. 그리고 결국은 40대가 되어서야 대입검정고시를 통과하고 50대에는 대학교를 졸업했다.

내가 중학생이었을 때 형과 누나들은 모두 공장에 다니고 있었다. 공장에 다니며 매달 월급을 받으면 적은 액수지만 꼬박꼬박

집으로 돈을 보냈다. 부모님은 자녀들이 보내 준 그 돈을 쓸 수 없다며 계 모임에 가입했다. 그리고 몇 년이 지난 후 목돈이 되면 그 돈으로 논을 샀다. 할아버지에게 농사지을 논을, 단 한 평도 물려받지 못했던 아버지는 논을 사면서 무척 기뻐하셨다. 그렇게 어렵게 사들인 논에 매일 다녀오셨다. 그리고 싱글벙글하셨다. 삽 한 자루 손에 들고, 검정 고무신을 신고 경주라도 하듯이 쏜살같이 논에 다녀오곤 하셨다. 땀 흘린 보람이 있어서인지 해마다 농사는 잘됐다. 그러나 우리 가족이 살기에는 모든 것이 부족했다. 그래서 남의 논을 소작으로 농사지어 수입을 올리려 노력하셨다. 또 정부 명의의 하천 부지를 개간하여 정부에 소작료를 내면서 농사짓는 것으로 생계를 이어 나갔다. 농사를 지을 논 한 평 없는 가난한 농부였던 아버지는 공장에 가서 일하는 자녀들이 보내는 돈은 쓸 수 없는 돈이었을 것이다. 그 돈을 모아서 농지를 매입하는 것이 부모님에게는 어쩌면 당연했을 것이다. 부모님은 외지에 나가 공장에 다니는 자녀들이 월급 받아서 보내오는 그 돈으로 농사지을 땅을 사는 것이 더 나은 내일을 만드는 희망이었을 것이다. 초등학교 다닐 때는 가난이 싫어서 일기장에 돈뭉치를 그려 넣으며, 부자가 되고 싶다고 글을 쓰기도 했다. 부모님은 정말 열심히 사시는데 먹고사는 문제도 해결하지 못하는 현실이 이해되지 않았다. 열심히 사시는 부모님은 농사를 지으면서도, 어머니는 틈틈이 모시를 짰다. 1500년의 역사를 가진 그 유명한 한산 세모시를 짜는 어머니를 보며 자랐다. 모시를 짜서 장날이 되면 내다 팔았다. 그리고 다시 태모시를 사다 여러 복잡한 과정을 거쳐 모시 짜기가 완성되면 또 다음 장날 내다 팔았다. 겨울철에는 온 가족이 달라

붙어 가마니를 짰다. 가난에서 벗어나기 위해 열심히 살았다. 그러나 가난은 좀처럼 물러가지 않았다. 그 당시의 생각으로는 '복'은 부자가 되는 것이었다. 그러나 살면서 느낀 것은, 돈이 많다고 해서 '복'이 완성되는 것은 아니라는 것이다.

몇 년 전에 암 진단을 받고 수술했던 적이 있다. 그때는 돈보다도 건강이 더 필요하게 생각되었다. 암 진단을 받고 절망감을 느꼈던 그 순간을 생각하면 아직도 아찔하다. 암 진단을 받았을 때도 돈이 없기는 마찬가지였다. 어린 시절에는 부모님이 돈이 없었는데, 암 진단을 받을 때는 나도 돈이 없었다. 몇 날 동안 눈물로 기도했다. 살고 싶었다. 그때는 돈보다 더 중요한 것은 생명의 연장이었다. 2년마다 한 번씩 하는 건강 검진을 했는데, 폐 사진에서 이상한 것이 보인다는 것이다. 담당 의사는 소견서를 써 줄 테니 큰 병원에 가 보라는 말을 했다. 소견서를 받아 든 순간 앞이 캄캄했다. 영어로 된 소견서였지만, 'cancer'라는 단어가 눈에 들어왔다. '암'이라는 단어를 보는 순간 전기에 감전된 듯 온몸에 기운이 쭈욱 빠졌다. 그때는 '암'으로 확진을 받은 것도 아닌데, 앞이 캄캄했다. 병원에서 집에 오는 길은 자동차로 5분 정도 걸리는 가까운 거리다. 혼자 운전하고 오는데 그날은 5분이 아니라 5시간 이상 걸리는 아주 먼 거리를 운전한 것처럼 힘들었다. 그때는 건강이 가장 중요하게 여겨졌고, 건강이 복이라고 생각했다. 건강이 무너졌을 때 비로소 깨닫는 것은 가장 중요한 것이 건강이다. 조직검사를 하고 수술도 했다. 지금은 완치 판정도 받았다. 감사하고 기적 같은 일이다.

난 기독교인이다. 그래서 성경을 읽고 묵상하는 중에, '복'은 내 주변 상황이 바뀌는 것이 복이 아니라는 것을 깨달았다.

　나는 사후의 세계가 있다고 믿는다. 사람은 육체와 영혼으로 구성되었다. 우리가 이 땅에서 죽게 되었을 때 육체는 흙으로 돌아가지만, 영혼은 소멸하여 없어지는 것 아니라고 믿는다. 그리고 천국과 지옥이 있음을 믿는다. 천국과 지옥이 있음을 믿는 사람이라면 지옥을 선택할 사람은 없다. 누구나 천국을 선택할 것이다. 그 천국을 이 땅에 사는 동안 준비하는 사람이 복된 사람이다. 이사 날짜가 다가오면 이사할 집을 미리 알아본다. 어느 동네로 갈 것인지, 몇 평으로 이사할 것인지 알아본다. 이사할 집에서는 가구 배치를 어떻게 할 것인가 생각하며 가구 배치도를 그려 보기도 한다. 나는 이사를 열 번 정도 했다. 그러면서 이사를 잘하는 비결로 터득한 것이 있다. 이사하려면 이사할 곳을 미리 알아보고 준비하는 것이다. 내세도 마찬가지라고 생각한다. 지금 사는 이 세상은 죽음이라는 과정을 거쳐 언젠가 떠나게 된다. 그리고 우리 속에 있던 영혼은 사후 세계인 천국이나 지옥에 가게 된다. 이 땅에 사는 동안 천국이 있다고 믿고 천국을 준비한 사람은 천국에 갈 것이다. 돈도 중요하고 건강도 중요하지만, 이사할 날짜가 다가오면 이사할 집을 준비하는 것이 중요하듯 죽음 앞에서 천국이 준비된 사람은 복 있는 사람이다. 우리는 언젠가는 죽음의 과정을 거쳐 이 땅을 떠나게 될 것이기 때문이다.

3-6.
네가 빛나는 이유

신민진

    '우리 딸 어디 있지?' 초등학교 1학년. 유아 티를 벗지 못한 아이들 사이로 딸아이를 찾는다. 분위기는 어수선하다. 학부모들에 둘러싸인 교실은 긴장감이 감돈다.

"여러분, 친구들과 사이좋게 지내려면 어떻게 해야 할까요?"

선생님의 마지막 질문에 아이들이 손을 든다. 너도나도 자기 생각을 말한다.

"웃겨야 해요."

"재미있는 말을 많이 해야 해요."

어른들이 기대하는 인사나 양보, 빌려주고 도와준다는 대답이 없다. '공개 수업인데 어쩌나. 이렇게 마무리하면 안 될 텐데…….' 발표가 거듭될수록 학부모인 내 마음까지 초조해진다. 한 아이가 작은 목소리로 말한다.

"친구가 뭘 못할 때 도와줘야 해요."

그러자 뒤를 이어 다른 아이들이 대답한다.

"물건을 같이 써요."

"보건실에 같이 가요."

나도 모르게 휴, 안도의 한숨이 나온다.

아이들의 소란스러움은 오히려 자연스럽다. 하지만 예상치 못한 대답이 마음에 걸린다. 친구 관계에서 본질은 사라지고 빠르게 얻거나 화려해 보이는 방법을 찾는 건 아닌지 염려스럽다. 이십 년을 교사로 살아온 직업병이다. 나누고 돕고 양보하는 미덕, 관계에도 정성을 들여야 하는 가치를 아이들이 배웠으면 좋겠다.

집으로 돌아와 딸 서윤이에게 친구 사귀는 방법에 대해 일장 연설을 한다.

"난 안 그러는데?"

딸이 자리를 피한다. '아, 그렇지!' 가르치는 데도 시간과 정성이 필요하다. 잠시 잊었다.

1학년이 되어 두 달을 지낸 딸 서윤이는 글씨체가 교과서 같다. 담임 선생님께서 바르게 앉아 정자체로 글씨 쓰는 연습을 숙제로 내주신다. 딸은 자모음의 모양과 위치를 맞추기 위해 몇 번씩 썼다 지웠다를 반복한다. 그 모습에서 작은 것 하나하나 얼마나 열심히 가르치시는지 짐작이 간다. 그런데 학원 시간에 쫓길 땐 생각이 달라진다. 글자 하나를 붙잡고 있는 모습이 답답하다. 맞춤법만 잘해도 괜찮은 거 아닌가?

어버이날, 딸 서윤이가 건네준 카드를 펼쳐 든다. 한 획도 허투루 쓰지 않은 딸의 글씨는 내용을 읽기도 전에 감동이다. 빼곡히 쓴 글자 사이에 '감사합니다'가 눈에 들어온다. 평소에도 자주 듣는 말이지만 정성을 다한 아이의 마음이 고스란히 담겨 있다. 가만히 앉아 아이를 들여다본다. 바르게 앉아 작은 글자 하나에 정성을 쏟는 아이의 모습이 곱고 예쁘다. 손끝에 힘이 부족해 손을 털고 연필을 돌려 가며 애쓰는 모습도 놓치지 않고 바라본다. 스스로 해야 할 일을 누군가 다 해 주기를 바라던 아이가 달라져 있다. 물건을 정갈하게 정리한다. 작은 단추도 시간을 들여 채운다. 자고 일어나 이불을 보기 좋게 정돈한다. 새로운 피아노곡을 피하지 않고 차근차근 연습한다. 아이는 글씨를 통해 일상에 정성을 다하는 태도를 배우고 있었다.

"선생님 가수 채연 닮았어요. 저 채연 팬클럽이에요. 진짜예요!"
문득 민희의 목소리가 생각난다. 초등학교 특수 학급에서 근무할 때 만났던 아이다. 내가 가르치지 않았지만, 종종 우리 교실에 놀러 와 수다를 떨었다. 6학년이었던 민희는 발음이 정확하지 않았다. 어눌했다. 그런데 부끄러워하기보다 오히려 상대방이 잘 알아듣지 못할까 봐 신경이 쓰이는 눈치였다. 한 음절씩 입을 크게 벌려 또박또박 말했다. 표정에는 전하고 싶은 느낌이 가득했다. 민희와 이야기를 나누면 기분이 좋았다. 주변이 환하게 밝아졌다. 대단한 이야기도 아니다. 자신의 일상과 좋아하는 것에 관한 이야기다. 느린 말 속도 때문에 많은 이야기를 할 수도 없다. 하지만 말과 말 사이의 빈 곳에 다정한 마음이 쌓인다. 듣는 내가 다 고마울 만큼 민희의 태도는 정성이 가득했다.
나도 뭔가 해 주고 싶어 졸업할 때 편지를 썼다.

"민희야, 말을 잘하는 것은 너무나 중요해. 하지만 잘한다는 것은 정확한 발음으로 유창하게 말하는 것을 뜻하지는 않아. 상대방을 배려해서 기분 좋게 표현할 수 있는 말솜씨는 아무나 지닐 수 없는 특별한 능력이란다. 덕분에 선생님은 너에게 매일 감동했었지. 살다 보면 너를 잘 모르는 사람들에게 호의적이지 않은 시선을 받을 때도 있을 거야. 하지만 발음 하나로 기죽지 말고, 네가 가진 능력을 잘 발휘해서 세상에 너의 사랑스러움을 맘껏 표현하길 바란다."

중학교에서 맞이하는 첫 스승의 날, 민희가 나를 찾아왔다.

"선생님 안 계실까 봐 걱정했어요. 계셔서 기뻐요."

헐레벌떡 숨을 몰아쉰다. 정겨운 마음이 전해진다. 십오 년이 지나도 민희의 눈빛과 목소리가 흐릿해지지 않는다.

민희는 나를 선생님이라고 따랐지만, 오히려 민희에게 더 중요한 삶의 태도를 배운다. 사람을 대하는 정성스러움, 그것은 내가 특수 교사로 일을 하는 데 큰 자산이 되어 주었다. 아이들 하나하나에 최선을 다하려고 노력한다. 그러면 내 일상 곳곳에 빛이 난다. 내가 명예 퇴직자로 선정되었다는 공문을 받던 날, C 교감 선생님께 전화를 받았다.

"선생님께는 축하할 일이지만, 우리 지역은 인재를 잃었네요. 선생님처럼 밝은 분이 있어야 하는데."

서운한 마음을 전하는 인사말이었다. 어떤 말보다 나를 밝은 사람이라고 표현해 주는 말이 따뜻했다. 정성을 쏟은 나의 일과 이별을 앞두고 아쉬운 눈물이 핑 돌았다.

아이들이 돌아올 시간이다. 반복되는 일상에 숨이 막힐 때가 있다. 오늘이 그런 날이다. 저녁 식사 준비를 하는데, 문득 냉장고에 붙어 있는 딸아이의 글씨가 나를 불러 세운다. 며칠 전에 받은 어버이날 카드다. 한참 들여다본다. 정성스러운 글씨에 잡생각이 사라진다. 나도 잘 살고 싶다. 심호흡하며 천천히 움직인다. 깨끗하게 채소를 씻는다. 가지런히 썬다. 찌개가 끓어오를 때까지 기다리며 주변을 닦는다. 기분 좋은 글씨가 빛이 나서 나도 밝아지고 온 집 안이 밝아진다. 평소에 교과서처럼 품고 다니는 문장, 영화 〈역린〉에서 들었던 중용 23장이 떠오른다. 배우 정재영의 명대사처럼 올곧은 마음을 다잡고 소리 내 읊어 본다. 삶이 더 소중해진다.

"작은 일에도 무시하지 않고 최선을 다해야 한다.

(중략)

그러니 오직 세상에서 지극히 정성을 다하는 사람만이 나와 세상을 변하게 할 수 있는 것이다."

— 영화 〈역린〉, 중용 23장

3-7.

사람들과 대화를 할 때에는
선입관 없이 들어야 예의지

쓰꾸미

        회사를 다니다 보면 많은 사람들과 협상을 자주 해야 한다. 지금까지 경험한 협상에서 좋은 결과를 얻은 경우보다 좋지 않은 결과를 얻은 경우가 더 많았다. 그래서 협상에 관한 책을 읽고 공부했다. 책『협상의 기술』에서 가장 중요한 시작점은 바로 상대방이 말하고자 하는 의도를 정확하게 파악하는 것이다. 상대방의 행동과 동기를 판단하지 말라고 조언한다. 그리고 내가 알고 있다고 생각해도 상대방에 대한 의도에 대해서는 질문을 통해 확인한다. 그리고 그러한 질문과 확인 과정을 통하여 공통 이해를 만들어 가는 것이 바로 협상의 시작이라고 한다. 이러한 의도를 잘못 판단하여 발생한 나의 부끄러운 실수를 공유하고자 한다.

  아들과의 대화에서 딸이 지적한 내 실수이다.

  2024년 1월 2일에 회사에서 팀장으로 발령이 났다. 수당으로 40만 원 정도가 올랐지만, 해야 하는 일은 너무 많아졌다. 팀원들의 업무 계획 면담뿐만 아니라 성과 관리도 하고 있다. 팀 전체 업무를 구분해서 담당자들에게 배분하고, 일한 결과에 대해서는 다시 취합해서 경영층에 보고를 해야 한다. 또 인력 관리도 해야 한다. 팀원들의 교육 및 업무 동기 부여는 기본이다. 그리고 제일 큰 문제는 올해가 팀장 1년 차이므로 모든 팀장 업무가 서툴렀다. 그래서 회사에서 근무하면서 머무르는 시간 동안 전부 긴장의 연속이었다. 그래서 내 마음의 여유를 만들어 보려고 노력해도 잘해야 한다는 강박감에 쫓기듯 하루하루 살아가고 있었다.

집으로 퇴근하면서 아내와 전화 통화를 하였다. 통화 중에 아들이 나에게 할 이야기가 있다고 하였다. 무슨 말이냐고 물었는데, 직접 들으라고 하였다. 알려 주면 안 되나? 좋은 이야기인지, 나쁜 이야기인지 알아야 마음의 준비를 할 것이 아닌가? 그냥 이런 것으로 이야기하면서 에너지를 쓰고 싶지 않아서 그냥 관심을 껐다. 평상시와 같이 사람들로 꽉 차 있는 지하철 안에서 신문과 책을 보면서 집까지 1시간 30분이 걸려 도착했다.

우리 아들의 꿈에 관한 이야기라던가, 학교생활의 문제점 등과 같이 개인적인 이야기를 아들과 거의 하지 않는다. 10년이 넘도록 혼자 해외에 나가 있는 것도 한몫했다. 그리고 초등학교 4학년이 되고 나서부터 아들과의 관계 설정을 바꾸기로 했다. 예전에는 친구 같은 아버지처럼 지내려고 했지만, 초등학교 4학년이 되는 순간부터 엄한 아버지의 모습으로 변화했다. 집을 많이 비워야 하므로 아내가 아들을 키우기 위해서는 안전장치가 필요했다. 안전장치라고 포장을 했지만, 아들이 선을 넘었을 때에 통제할 수 있는 수단이 바로 내 역할이었다.

아내가 아들이 집에 와서 이야기할 것이 있다고 하였다. 의무감 때문에 내가 좋지 않은 상황을 곱씹기 싫었다. 가벼운 책을 읽었다. 읽는 것이 아니라 그냥 보면서 생각을 하기 싫어서 식탁에 앉아서 아들이 들어오기를 기다렸다. 그러다가 아들이 집에 왔다.

아내가 아들에게 이야기를 해 보라고 주문을 넣었다. 중학교 3학년인 우리 아들이 자신이 모델 에이전시에서 1차 합격을 했다고 하였다. 그리고 모델 에이전시에 지원사를 제출한 곳들 중에 1차 합격 통보를 두 군데에서 받았다. 두 군데가 모두 같은 곳이라고 한다.

여기까지 들었다면, 무슨 생각이 들었겠는가? 걱정이 몰려왔다. 모델? 웬 모델이라는 말인가? 연예인도 아니고 모델? 직업의 비하가 아니라 아들이 편안하고 오래 지속할 수 있는 직업을 가졌으면 하는 바람이 있다. 더구나 모델이라는 직업 특성상 전형적인 승자 독식 구조 형태를 가지고 있다. 이 승자 독식 구조 직업들 중 최상위에 해당하는 직업이 바로 모델이다. 그러다 보니 걱정이 더욱 커졌다. 그래서 아들이 얼마나 진지한 마음을 가지고 있는지를 알아보고 싶었다.

첫 질문부터가 곱지 않다. 두 곳을 지원했는데, 동일한 곳이 맞는지 질문을 했다. 아들은 그렇다고 대답했다. 그다음 질문은 그곳이 회사냐? 학원이냐? 질문을 하였다. 아들이 횡설수설하면서 대답을 하였다. 이때부터 화가 급격하게 머리끝까지 올라왔다. 본인의 인생을 걸어야 하는 곳에 저렇게 제대로 알아보지 않고 덥석 선택했다는 것이 이해가 되지 않았다. 내 눈높이를 기준으로 아들이 이야기하는 모든 사항이 불만족스러웠다. 부정적 감정이 반복되면서 답을 들어야 할 필요성이 없다는 나쁜 선입관이 대화하는 과정 중에 뿌리 깊게 자리 잡았다.

그 이후부터는 내 마음속에 형성되어 있는 답과 비교하며 들었다. 그런 후 아들이 이야기하는 것에 대해서 틀렸다고 지적하였다. 그리고 아들의 모든 대답에 틀렸다고 반박을 하였다. 대화에서 언어폭력에 가까운 내 불편한 감정을 화로 쏟아내었다. 이러한 대화는 저녁 9시부터 11시까지 2시간 동안 계속 이어졌다. 초기 10분 정도만 아들이 잠시 이야기했을 뿐, 나 혼자 1시간 50분을 말하였다. 1시간 50분 동안 아들은 침묵을 하였다. 이 시간 동안 아들은 내 이야기도 듣지 않은 것 같았다. 대화 종료 후, 좋지 않은 감정에서 벗어나기 위해 샤워를 했다.

그리고 잠자리에 들기 위해 침대에 누웠다. 딸이 몰래 쓴 편지를 베개에서 발견하였다. 엄마와 오빠가 이야기하는 것을 엿들은 우리 딸은 오빠가 단순히 아빠의 칭찬과 격려 한마디를 듣고 싶었을 뿐이었다고 적혀 있었다. 아빠가 오빠를 걱정하는 마음은 알지만, 다음에는 칭찬을 먼저 해 주고 아빠가 걱정되는 부분에 관해서 이야기를 해 주었으면 좋겠다는 내용의 편지였다. 편지를 읽고 나서 얼굴이 화끈거렸다. 아들이 나로부터 원했던 것은 내 칭찬과 격려의 한마디였다. 아들을 위한다는 나만의 착각으로 답을 정해 놓고 대화를 하였다. 아니, 일방적으로 내 의견만 전달하였다. 우리 아들이 필요하지도 않은 조언을 소음 수준으로 듣도록 강요한 것 같아 미안하였다.

나는 운이 좋은 사람이다. 이렇게 실수를 하였어도 이해해 줄 수 있는 사람에게 실수를 하였으니 말이다. 초등학교 4학년인 우리 딸도 알고 있다. 대화를 할 때에는 상대방의 말에 대해서 있는 그대로 들어야 한다고 말이다. 그렇게 협상을 잘하기 위해서 협상과 관련한 책을 읽으면 무엇 하겠는가? 책의 내용이 내 삶에 스며들지 않았으니, 읽어도 아무런 효과가 없다.

위의 내 실수와 같이 다른 사람들과 대화로 협상을 시작하거나 진행 중일 때는 절대 내 마음대로 결론을 지어 놓고 선입관을 가지고 듣지 않도록 노력해야겠다. 그래도 얼마나 다행인가? 내가 실수한 것을 알고 있으니, 실천을 통해서 수정을 한다면 앞으로 대화하는 능력이 발전할 수 있다고 믿는다.

오늘도 사람들과 대화를 시작할 때에는 선입관 없이 들어야 한다고 되뇌고 대화를 시작해 본다.

3-8.
Less is more

양지욱

"Less is more."

— 로버트 브라우닝, 「Andrea del Sarto」—

"Less is more."는 "간결한 것(단순한 것)이 더 아름답다."라는 말로 미니멀리즘, 모더니즘을 대표한다.

2017년 미니멀라이프를 실천하면서 미니멀리스트인 도미니크 로로를 만났다. 삶에 대한 철학이 자연스럽게 녹아 있는 그녀의 『심플하게 산다』를 처음 읽었다. 집 안의 물건을 비워 그녀처럼 집을 꾸미고, 그곳에서 숨 쉬면 철학자가 되어 행복할 것만 같았다. 그 책을 반복해서 읽었다. 거실 한 면, 주방 한 면, 방 두 개의 벽면을 가득 채웠던 책장의 책을 가장 먼저 비웠다. 많은 공간을 차지하였던 지적 허영심을 과감하게 도려냈다. 소유했던 나머지 물건도 비움으로써 집에 여백이 생겼다. 큰 집이 필요 없어졌다. 그다음 만나게 된 도미니크 로로의 『작은 집을 예찬한다』라는 책은 나의 삶을 완전히 바꾸어 놓았다.

33평 집을 팔고 24평 안개 공원이 내려다보이는 아파트를 샀다. 조명을 가장 신경 써서 골라 설치하였다. 음악을 듣는 블루투스 스피커, 좋아하는 장미 향 디퓨저를 시작으로 생활에 필요한 물건으로만 채웠다. 물건을 적게 소유함으로써 그것의 소중함을 알게 되었다. 남아 있는 물건 하나하나 사용하며 많이 아낀다.

친정집을 떠올렸다. 아버지는 8남매의 큰아들이었다. 1990년 때까지만 해도 제주도에서는 경조사를 집에서 치렀다. 따라서 집안의 큰아들은 집을 크게 지을 수밖에 없었다. 결혼한 자식들이 전부 떠난 큰 집에 부모님만 덩그러니 남았다. 시골에서 두 채를 소유하고 있었던 부모님. 젊을 때는 농사일을 하면서도 집을 잘 돌보았다. 마당을 청소하고 10년에 한 번씩 주방과 욕실을 리모델링하면서 즐거워하셨다. 하지만 80세를 넘기면서 어느 순간 두 집은 부모님에게 커다란 짐이 되었다. 다섯 개의 창고, 여섯 개의 방, 두 개의 마루, 두 개의 거실, 넓은 마당 등 청소는 고사하고 어느 것 하나 제대로 관리할 수가 없었다. 곳곳에 먼지가 쌓이고, 손길이 미처 닿지 못한 욕실 구석, 집 안 구석에는 가끔 거미줄이 보였다. 보수 비용도 날이 갈수록 많이 들었다. 바람벽을 통과한 겨울밤은 난방비를 불렀다. 잘 걸을 수 없어 옥상에 빨래를 널 수도 없었다. 겨울밤, 지팡이를 짚고 비틀비틀 걸으며 집 밖의 화장실을 갔다 오는 아버지를 지켜보는 내내 힘들었다. 노후에는 시골의 큰 집에서 절대로 살지 않겠다고 다짐하곤 했다.

나에게는 시아버지가 물려주신 조그만 귤밭에 8~90년대 귤을 저장했던 창고가 있었다. 지금은 귤나무의 품종 개량을 통하여 대부분 수확하자마자 바로 판매가 되어 겨울에는 귤을 저장하지 않는다. 2023년 3월 밭에서 쓸모가 없어진 그 창고를 리모델링했다. 작은 방 하나, 욕실, 주방 겸 거실을 만들었다. 그 집에 하얀 귤 향기를 의미하는 '백향'이란 이름을 붙였다. 거기에서 가장 이상적으로 미니멀라이프를 추구하고 있다. 여백으로만 채운 집에는 벽시계밖에 없다. 창밖으로 한라산, 귤나무가 보인다. 창문은 액자가 되어 그 자연을 그림처럼 담는다. 자연보다 더 좋은 풍경이 어디에 있을까. 작은 집은 자연에 동화된다. 계절 따라 새 소리가 창문 너머 들리고, 나무 숨소리는 땅속에서 들려온다. 바람은 부드럽고 다정하게 귓가를 간지럽히다가 어느 날은 울부짖으며 천지를 뒤흔들어 자신의 존재를 드러낸다.

2024년 1월에 제주도로 내려갔다. 2023년 10월에 아버지 장례식을 치르고 한 번도 가 보지 못한 집에 도착하였다. 두 달 넘게 관리를 제대로 못 한 집은 화장실을 비롯한 모든 공간에 냄새와 먼지, 때가 쌓였다. 청소를 시작하였다. 창틀부터 욕실, 주방, 거실, 방바닥을 닦아 내는데, 거칠 게 전혀 없다. 어느 한 곳 내 손이 닿지 않는 곳이 없다. 두 시간도 채 안 걸려 힘들지 않게 모든 청소를 마쳤다. 짐이 하나도 없는 13평 집이라서 가능했다.

작은 집은 그곳에 사는 사람들을 껴안고 함께 살아간다. 특히 가족의 말에 귀를 기울이게 만든다. 세 자매만 그 공간에서 만났다. 6박 7일 동안 밥을 같이 먹었다. 깊어 가는 겨울밤, 자정을 넘기며 '백향'에서 과거, 현재, 미래를 넘나들며 이야기를 구성한다.

이야기를 나누다 보면 자매들 간에도 새로운 모습이 드러나 '너는 도대체 어느 별에서 살다 온 거니?' 자꾸 묻는다. 집 떠난 지 40년이라는 시간과 공간의 단절 때문이리라. 가끔 부모님이 공통분모로 등장한다. 세상 떠난 부모님을 떠올리며 그리움 반, 미움 반 섞어 이야기를 하늘로 자꾸만 퍼 올린다. 그리고 한 이불에서 같이 잠을 잤다. 그렇게 세 자매의 에피소드를 만들었다.

집의 크기를 계속 줄였다. 생활에 필요한, 최소의 물건으로 채운, 작은 집을 지었다. 단순한 삶이 가능하였다. 집 평수를 줄이면 줄일수록 물건도 없어져 집안일이 계속 줄어들었다. 대신 나에게 집중할 수 있는 시간은 늘어났다. 블로그에 포스팅하기 위하여 독서하고 글 쓰는 삶을 시작하였다. 그러다 보니 독서하고 글 쓰는 삶, 그것 자체가 노후 대비를 위한 시작점이었다. 그리고 나를 사랑하면서 살아가는 정체성을 만들어 주었다. 약해질 때마다 나를 지탱하는 강한 힘이 되었다. 또한 두 여동생을 향한 관심과 사랑을 만든, 커다란 씨앗의 영양소이다.

단순하게 산다. 감정을 절제하여 간결하게 글 쓰려고 노력한다. Less is more. 삶을 단순화시키면 시킬수록 더욱 행복해졌다.

3-9.
이 또한 지나가리라

육이일

"이 또한 지나가리라."

주말 오전, 남동생과 부모님 얘기로 문자를 주고받았다. 거의 끝날 즈음 동생이 말했다.

"누나, 문제 하나 낼게. 맞혀 봐."

요즘 회사 지인들 사이에서 유행하는 문제라고 했다.

"그래? 맞히면 선물 있어?"

늘 그랬듯 동생이 시원하게 답한다.

"누나, 잘 맞혀 봐. 임금이 반지를 만들라고 신하들에게 명령을 했어. 거기에 글귀를 새겨서, 왕이 전쟁에서 이겨 환호할 때도 교만하지 않게 하며, 큰 절망에 빠졌을 때도 좌절하지 않고 새로운 용기와 희망을 가질 수 있는 그런 글귀를 새겨 넣으라고 했는데, 답이 뭐게?"

고개를 더 숙여 문자를 가까이 들여다봤다. 내가 아는 비슷한 내용이 생각났다.

"이 또한 지나가리라!"

어떻게 빨리 맞히냐 물으며 싱겁게 끝났다. 전에 매형한테 들었다는 말 대신 웃음으로 답했다. 동생이 보내 준 과일 선물로 부모님과 맛있게 나눠 먹었다. 지금 생각해도 기분 좋은 문자다.

30대와 40대 중반에 어린이집 운영을 했는데 그만둔 지금까지 몇몇 원장님과 만나고 있다. 운영을 하며 생기는 크고 작은 일부터 서로 도와주고 정보를 나누며 가까이 지냈다. 우리의 모임을 '베프'라고 했다. 베프는 베스트 프렌드를 줄인 말이다.

"똘, 제발 도와줘요."

똘은 내가 운영한 어린이집 이름을 줄여 나를 부르는 말이다. 어린이집을 그만뒀지만 이름 대신 똘이라고 불렀다. 공부와 병행하며 강사 일을 하던 시절이었는데, 코로나19로 모든 일이 멈췄다. 크게 하는 일 없이 오전엔 책상에 앉아 공부를 했다. 그런 나를 튼튼 원장의 전화 통화가 불러냈다. 평가 인증 기간 동안 오전 시간만 주방 선생님이 되어 달라고 했다. 무 자르듯 단번에 거절했는데, 하루 이틀 더 생각해 보란다. '당연히 안 하지…….' 마음먹고 있는데 다음 날, 결정했냐는 전화가 왔다.

"똘, 제발 평가 인증 때까지만……."

원 운영을 하면서 평가 인증의 어려움을 알기에 대답했다.

"그럼 평가 인증 때까지만 할게요."

나와 동갑이라 한 번씩 편하게 말을 하다 존댓말도 했다. 예상한 대로다. 일로 만나는 자리라 불편했다. 마음 편하게 일하라고 했는데 아니다. '그게 말처럼 쉬운가?' 삼 일째 되는 날, '다른 사람 구하세요.' 목까지 올라오는 말을 삼켰다. 원장님이 잠시 안 계신 사이에 4세 반 선생님이 종종걸음으로 내게 왔다.

"선생님, 고맙습니다. 오늘 밥 맛있게 잘 먹었습니다."

어린이집 다니면서 이렇게 배불리 먹은 게 처음이라는 인사와 함께 비타 음료를 주었다. 뚜껑을 따서 얼굴 앞에 내미는 짧은 사이에 나의 언 마음이 스르르 녹았다. '그래, 평가 인증 때까지만 참고 버텨 보자. 2~3개월이라고 했으니까. 10년 원 운영도 했는데 고작 몇 개월은 금방 지나가리라.' 코로나19 확진자가 늘어나고 다음 달이던 평가 인증이 한 달 뒤로 미뤄졌다. 한 달이 지나니 순식간에 확진자들이 늘어나고, 사회적 거리 두기도 점점 강화됐다. 덩달아 평가 인증도 12월이 아닌 내년으로 무기한 연기됐다. '나는 누구? 여기는 어디?' 끝이 오지 않을 것 같은 시간들이 계속되었다. 이곳에서 주방 일을 한다고 왜 그랬을까? 한 번씩 튼튼 원장이 나의 주방 일을 거들어 주면 오히려 부담스러웠다. 잡채용 긴 시금치를 데쳐 놓고 반을 뚝딱 자르는 나와 긴 시금치 그대로 사용하는 우리는 스타일이 달라도 너무 달랐다. 오전에 잠깐 음식하는 일은 어렵지 않았지만, 원장님의 원 운영 방법이 나와 정반대였다. 그 비교하는 마음을 내려놓느라 적응하는 동안 힘들었다. 한번은 가스레인지 후드를 닦을 때 일이다. 열심히 닦고 퇴근을 했다. 다음날 후드의 안쪽 눈에 보이지 않는 구석을 손가락으로 가리키며 닦아야 한다고 했다. 그만 할 말을 잃었다. '나는 이렇게까지 안 했는데. 아니, 나도 그랬나?' 어떤 날은 나의 원 운영 시절을 돌아보며 반성했다. 어린이집을 운영할 때 오후에 주방 일과 청소 일을 도와주시던 이모님 생각이 한 번씩 났다. 이모님도 나 때문에 힘드셨을까? 아무튼 내가 책임자가 아니고 원장이 책임자니까. 요리한다고 내 스타일대로 할 것이 아니라, 토 달지 말고 원장이 하라는 대로 하기로 했다. 눈치는 보이지만 뱃속 편하다. 튼튼 원장님도 나를 주방 선생님이라고 불렀다. 당연히 주방 선생님이니까. 내 손으로 이력서를 들고 어린이집 조리사가 되겠다고 직접 찾아오진 않겠지만 이렇게 지인을 통해 나를 다듬어 가는 시간임은 분명했다. 어린이집 교사들은 구청이나 시에서 주는 수당과 급여가 올랐는데, 주방 종사자는 그대로였다. 기분이 잠시 상했지만 할 수 없다. 나는 주방 선생님으로 왔으니까. '언제까지 이 훈련을 해야 됩니까?' 설거지하고 싱크대를 닦으며 혼자 질문하고 혼자 말했다. 그러던 어느 날, 튼튼어린이집 퇴근 시간에 맞춰 남편과 약속을 했다. 활짝 열어 놓은 주방 창문 너머로 남편의 차가 들어오는 게 보였다. 남편과 눈이 마주치기 전 재빨리 창문을 닫았다. 이곳 주방에서 일하는 나의 모습을 보여 주는 게 왠지 모르게 자존심 상했다. 여기까지 차를 몰고 와 어린이집 가장 가까운 곳에 주차하는 남편의 배려가 다시 생각났다. 닫힌 문을 활짝 열고 차 안에서 나를 바라보고 있는 남편과 눈이 마주쳤다. 손을 들어 '나 여기 있다.'고 흔들었다. 남편이 반갑게 웃는다.

저렇게 좋아하는데 조금 전 창문 닫는 걸 봤더라면 기분 상했으리라. 직업에 귀천이 없다고 말했던 나였다. 막상 어린이집에서 가장 적은 비용을 받으며 주방 일을 하고 있는 내 모습이 얼마나 초라하던지. 제일 자신 없어 하던 파출부 일이라고 생각했는데, 싫어하는 일이었지만 계속하다 보니 주방을 반짝반짝 만드는 일도 쉬워졌다. 나의 알량한 자존심이 철저히 부서지는 1년의 시간이었다. 훗날 내가 운영하는 시설에서 보이지 않는 곳 주방에서 일하는 분들께 말이라도 따뜻하게 하리라. 한 번씩 비타 음료도 드리기로 다짐했다. 부끄러워하는 나와 달리 반갑게 웃는 남편 얼굴을 보고 깨달았다. 이곳에서의 시간들이 나를 가장 나답게 하기 위한 시간이었음을. 내가 가장 싫어하는 일을 즐겁게 할 수 있는 일로 만들어 줬다. 진정한 프로는 지위가 높고 낮음이 아니었다. 어느 자리에 있든 그 자리에서 최선을 다하는 모습이야말로 가장 빛나는 사람임을 깨달았다. 그 깨달음을 위해서 책상 앞에 앉아 이론 공부만 하던 내가 답답했는지 하늘이 알고 인형 뽑기처럼 나를 들어 올려 주방 선생님으로 보낸 것엔 이유가 있었다.

이 또한 지나가리라.

3-10.
내 몸이 또다시 비명을 지르기 전에

윤미경

몸을 움직이는 행위, 운동이 갖는 마법!

결혼 전 요가, 테니스, 에어로빅 등 다양한 운동을 즐겨 했다. 운동 덕에 삶이 활력 있었고, 쉽게 피로하지도 않았다. 결혼 후 운동보다 육아가 우선이라, 운동할 짬을 내는 게 쉽지 않았다. 둘째가 10살에 돼서야 다시 운동을 시작했다. 일주일에 삼 일 정도 피트니스, 점핑 트램펄린 등 운동을 꾸준히 했다. 요즘은 명상으로 마음을 정화하고 아쉬탕가 요가로 신체 단련을 하며 하루의 고단함을 잊고 있다. 운동은 중력을 거스르지 못하는 40대 후반의 나잇살, 출렁거리는 뱃살도 조금이나마 붙들어 주었다. 운동하는 동안 핸드폰과 컴퓨터로 피로해진 눈도 잠시 쉴 수 있었다. 그렇지만 젊은 시절과는 달리, 운동을 해도 계속 피곤했다.

어느 일요일 아침, 피곤함에 절어 있다가 남편을 졸라 함께 마사지를 받으러 갔다. 이벤트 기간이란다. 평소보다 20퍼센트나 저렴한 가격, 웬 떡이냐 싶어 아로마요법 전신 마사지를 신청했다.

"뭉친 어깨 푸느라 발 마사지는 못 했어요."

중국인 마사지사가 서툰 한국어로 얘기했다.

낮에는 계속 컴퓨터 앞에서 업무를 봤고, 퇴근 후에는 구부정하게 앉아 책을 읽었다. 그것도 모자라 연수받고 글쓰기 한답시고 늦은 밤까지 책상 앞에 앉아 있었다. 어깨 뭉침은 당연한 결과였을까? 나만 열심히 사는 건 아닌데 왜 나만 이렇게 힘든 것 같지? 어깨 통증은 목과 머리로 이어졌다. 머리가 지끈지끈했다. 아침마다 일어나기가 힘들었다.

> "피곤하다는 느낌은 결코 착각이 아니라 실제로 우리 몸이 지르는
> 비명과도 같다."

『스탠퍼드식 최고의 피로회복법』이란 책에서 스포츠 선수 마사지사인 야마다 도모오가 한 표현이다. 피로는 내 몸이 비명을 지르는 증거라니, 그 이유를 알기 위해 내 몸이 하는 이야기, 내 일상을 찬찬히 들여다봐야 했다.

학교에서는 늘 웃는 얼굴로 학생과 학부모를 응대한다. 걸핏하면 민원을 제기하는 학부모들이 많아지고 있는 현실이기에 혹여라도 아이들이 싸울까, 다칠까 봐 늘 매의 눈으로 살핀다. 아이가 감기 걸렸으니, 식후에 약을 꼭 먹여 달라는 문자 메시지를 놓칠세라 알람을 맞춰 가며 약을 챙겨 먹인다. 교사의 소신 있는 생활지도가 혹여나 아동 학대로 신고되진 않을지도 늘 염두에 두어야 한다.

교사 경력이 25년. 우리 학교 평교사 중에 최고령 교사. 후배

교사들에게 "노땅이라 저러지."라는 소리를 듣지 않기 위해 신경 쓴다.

"그 일 할 사람이 없으면 제가 할게요."

남들이 미루는 일은 자진해 처리하는 게 마음이 편하다. 아이들이 하교한 이후에도 교무실로, 협의실로 향한다. 처리해야 할 일은 끝이 없기에 잠시 화장실이라도 갈 때엔 종종걸음을 내디딘다.

그러다 퇴근 후 집에 오면 긴장의 자물쇠가 풀어진다. 판도라의 상자에서 쏟아져 나온 내 본성들이 활개를 친다. 날카로운 말투와 주름진 미간으로 가족에게 불편함을 주기 일쑤였다.

"엄마, 오늘 저녁은 뭐 먹어?"

"퇴근하고 집에 들어오자마자 그것부터 물어보냐? 내가 밥하는 사람이야?"

짜증 섞인 소리에 아이들은 문을 쾅 닫고 들어가 버린다.

2003년, 국제라이온스클럽에서 내가 근무하던 학교의 학생들과 일본 학생들과의 교류 사업이 있었다. 5학년 아이들을 데리고 일본 키노카와시에 있는 한 초등학교 프로그램에 참여하였다. 2박 3일의 일정 마지막 날이었다. 한국, 일본 교사 대표가 각자 자기네 언어로 우정의 글을 낭독하는 피날레가 있었다. 주어진 글을 버벅거리지 않고 읽기만 하면 되었다. 많은 사람 앞에서, 그것도 한국을 대표하여 읽는다는 부담감이 컸지만, 여러 번의 리허설 끝에 본식을 무사히 마쳤다.

"왜 그렇게 무게 잡고 심각하게 읽어요?"

함께 간 한국 측 관계자가 나의 낭독에 면박을 주었다. 나름 잘 읽었다고 만족스러웠는데, 느닷없는 코멘트에 일순간 기분이 상했다.

요즘 동료 선생님들과 낭독 동아리에 참가하고 있다.
"표정을 편안하게 하세요. 미간에 주름이 들어가 있어요. 표정이 편하면 목소리도 부드러워지고 글 읽는 것도 자연스러워져요."
내가 글을 읽을 때마다 리더 선생님은 긴장을 풀라는 피드백을 주신다. 낭독을 잘하고 싶은 마음에 나도 모르게 온몸에 힘을 주고 있었다. 그 탓에 듣는 사람에겐 경직되고 부자연스럽게 들렸나 보다. 수년 전의 일본 교류 사업에서 진심 어린 충고를 외면했던 내 모습이 떠올라 부끄러웠다.

요가 수업에 가면 강사님은 나를 특정하여 한껏 올라간 어깨에 힘을 풀고 양미간의 주름을 펴라고 얘기하곤 한다. 그래도 내가 쉽사리 힘을 풀지 못하면, 내 뒤로 와서 어깨를 지그시 누르고 가신다. 수련 기간이 이 년이 넘어 초보 딱지는 뗐다고 생각하니 옆 사람보다 더 잘하려는 마음이 앞섰다. 이삼십 대 못지않게 잘할 수 있음을 증명하고 싶었다. 어제보다 더 유연해졌음을 보여주고 싶은 마음에 자꾸 욕심이 났다. 그 순간 어깨에, 미간에 힘이 빡 들어갔다.

내 몸이 내지른 비명의 원인은 긴장을 풀지 못하는 내 생활 태도였다.
나의 본업인 학교생활에서의 긴장감은 물론이거니와 낭독이나

요가를 할 때조차 불필요한 힘을 주는 내 모습을 발견했다. 그동안 나를 지켜보는 사람들에게는 긴장하고 힘이 들어간 내 모습이 다 보였나 보다. 정작 나만 그걸 모르고 있었다. 쓸데없는 긴장과 경직된 태도 탓에 애먼 가족에게만 상처를 주었다.

이제 어깨의 힘을 빼고 호흡을 해 본다. 이를 너무 꽉 물지 않고 입술만 살짝 닿게 한다. 표정을 편하게 하고 미소를 머금어 미간의 주름을 편다. 온몸의 긴장을 푼다. 너무 열심히 잘하려고 하지 말자. 주머니에 손 찌르고 천천히 산책하듯 여유 있게 즐기자. 내 몸이 또다시 비명을 지르기 전에 말이다.

3-11.
용기와 자신감 그리고
마음을 편히 가지는 사람

홍순지

학창 시절엔 친구와 밤새 문자를 주고받으며 비밀 이야기를 속닥거리느라 시간 가는 줄 몰랐다. 그러다 잠을 설치는 날엔 아침부터 부모님께 괜히 투정을 부리기도 했다. 솔직하게 내 감정을 표현하며 살았다. 하지만 언제부턴가 감정을 표현하는 일이 어려워졌다. 불편한 마음일수록 더 숨겼다. 다른 사람이 어떻게 생각할지 신경 쓰느라 듣기 싫은 소리, 상처 주는 말을 하지 못했다. 숨김없이 말할 수 있는 용기가 점점 사라졌다. 상대가 이해해 주지 못할까 봐 먼저 마음을 닫기도 했다.

가끔 심한 두통이 찾아오면 이마와 손발이 차갑다. 손을 따기도 하고 타이레놀을 먹고 한참 뜨거운 찜질을 한다. 누워 있지도 못할 만큼 심한 두통은 한참을 견디고서야 조금씩 나아진다. 급체다. 어른이 되고 체하는 횟수가 많아졌다. 솔직하지 못해 마음이 불편하거나 걱정을 많이 할 때면 어김없이 두통이 온다. 체하지 않으려면 마음을 다스리는 게 가장 중요하다는 것을 이제야 깨달았다. 마음을 안정시키고 싶을 때, 지혜가 필요할 때 읽는 책이 아들러의 심리학 책이다. 아들러는 용기와 자신감에 대해서 이야기한다.

"용기가 있고 자신감이 있고 마음을 편히 갖는 사람만이" 자신을 행복하게 만들 수 있다고 말이다.

"엄마! 오늘 선생님한테 선물 받았다! 우리 모둠이 우수모둠으로 뽑혀서 지워지는 형광펜 받았어!"

"우와, 대단하다. 역시 소연이! 훌륭해!"

"그런데 좀 그런 일이 있었어."

안 좋은 일이라도 있나 걱정이 되어 캐물었더니 딸이 멋쩍은 듯 말한다.

"아니, 이 형광펜 오늘 상품으로 받은 건데 지혜가 '나 주면 안 돼?' 하잖아."

신학기가 되어 아직 친구를 많이 못 사귀고 있어 걱정되던 차였다. 초등학교 3학년인 딸아이는 유치원을 조금 멀리 다녀서 학교에 아는 친구가 많지 않다. 활발하고 시원시원한 성격 덕에 1, 2학년 때는 친한 친구를 많이 만들었는데 이번 3학년 반에는 아직 친한 친구가 없다며 아쉬워했던 때다. 딸의 말을 듣는 순간 '형광펜을 주면서 그 기회로 친구랑 더 친해지면 좋을 텐데'라는 생각이 들었다. 어른들의 얄팍한 속셈이다. 차마 입으로 내뱉지는 못하고 다시 물었다.

"그래서 어떻게 했어? 줬어?"

"아니, 이거 내가 너무 좋아하는 거라 주기 싫었어. 그래서 이렇게 말했어. '이건 내가 너무 좋아하는 거라 미안하지만 줄 수가 없어. 대신 네가 필요할 때 많이 빌려줄게. 우리 이번에 같은 모둠이니까 같이 잘해서 받아 보자!'라고."

순간 깨달음과 동시에 딸의 대처에 감동이 밀려왔다. '네가 나보다 낫구나.' 늘 딸을 보며 하는 생각이다. 나도 어릴 때는 솔직했던 것 같은데. 더 당당했는데. 언제부터 이렇게 겁쟁이가 됐을까. 다른 사람에게 어떻게 비칠지, 다른 사람이 어떻게 생각할지 신경 쓰며 살게 되었을까.

마음이 힘들거나 외로운 날 생각이 나는 친구가 있다. 결혼 후 몇 번은 그리워서 목놓아 울기도 했다. 친구가 생각나는 날은 엉켜 있는 감정이 불쑥 올라와 걷잡을 수 없이 슬펐다. 그리움과 후회로 뒤범벅된 마음이었다.

초등학교 6학년 때 가장 친한 친구였다. 중학교 땐 그 친구가 다른 지역으로 이사를 가 일상을 함께하지 못했지만, 매일같이 연락하며 서로 친한 친구임을 확인했다. 고등학교 땐 가끔 주말에 만나 쇼핑도 하고, 대학교 땐 그 친구 집에 놀러 가 잠을 자고 오기도 했다. 통금 시간에 엄격했던 부모님이 유일하게 허용해 주셨던 외박이 그 친구 집이었다.

언니 같은 친구였다. 내가 우유부단하고 결정을 못 할 때, 다른 사람에게 상처받고 아플 때 늘 찾던 친구. 친구는 공감보다는 해답을 주기 위해 애썼다. 겉으로만 위로해 주는 것이 아니라 진심으로 걱정해 주고 위해 주던 친구였다. 친구의 마음을 알면서도 친구의 잔소리가 듣기 싫을 때도 있었다. 생각해 보면 우린 성격이 많이 달랐다. 그래도 오래 함께한 추억과 서로를 아끼는 마음으로 붙어 다녔다.

친구와의 오래된 인연이 완전히 끊어졌다. 표면적인 이유는 내 결혼이었다. 스물넷, 갑작스럽게 결혼을 결정한 나를 이해할 수 없었던 친구는 결혼하기로 했다는 말에 화를 냈다. 지금은 친구를 이해할 수 있다. 내 결정이 갑작스러웠으니까. 시시콜콜 상담하고 이야기하던 내가 혼자 결혼을 결정했으니까 말이다. 서운했을 친구의 마음을 받아들이고 이해할 수 있도록 설명해 주면 될 일이었다.

하지만 그날만큼은 나도 화를 냈다. 지쳤었다. 회사 일로도, 결혼을 결정한 상황만으로도, 부모님의 허락을 받는 것만으로도 벅찼다. 나 역시 어린 나이에 하는 결혼이 맞는 길인지에 대한 불안이 있었다. 그런 불안함이 드러날까 봐 당황했던 걸까. 솔직하지 못했던 나는 친구에게 화를 내 버렸다. 친구의 마지막 말이 잊혀지지 않는다. 얼마나 서운했을까.

"야, 3월 13일에 한다고? 하필 내 생일이네. 이제 3월 13일은 내 생일이 아니라 네 결혼기념일이겠네. 됐다, 됐어."

결혼식 날짜가 하필 친구의 생일이었다. 친구의 싸늘한 말에 "그럼 어떡하라고!" 하고 화를 내며 매몰차게 전화를 끊었다. 결혼식이 다가올수록 친구 생각이 간절했지만 먼저 연락할 수가 없었다. 자존심을 세웠다.

친구가 결혼식에 찾아오는 상상을 하면서 버텼다. 헛된 바람이었다. 결국 친구는 결혼식에 오지 않았으니까. 멀리 청주에서 하는 결혼이지만 올 줄 알았다. 배신감이 밀려왔다. 결혼하고 얼마간 친구를 더 미워했다. '이번엔 나도 절대 먼저 연락 안 해' 하며 고집을 부리는 동안 세월이 흘렀다. 아이를 키우느라 시간 가는 줄 몰랐다. 첫째 아이를 어느 정도 키워둔 후에야 연락을 했다. 친구는 받지 않았고, 메시지를 남겼지만 답이 없었다. 지금까지 친구를 마음에 품은 채 살고 있다.

가끔 생각한다. 결혼식에 오기를 기다리지 말고 솔직하게 다가가는 용기를 냈다면 어땠을까. 감정을 다 이해받을 수 없을 것 같아 벽을 세우기보다는 말하지 않아도 알아주기를 바라기보다는 솔직하게 말했어야 했다. 그러면 친구가 지금도 내 옆에서 떡볶이를 먹으며 함께 늙어 가고 있었을 텐데.

용기와 자신감, 마음을 편히 가지는 사람만이 자신을 이롭게 할 수 있다는 아들러의 말을 매일 되뇐다. 아무리 불편한 상황 속에서도 체하지 않는 단단한 자아를 만들기 위해서다. 내 마음을, 내 생각을 솔직하게 드러낼 용기, 타인에게 휘둘리지 않고 내 마음을 편히 가질 수 있는 현명함, 인생을 살면서 진짜 필요한 자세는 미사여구로 포장된 고차원적인 가치보다는 이런 단단한 바탕이 아닐까?

4장

인생 어록으로 남기고 싶은 문장

4-1.
현명한 자만 할 수 있는 것

강혜진

아침 독서 활동 시간이었다. 그날따라 K가 독서는 하지 않고 자꾸만 돌아다니고 있었다. 앉아서 독서에 집중하라는 잔소리를 이미 여러 차례 하고 있던 참이었다. 삼월 한 달이 채 지나가기도 전, 모범생인 J가 나에게 투정 부리듯 이렇게 물었다.

"선생님, 좀 엄하게 하시면 안 돼요?"

나는 이 말이 무슨 뜻인지 훤히 안다. 친구들이 제대로 하지 않는데도 왜 선생님은 눈물이 쏙 빠지도록 엄하게 혼을 내지 않느냐는 말이다. 그 속에, 자기는 시키는 대로 잘하고 있는데 그렇지 않은 아이들에게 불이익이 주어지지 않으니 마치 혼자 손해를 보는 것 같다는 불만도 포함되어 있다. 예전 같았으면 무슨 대답을 해야 할지 몰라 당황하거나, 감히 학생이 선생님에게 이래라저래라 하는 태도가 마음에 안 든다며 버럭 화를 내고도 남았을 상황. 그러나 나는 J의 마음이 충분히 이해되었다. 웃으며 이렇게 되물었다.

"무섭게 혼내는 게 가장 좋은 방법일까? 혼내지 않아도 충분히 잘할 수 있다고 선생님은 믿어.”

한 달에 한두 번씩 둥글게 모여 앉아 서클 활동을 한다. 우리 반에 문제가 있거나 생각을 나눌 일이 있으면 모두 동등한 자격으로 이야기를 나누는 것이다. 지난달 서클 활동의 첫 번째 질문은 ‘나의 장점’이 무엇인지 발표하는 것이었다. 나의 장점을 살려 우리 반을 더 좋은 방향으로 바꾸어 나가는 데 내가 어떤 역할을 할 수 있을지 이야기 나누고 있었다. 선생님인 나도 서클 활동만큼은 아이들과 같은 자격으로 참여한다. 나는 어렵지 않게 나의 장점을 찾아 발표했다. 나의 가장 큰 장점은 쉽게 화가 나지 않는다는 것이다. 거짓말이 아니다. 이쯤에서 버럭 할 만한 타이밍에도 화가 나지 않아 화나는 연기를 한 적이 여러 번 있었다. 화가 나는데도 못 내는 거면 억울한 마음이 들었을 것이다. 그런데 다행히도 그저 화가 안 난다. 갓 열두 살이 된 우리 반 아이들은 까부는 모습도, 떠드는 모습도 예쁘게만 보인다.

어느 날은 동료 교사 한 분이 “선생님은 어떻게 그렇게 화를 안 내고 잘 참으세요?” 하고 질문한 적이 있다. 화가 잘 나지 않는 이유는 행동이 아니라 사람에 초점을 두는 나의 관심 덕분. 혼날 만한 일을 하는 아이를 보면 그 아이의 과거가 궁금하다. 그 아이 주변 사람이 어떤지 궁금해진다. 그리고 아이의 경험과 생각이 궁금해진다. 관심을 가지고 차근차근 알아 가다 보면 스르륵 이해되는 때가 많다. 오해의 빗장을 풀고 이해의 눈으로 상대를 바라보다 보면 아주 가끔 측은지심까지 생겨난다. 내가 화를 잘 내지 않는 것은 관심에서 비롯되는 '이해' 덕분인 셈이다.

당장 눈에 보이는 말과 행동뿐만 아니라 보이지 않는 상대의 과거와 감정까지 헤아리려 노력하다 보면 '아! 저렇게 행동할 만한 이유가 있겠구나!', '어쩌면 뾰족한 말과 행동이 힘들다고 도와 달라는 신호일지도 모르겠구나.' 하는 데에까지 생각이 미친다. 그러니 화가 솟아오르다가도 쑥 들어가고, 상대에 대해 더 자세히 알고 싶은 의욕이 생겨난다.

6학년 담임을 맡았던 어느 해의 일이다. 공부 시간에 시도 때도 없이 시끄러운 소리를 내며 수업을 방해하는 A를 만났다. A는 설명하는 내 목소리보다 더 시끄러운 소리로 떠드는 것이 일상이었다. 조용히 해 달라는 나의 말에도 3분을 채 견디지 못하고 떠들어 대는 A를 바라보았다. 조용히 바라보는 나의 시선에도 A는 수다를 멈추지 않는다. 오히려 빤히 쳐다보며 "왜요? 내가 뭐 잘못했어요?" 하고 맹랑한 질문을 한다. 그러다가도 쉬는 시간에는 늘 내 옆을 맴돌며 내 소지품을 만지작거리고, 수업이 없는 주말에도 '뭐 하냐, 뭐 먹었냐, 심심하다'는 문자를 쉴 새 없이 보내오곤 했다. 여러 번 조용히 해 달라는 부탁에도, 문자에 일일이 답할 수 없으니 꼭 필요한 문자만 보내라는 말에도, A는 행동을 멈추지 않았다.

이쯤 되자 A에게도 뭔가 이유가 있겠구나 생각하게 되었다. 여러 차례 지적당하면서도 계속해서 떠드는 이유, 나에 대해 반항심을 내보이면서도 끊임없이 주위에 맴도는 이유, 그것이 무엇인지 생각해 보았다. 상담 시간을 내 보았지만 A는 나와 단둘이 있는 시간에는 입을 열지 않고 고개만 떨구고 있었다. 결국 A의 어머니께 전화를 걸었다. A가 집에서는 어떻게 행동하는지, 부모님의 양육 태도는 어떤지, 부모님과 A의 관계는 어떤지 알아보기 위해서였다. 그러나 어머니와 여러 차례 시도에도 통화가 되지 않아서 아버지와 겨우 통화를 할 수 있었다. A의 생활에 대해 들려 드리자 아버지는 다짜고짜 화부터 내기 시작하셨다. 급기야는 입에 담지 못할 욕까지 하셨다. 나를 오해하며 당장 학교로 찾아오겠다고 하셨다.

'아! 부모도 무언가 이유가 있겠구나!'

이 기회에 잘되었다 싶어 다음날 약속을 정했다. 학교라는 장소가 주는 부담감 때문이었을까. A의 아버지는 통화할 때와는 달리 침착해 보였다. 교무실에서 가장 좋아 보이는 찻잔을 꺼내 A의 아버지 앞에 따뜻한 차를 한 잔을 내놓았다. 차가 아버지의 마음을 녹였을까. 전날 밤 통화와는 달리 한참을 차분히 이야기 나누던 A의 아버지. A의 어머니와 아버지 사이에 갈등이 심했다. 여러 차례 부부싸움을 하던 끝에 엄마가 집을 나간 지 석 달이 다 되어 간다 하셨다. 술을 마시며 이겨 내고 있다던 아버지는 전날 밤에도 술을 먹고 통화를 하셨더랬다. 취할 때마다 아이들에게 흐트러진 모습을 보이고 집 나간 아내 험담을 하게 되니 이제는 술을 끊어야겠다며 죄송하다는 말까지 하고 돌아가셨다.

자꾸만 떠들어 대는 A의 행동은 자기를 좀 봐 달라는, 힘드니 안아 달라는 마음의 다른 표현이 아니었을까. 자꾸 주변을 맴돌고 계속해서 보내던 문자는 엄마에 대한 그리움을 나에게 표현한 것은 아니었을까. 아! 그러니 A는 꾸짖고 혼내야 할 대상이 아니라

포근히 안아 주어야 할 대상이었던 셈이다.

오해는 바보도 할 수 있지만 이해는 현명한 자만 할 수 있는 것이다.

바보가 되기 싫어 세상 모든 것을 다 이해하는 사람처럼 행동했던 적이 있다. 의도가 바람직하진 않았지만, 그 덕에 이해의 힘이 대단하다는 것을 깨닫게 되었다. 오해하고 화를 내면 상대의 마음을 얻기가 어렵다. 일을 그르치기 쉽다. 그러나 상대에게 관심을 가지고 그의 보이지 않는 모습까지도 발견하려고 노력하면 어느새 그동안 보지 못했던 상대의 숨겨진 모습을 만나 볼 수 있게 된다. 이해할 수 있는 문은 그때 열린다. 가끔 잘 이해가 되지 않는 동료를 만났을 때, 상식적으로 행동하지 않는 사람을 만났을 때, 평소와는 다르게 까칠하게 대하는 지인을 마주할 때. 나는 이해라는 현명한 자만의 무기를 사용한다. 현명함의 힘에 기대어 상대를 이해하고자 노력한다.

언젠가 모범생 J도 이해에서 우러나오는 현명함이 얼마나 큰 힘을 내는지 깨닫게 되길 바란다.

4-2.
소피 마르소를 찾아서

글빛혁수

이야기가 없으면 삶도 없다.
— 이승우, 『당신은 이미 소설을 쓰기 시작했다』 —

　나는 미친 듯이 절벽을 향해 달렸다. 절벽 가는 길은 바리케이드로 막혀 있어 더 갈 수 없었다. 마침, 옆에 보이는 파출소로 들어가 헐떡이며 말했다.
"절벽에서 여자가 뛰어내렸어요!"
　땀을 뻘뻘 흘리며 다급한 목소리로 외쳤지만, 경찰은 그런 나를 보고도 그리 심각하게 생각하지 않는 듯 보였다. 인상착의를 말해주고 돌아설 수밖에 없었다. 나는 꼭 그녀가 어디서 죽어 있을 것만 같았다. 혹시라도 그녀를 찾을 수 있을지도 모른다는 생각에 한동안 해운대 바닷가를 헤맸다.

　이야기가 있는 삶이 좋다. 언젠가 내가 죽더라도, 이야기가 남기를 바란다. 지금 책을 쓰고 있는 것도 그래서다. 지금까지 살아온 인생을 돌아보면 꿈 같은 이야기가 하나 있다. 1995년 12월 초, 스무 살 때였다. 입대를 한 달 남겨 놓고 부산으로 가는 기차를 탔다. 바닷가 헌팅이 쉽다는 말을 어떤 여행 잡지에서 보고 무작정 떠났다. 12월 초 어느 밤, 자정이 다 된 해운대 바닷가는 조용했다. 연인 몇 쌍만이 해변을 걷고 있을 뿐이었다. 나는 인적 드문 해변을 누군가를 찾는 눈빛으로 두리번거리면서 걸었다. 그때 뭔가 발에 채였다. 소주병이었다. 급하게 마시다 간 듯, 빈 소주병이 몇 개 뒹굴고 있었다. 작은 샌들도 그 옆에 보였다. 얼마나 마셨길래 신발도 벗어 놓고 갔을까. 혀를 차며 다시 걸어가려는데, 이상한 소리가 들렸다. 웃는 소리였다. 내 근처에는 사람이 없었다. 무의식적으로 소리 나는 쪽으로 고개를 돌렸다. 육지가 아니라 바다였다. 밀려오는 파도 저 안에서 뭔가 하얀 게 보였다, 안 보였다 했다. 하얀 건 사람의 얼굴이었다.

다리에 힘이 풀려 무릎 꿇 듯이 주저앉았다. 깔깔거리며 웃는 여자가 보였다. 물속에 잠겼다가 나올 때는 허연 얼굴을 빛내며 웃는다. 황량한 겨울 바다에서 여자의 웃음소리는 으스스하다는 말로는 표현하기 힘든, 비현실적인 느낌이 들었다. 앞으로 넘어지지 않으려고 손을 모래사장에 짚은 채, 고개를 들어 바다를 보았다. 멍하니 보고만 있었다. 다행히 여자는 파도에 쓸려 해안가로 들어오고 있었다. 무릎까지 들어가서 여자를 잡았다. 겨울 바다는 차고 짰다. 조금 더 들어가 여자의 스웨터를 잡고 해변으로 끌고 나왔다. 물먹은 여자와 여자의 스웨터는 무겁디무거웠다. 여자는 의외로 말짱한 것처럼 보였다. 해변에 있던 신발을 여자 발에 신길 때 여자가 한마디 했다.

"거꾸로예요."

정신없던 내가 왼쪽, 오른쪽 신발을 바꿔 신겼나 보다. 얼른 신발을 바로 신기고 둘러업었다. 아니, 업으려고 했지만 업을 수가 없었다. 여자는 작았지만, 온몸이 흠뻑 젖은 여자는 보기보다 훨씬 무거웠다. 특히 스웨터가 물을 잔뜩 먹은 데다 모래 범벅이었다. 어쩔 수 없이 그녀 팔을 내 어깨에 걸치고 모텔이나 여관을 찾아다녔다. 하지만 모래투성이인 여자를 보고 다 손을 내젓는다. 말할 것도 없이 안 된다고 고개를 흔든다.

여자의 몸이 힘에 겨웠지만 계속 걸었다. 세 번째 모텔에서야 겨우 들어갈 수 있었다. 주인아주머니는 내게 둘의 신분증을 요구했다. 여자의 가방을 뒤져 주민등록증을 찾아 보여 주었다. 여자는 74년생, 21살. 나보다 한 살이 많았다.

욕조에 따뜻한 물을 틀어 놓고 세면대로 가서 모래 묻은 여자의 얼굴을 씻겨 주었다. 거울에 비친 그녀 얼굴을 보는 순간 나는 깜짝 놀랐다. 라붐의 소피 마르소가 거기 있었다. 거울에 비친 그녀 얼굴을 멍하니 보다가 겨우 정신 차리고 나왔다. 한참 지나도 여자는 나오지 않았다. 똑똑 노크를 해도 답이 없었다. 문을 열어 보니 욕조에서 자다 깬 듯 황급히 몸을 감싼다. 어서 나오라고 말하고 문을 닫았다. 잠시 후 나온 여자에게 내 여분 청바지와 팔 없는 티셔츠를 주었다. 바지는 길어서 몇 번 접어 올리고, 빨간색 민소매 티셔츠 안에는 아무것도 입지 않아 보기에 민망했다. 나는 욕실로 들어가 모래 범벅인 그녀의 옷을 욕탕에 담그고 헹구고 또

헹궜다. 스웨터에 엉긴 모래는 거의 빠지지 않았다. 다른 옷들도 손으로 최대한 짜서 옥상에 널었다. 모래 범벅 스웨터는 무거워서 빨랫줄이 축 늘어졌다. 추운 겨울 어느 날 바닷물에 쫄딱 젖은 여자 옷을 빨아 옥상에 널고 방으로 들어오니 여자는 자고 있었다. 나는 속으로 좀 어이없었다. 나도 남잔데 저리 태평하게 잘 수 있나. 게다가 코까지 곤다. 불을 끄고 옆에 누웠다. 그녀는 점점 크게 드렁거린다. 코 고는 소리가 커짐에 따라 내 마음도 차츰 크게 흔들렸다. 뜬눈으로 겨우 누워 있는데, 갑자기 그녀가 벌떡 일어나 않는다. 그러고는 펑펑 운다. 울다 지친 그녀가 이야기를 시작했다. 인천 월미도에 사는 그녀는 몇 번이나 바람난 남자 친구와 같이 죽으려고 부산 바다로 가려 했다. 마지막에 남자가 또 배신해 혼자 죽으려고 내려왔다는 이야기를 그녀는 술이 덜 깬 목소리로 말했다. 나는 그녀의 애절한 이야기에 공감하기보다 현실이 아닌 것 같은 그녀의 얼굴만 보았다. 언제 말이 끝났는지 그녀는 다시 누워 코를 골았고, 나는 뜬눈으로 밤을 새웠다.

아침에 옥상에 올라가 보니 그녀의 옷들은 새벽이슬을 맞아 버석거렸다. 날씨가 맑아 햇살에 조금이라도 녹기를 바라며 그녀와 국밥집으로 갔다. 콩나물국밥은 아무 맛이 없었다. 맛없는 국밥을 먹으며 나는 또 깜짝 놀랐다. 말이 너무 잘 통했다. 그런 사람은 지금까지도 만나 보지 못했다. 내 생각을 그녀가 다 말하고 있었다. 오래 만난 사람처럼 그녀가 편하게 느껴졌다. 이야기하느라 밥은 어차피 들어가지도 않았다. 국밥을 거의 다 남기고 우리는 해운대 바닷가로 갔다. 내 옷을 입은 그녀와 햇살 눈부신 해변을 걸었다. 나는 다시 쑥스러워져 그녀 얼굴 한번 제대로 보지 못하고 말도 거의 하지 못했다. 물결 반짝이는 바다는 어제 그 바다가 아니었다. 조금 걸으니, 사진사가 다가와 커플 즉석 사진을 찍지 않겠느냐고 물었다. 죽으려고 했던 여자와 사진이라니, 하는 생각에 찍지 않았다. 내가 살면서 가장 후회하는 몇 가지 중 하나다. 그녀가 사라지고 집으로 돌아가는 기차 안에서부터 지금까지 후회하고 있다. 나는 들고 있던 카메라로, 들이치는 파도 위를 날아오르는 갈매기 떼와 바다를 찍으며 혼자 걸었다. 고개를 돌려 보니 모래 위에 앉아 있던 여자는 어디로 갔는지 보이지 않는다. 피곤해서 여관으로 돌아갔나 보다, 하고 쓸데없이 사진이나 계속 찍었다. 지금의 나라면 카메라 따위는 던져 놓고 어서 그녀를 따라가라고 말해 주고 싶다. 상대는 영화가 아니라 실제로 내 앞에서 살아 움직이는 소피 마르소 아닌가 말이다.

나는 부실하게 먹은 아침 대신 과일이라도 먹으려고 사과와 배를 샀다. 주인아주머니에게 칼을 빌려 모텔 3층 방으로 올라갔다. 방에 그녀는 없었다. 옥상에 널어놓은 그녀의 옷도 없었다. 내 옷은 잘 개어져 방 가운데 놓여 있었다. 화장대 앞 내 작은 노트에 짧은 편지가 쓰여 있었다. 편지 마지막 구절을 읽는 순간 나는 정신을 차릴 수가 없었다.

'내 마지막을 함께해 줘서 고마워요.'

해변을 걸을 때, 해운대 끝 절벽을 가리키며 가 보고 싶다고 하던 그녀의 말이 떠올랐다. 나는 칼을 든 채 1층 주인에게 달려갔다. 그녀를 봤냐고 물었지만, 주인 여자는 놀란 얼굴로 칼을 보며 모른다고 할 뿐이었다. 칼을 던져 놓고 무턱대고 절벽 쪽으로 뛰었다. 절벽은 막혀 있었고, 그녀는 없었다.

아직 소피 마르소는 찾지 못했다. 그녀가 살아 있는지도 모른다. 앞으로 그런 사람을 또 만날 수 있을지도 모른다. 나는 단지 그녀가 절벽에서 뛰어내리지 않고 잘 살고 있기를 바랄 뿐이다. 살다가 내 생이 끝나기 전에 만난다면, 맛있는 밥 한 끼 같이 먹고 싶을 뿐이다.

문장, 살아갈 힘을 얻다

4-3.
아이처럼 성장하고,
배우며 시도하라

김나라

"아이처럼 놀고 배우며 사랑하라"

— 앨런 클레인 —

"엄마! 엄마! 저 이제 태권도 초록 띠 됐어요!"

태권도 하원 차량에서 내린 아이는 집 창문과 가까운 곳까지 단숨에 달려옵니다. 들뜬 목소리 얼굴에도 생기가 돋았습니다.

"우와~ 축하해~"

창밖으로 얼굴을 내밀면 대화를 나눌 수 있는 2층에서 아이를 바라보며 반깁니다. 조금이라도 빨리 저에게 소식을 전해 주고 싶었나 봅니다. 꽃 발을 딛고 환하게 웃으며 공동 현관 비밀번호를 누르는 모습이 상상되었습니다. 계단을 성큼성큼 뛰어 올라오는 발소리도 울립니다. 평소보다 더 빠르게 누르는 현관 비밀번호 소리에서 들뜬 마음이 느껴집니다. 집에 들어오자마자 태권도장에서 있었던 일을 늘어놓습니다. 오늘 심사에서는 울지 않았다며 뿌듯해합니다. 하얀 도복 허리에 질끈 묶여 있는 진한 초록색 띠에는 노란색 이름이 새겨 있습니다. 저녁이 될 때까지도 도복을 벗지 않았습니다. 그사이 제가 운영하는 공부방에 언니, 오빠들이 들어옵니다. 바깥 현관 벨이 울리면 집 안에서 인터폰 문 열림 버튼을 누르기도 전에 먼저 달려가 문을 엽니다. 들어온 수강생들이 태권도복에 관심을 보이면, 괜히 띠를 만지작거리며 으쓱합니다. 아이는 그동안 띠 심사 날이 며칠 남았는지 매번 물었습니다. 틈틈이 심사 날에 할 동작을 보여 주며 연습했습니다. 드디어 해내고 받은 띠의 보상은 아이에게 큰 행복이 되었습니다. 태권도를 얼마 다니지 않았을 때 첫 심사에서 울음을 터뜨렸던 이야기는 이제 소소한 이야깃거리가 되었습니다. 몇 주 전부터 초록 띠도 꼭 따고야 말겠다는 결심이 귀여웠습니다. 그리고 그 행복을 사랑하는 부모와 먼저 즐기고 싶어 하는 마음이 고마웠습니다.

올해로 교육업에 종사한 지 10년 차입니다. 만 1세부터 초등, 중등까지 다양한 연령대의 아이들과 함께했습니다. 내 아이가 한 살 한 살 먹어 갈수록 그 나이대 아이들과의 기억이 떠오릅니다. 그들과 시간을 보내는 직업은 에너지를 얻는 일이기도 합니다. 작은 것에도 감탄하고 감사하며, 즐거워하는 해맑은 웃음이 함께하기 때문입니다. 자신이 느꼈던 기쁨을 선생님에게 달려와 자랑하고, 꾹꾹 눌러 쓴 선생님 이름 세 글자에서 사랑하는 마음이 전해집니다. 갑자기 달려와 폭 안기는 순수한 모습과 조잘거리는 이야기에 웃음이 납니다. 숨김없이 자신을 드러내는 마음이 있는 그대로 귀중하게 느껴집니다. 걱정 없이 신나게 뛰어노는 자유로움, 작은 것에도 금세 무언가를 새로 발견하는 호기심에 행복이 묻어 있습

문장, 살아갈 힘을 얻다

니다.

앨런 클레인의『아이처럼 놀고 배우며 사랑하라』라는 제목이 말해 주듯 그들의 삶으로부터 배움을 얻습니다. 우리는 모두 아이였고, 점차 어른으로 성장해 갑니다. 그 과정에서 호기심보다는 책임감의 무게를 느끼기도 하지요. 도전하고 즐기는 일보다 해야 할 일이 많다고 생각될 때가 많습니다. 타인과 비교하고, 충분히 누리고 있는 감사의 마음을 잊기도 합니다. 그럴 때마다 세상을 살아가는 아이들의 태도를 기억합니다.

"아이처럼 조건 없는 사랑을 주고, 배우며, 시도하라."

3년 전 일상에 지친 어느 날이었습니다. 오전 11시가 넘도록 늦잠을 자고 일어났습니다. 아빠와 놀고 있던 딸이 온몸에 힘이 축 늘어진 제 모습을 보고는 종이에 방긋 웃는 해를 그려 보여 줍니다. 그리고는 베란다 창문에 테이프로 붙여 놓자는 말을 합니다.
"엄마, 힘이 없으니까 내가 활짝 웃는 해님 그렸어. 여기다 붙여 봐 봐."
5살 남짓한 아이가 엄마의 마음을 읽고 있다는 생각에 미안한 감정이 들었습니다. 내 마음을 달래 주려 그림을 그리는 순수한 사랑이 고마웠습니다. 때때로 아이는 일과를 마치고 돌아와 그날 있었던 일들을 조잘거립니다. 유치원이나 학교에서 배운 것을 엄마, 아빠에게 자랑하듯 알려 줍니다. 숟가락은 어떻게 잡아야 하고, 정리는 왜 해야 하는지 하나하나 설명합니다. 가족에게 자신의 일상의 기쁨을 선물해 주고 싶어 하는 마음에서 그들이 전하는 사랑을 배웁니다.

아이들로부터 3가지 삶의 태도를 배웁니다. 첫째, 행복의 기준은 오로지 자신에게 있었습니다. 초록 띠를 따고 돌아와 남부럽지 않은 행복이 느껴지는 환한 얼굴을 떠올립니다. 타인의 기준이 아닌 현재 자신이 얻고자 하는 일에 몰두합니다. 둘째, 조건 없는 사랑을 베풀며 살아갑니다. 누군가에게 사랑받기를 원하는 것이 아니라, 스스로 발견한 기쁜 마음을 전하는 순수한 마음입니다. 마지막 셋째, 언제나 내일이 즐겁고 새로운 날이 될 거라는 긍정적인 태도를 배웁니다. 침대에 누워 다음 날을 기다리는 설렘, 재미있는 일이 기다리고 있을 내일을 상상합니다. 스스로 바쁘다는 말을 버릇처럼 할 때가 있습니다. 내일도 역시 해야 할 일에 대한 부담이 느껴질 때도 있습니다. 그때마다 아이들이 오늘을 살아가는 태도를 기억합니다. 행복이 내 기준이 어디에 머물러 있으며, 누군가를 어떤 마음으로 대하는지, 긍정적인 마음으로 현재를 살아가고 있는지 자각해 봅니다.

4-4.
두 살에서 다섯 살까지

김소정

출산이 뭔지 육아가 뭔지 아무것도 모른 채, 마취에서 깨어난 지 3일 후 아이를 받아 들었다. 감격스럽기보다는 신기했고, 어찌할 바를 몰랐다. 모유는 대체 어떻게 하면 편하게 먹이는지, 기저귀 갈다가 애가 어떻게 되는 건 아닌지 걱정이 앞섰다. 어설픈 엄마 때문인가, 신생아실에서 가장 많이 운다는 아기가 우리 아기였다. 그야말로 아기도 나도 멘붕인 병원 생활을 보내고 집으로 돌아와 책을 찾아보기 시작했다. 잠도 못 자고, 챙겨 먹지도 못하고, 만나서 얘기할 어른도 없는 날들을 보내며 믿고 기댈 곳은 책뿐이었다. 아기가 자면 책을 펼쳤다. 그마저도 언제 아기가 깰지 몰라 책장도 조마조마 소리 없이 넘겼다.

신생아 시절은 아기 건강과 생존이 가장 중요했다. 영아의 생물학적 발달 관련 책을 찾아 읽었다. 돌 무렵이 되면서 아이의 놀이 욕구와 마주하게 됐다. 혼자서 먹이고, 재우고, 씻기고, 놀아 주고, 북 치고 장구 치고 꽹과리까지 치려니 벅찼다. 발바닥까지 떨어진 기력을 끌어다 모아 웃고 까부는 데 한계가 느껴졌고, 내 기분에 따라 기복이 있었다. 힘들 땐 역시 책이 떠오른다. 책 읽기를 놀이로 만들면 어떨까. 책으로 수면 교육을 성공한 경험이 있어 희망이 생겼다. 자지 않고 우는 아기 앞에 그림책을 들이밀고 읽어 주었는데, 보다가, 듣다가, 누워서 잠이 들었다. 막상 책을 보여 주자 생각하니 좋은 그림책에 대한 기준이 서 있지 않았다. 그 기준을 세우는 데 도움을 받은 책이 있다. 러시아 아동문학자 코르네이 추콥스키의『두 살에서 다섯 살까지』. 책에 톨스토이의 말이 소개되어 있었다.

"두 살에서 다섯 살까지 배운 것이 너무 많아 다섯 살과 지금의 내 모습은 겨우 한 걸음 차이일 뿐이다."

유아기의 중요성을 실감하게 하는 말이었다. 이후 육아가, 결혼 생활이 힘에 부칠 때, 두 살에서 다섯 살까지를 떠올렸다.

아이는 엄마를 통해 많은 그림책을 접했고, 나는 나대로 각종 육아서를 읽어 나갔다. 육아를 위한 독서는 아이가 자라는 대로 자연스레 변해 갔다. 1단계는 영유아 발달 특성, 2단계는 그림책 선택 기준과 읽어 주는 방법, 3단계는 부모 자녀 간 관계 형성. 세 번째 단계 독서가 인간적 성장을 위한 독서에도 영향을 미쳤다. 독서는 심리 서적으로 이어졌다. 아이와 좋은 관계를 맺기 위해 나 자신을 돌아봐야 했기 때문이다. 아이가 울 때 나도 흔들렸다. 어린 시절 겪었던 감정들과 마주해야 할 때도 있었다.

대여섯 살쯤 된 내가 혼자 집에 있었다. 무서우면서도 심심해 뭐라도 할 거리를 찾아 방들을 돌아다녔다. 집에는 놀잇감이 없었고, 어린아이가 볼만한 책도 없었다. 작은 방이라 부르던 방에 사촌에게 물려받은 두껍고 낡은 위인 전집이 높은 곳에 꽂혀 있었다. 겨우 한 권 들고 내려와 책장을 넘겨 보았지만, 글자가 작고 내용이 어려워 읽기를 포기하고 마루로 나왔다. 안방에 들어서려는데, 쥐 한 마리가 방 한가운데 큰 눈을 뜨고 멈춰 서 있었다. 둘 중 누가 더 놀랐을까. 쥐띠 아이와 쥐가 우연히 만나 한참을 얼어붙어 눈 맞춤하다 결국 누가 먼저 피했는지 기억이 안 난다. 마루로 발을 돌려 안절부절 서성이다 구석에 놓여 있던 오디오의 재생 버튼을 눌렀다. 매일 들어서 외워 버린 이야기 테이프가 꽂혀 있었고, 엄마가 돌아오실 때까지 몇 번 이야기가 반복됐는지 모른다. 아버지는 생계를 책임졌고, 어머니도 간간이 일을 하던 때다. 어린 여자아이를 문도 허술한 집에 혼자 남겨 둔 젊었던 엄마 마음을 짐작해 보려 했다. 지금의 나처럼 엄마도 애를 쓰며 자라는 중이었으리라.

아들을 낳으려다 셋째 딸로 나와 버린 탄생 비화를 자라며 들어왔다. 엄마의 한이 섞인 푸념, 자조를 들으며 나 아닌 엄마를 가여워했었다. 내 마음은 괜찮은 줄 알았는데, 다 자라고 나서는 어린 소녀의 허전했던 마음이 떠오를 때가 있었다. 엄마가 산후조리를 도우러 오신 때였다. 거실에서 아이와 놀아 주고 있었다. 우리 모자 모습을 지켜보던 엄마가 예전 일을 이야기하신다.

"네가 예전에 '나는 아들을 낳으려다 낳은 거야?' 하고 물은 적

있어. 내가 처녀 때부터 자식은 꼭 셋 낳으려고 했다고 했던 거, 기억나지?"

엄마가 10년은 지난 이야기를 기억하고 꺼내셨다. 이제 와서 보니 엄마 말 뒤에 숨었던 의미를 알 것 같다. 아이를 아끼는 나를 보며, 나도 너를 지금의 너와 같은 마음으로 낳고 키웠다는 말을 그렇게 하고 계셨던 거다.

내 아이가 다섯 돌이 되기 6개월 전 즈음, 아이가 조그만 엉덩이를 깔고 앉아 책방 창가에서 책을 보고 있었다. 아이의 모습이 평화롭고 행복해 보였다. 부모를 비롯해 양가 조부모와 삼촌, 이모, 사촌들까지 모두 사랑하고 귀여워하는 환경에서 아이가 자라고 있어 감사했다. 돌연 부러움이 일었다. 잠자리에서 아이에게 말했다.

"현이는 좋겠다, 너를 사랑해 주는 사람이 많아서. 엄마는 너처럼 어렸을 때 엄마를 사랑해 주는 사람이 많지 않았어."

아이가 말했다.

"이제는 내가 엄마를 사랑하잖아요."

자기가 하는 말이 위로인 줄 모르고 위로를 한다.

어떤 것에도 최선까지는 하지 않던 내가 가정을 세우고 아이를 키우는 일에 마음을 다하고 있었다. 남들은 최선까지 다하지 않아도, 책 같은 거 찾아 읽지 않아도 자연스럽고 쉽게들 해 나가는 것 같은데 나만 왜 이렇게 힘든가 싶었다. 내가 가진 사랑의 그릇을 넓히는 데는 많은 힘이 필요했다. '다섯 살까지'를 붙잡고 힘을 냈다. 일생에 가장 크게 성장한다는 두 살에서 다섯 살까지, 좋은 모습 보여 주는 거울이 되어 몸과 마음이 건강한 아이로 키워 내고 싶었다. 다섯 돌이 되고 다음 날, 정말 아이가 훌쩍 성숙해진 느낌이 들었다면 거짓말 같겠지. 조금은 성장한 듯한 내 옆에, 더 크게 자라 있는 사랑스러운 아이가 나를 사랑하며 함께하고 있다.

"엄마가 태어났습니다. 나와 함께."

아기가 엄마를 관찰하는 내용의 그림책『엄마도감』첫 장에 나오는 말이다. 엄마도 엄마로서 다시 태어나 아이와 함께 자란다. '인생 왕초보 아기'와 '육아 왕초보 엄마' 둘을 키워 내야 하니 나 아닌 누구라도 힘든 것은 당연했던 거다. 아기였던 시절의 아이가 보고 싶어 그때로 돌아가 일주일만 지내면 좋겠단 생각이 들 때가 있다. 다시 돌아간다면 잘 먹고 잘 자고 힘을 내어 아이와의 사소한 일에도 더 많이 웃어야지. 더 많이 사랑한다 말하고, 날이 좋을 땐 함께 산책도 자주 나가야지. 그래도 솔직히 힘들지 않을 자신은 없어서, 딱 일주일만이다.

4-5.
꿈이 있으면 아직은 청춘이다

송기홍

"청춘! 이는 듣기만 하여도 가슴이 설레는 말이다. 청춘! 너의 두 손을 가슴에 대고, 물방아 같은 심장의 고동을 들어 보라. 청춘의 피는 끓는다. 끓는 피에 뛰노는 심장은 거선(巨船)의 기관(汽罐)같이 힘 있다."

이 글은 민태원(閔泰瑗, 1894~1935년) 님이 쓴 『청춘 예찬』이란 글의 일부다.

살다 보니 회갑이 넘었다. 회갑이 넘은 나이에도 10대 20대 때처럼 꿈을 꾼다. 작가가 되고 싶은 꿈을 이루려고 글쓰기를 시작했다. 청소년 시절 품었던 작가의 꿈이 이제야 시동을 걸고 있다. 책을 읽으려면 노안(老眼) 때문에 돋보기를 써야 한다. 컴퓨터 앞에 앉아 글을 쓰는 것도 아직 자판이 익숙하지 않아 버벅거린다. 그래도 행복하다. 꿈을 이루는 것이기 때문이다. 너무 늦은 것이 아닌가 하는 생각이 들기도 한다. 그러나 늦었다고 생각하는 지금

문장, 살아갈 힘을 얻다

이 가장 이른 시간이라는 생각으로 자신에게 채찍을 가한다. 대학 시절, 김동길 교수나 김형석 교수, 안병욱 교수 같은 분의 수필을 읽으며 나도 이런 글을 쓰는 작가가 되고 싶다고 생각했었다. 그리고 회갑이 지났다. 회갑이 지난 지금 그 꿈을 향해 가고 있다. 그래서 행복하다. 이 나이에도 살아 있는 청춘을 느낀다.

청춘은 문자적으로 나이가 젊은 사람을 가리킨다. 그러나 단순히 나이가 젊다고 청춘이 아니라 '꿈이 있어야 청춘'이라고 생각한다. 꿈이 없는 세대, 그것은 슬픔이다. '3포 세대'라는 말이 있다. 연애, 결혼, 출산 3가지를 포기한 세대를 말한다. 그런데 3포에서 끝나는 것이 아니라, '5포 세대'라는 말도 있다. 5포는 3포에 집도, 경력도 포기한다는 말이란다. 그런데 포기가 거기서 끝나지 않는다. 그것이 문제다. 포기하는 것이 계속 늘어만 간다. 그래서 'N포 세대'라는 신조어가 나왔다. N포 세대는 포기하는 것을 하나씩 하나씩 더해 가는 세대, 갈수록 포기하는 것이 많아지는 세대를 일컫는 신조어란다.

코로나19 팬데믹을 겪으면서 우리는 포기하는 것이 자연스러워졌다. 학생이 학교에 갈 수가 없었다. 신앙인이 교회나 성당에 갈 수가 없었다. 식당에 가려면 예방 접종을 완료했다는 확인을 받아야 했다. 정부의 지침에 따라 국민은 포기한 듯이 순응할 수밖에 없었다. 가족이 병원에 입원해 있어도 옆에서 간호할 수가 없었다. 요양 병원에 계신 부모님은 한동안 면회도 되지 않았다. 결혼식을 하지 못하게 할 때도 있었다. 결혼식을 허용한 뒤에도 하객 인원수를 제한했다. 그리고 신랑 신부를 제외한 모든 하객이 마스크를 써야만 했다. 사진을 찍을 때도 마스크를 쓰고 사진을 찍었다. 그래서 팬데믹 기간에는 결혼하는 부부가 현저히 적었다. 포기하는 것이 자연스러워졌다. 포기하는 것을 쉽게 하는 이런 시기에 새로운 것을 도전한다. 새로운 것에 도전하면서 살아 있음을 느낀다.

회갑(回甲)은 만 60세를 맞는 생일로서 새로운 시작의 의미를 담고 있다. 오래 살지 못했던 예전에는 60세까지 살아남았다는 것은 축하받을 일이었다. 그래서 회갑 잔치를 성대하게 치렀다. 그러나 나이 60이 넘었다고 해서 노인이라고 생각하고 앉아 있을 수는 없다. 나이에 상관없이 꿈을 꾸는 사람은 청춘이라고 생각한다. 어느 인터넷 신문은 '영국에서 95세 노인이 대학원 석사 학위를 취득'한 기사를 보도한 바 있다. 95세에도 석사 학위를 취득한 그는 청춘이다.

김형석 교수는 연세대학교 교수로 강단에 서기 시작했을 때가 34세였다고 한다. 그때 60세가 넘어 정년 퇴임 하시는 선배 교수를 보면서 '어떻게 하면 저렇게 오래 살 수 있는가?' 하는 생각을 했었다고 한다. 그러나 자기가 60세가 되고 보니 60이란 나이가 늙었다는 생각이 들지 않더라는 것이다. '회갑이 되고 보니 강의다운 강의를 할 수 있고, 교수다운 교수가 될 수 있었다.'고 말했다. 97세에는 『백세를 살고 보니』라는 책도 썼다. 그 나이에도 책을 쓰는 김형석 교수는 꿈을 꾸는 청춘이다. 나이는 숫자에 불과하다. 〈내 나이가 어때서〉라는 노래가 있다. 그 노래 가사를 보면 나이 드는 것을 안타까워하는 마음을 엿볼 수 있다. 그만큼 나이는 생각의 속도보다 훨씬 빠르다. 10대, 20대일 때는 나이 60세가 넘은 분들은 더 이상 꿈도, 사랑도 없을 것으로 생각했다. 그러나 나이가 60이 넘고 보니 이 나이에도 꿈과 사랑이 있음을 알았다. 나이가 들었다고 포기하고 주저앉아 있는 것이 아니라, 오늘도 꿈을 꾼다. 새로운 자격증을 취득하고, 새로운 일에 도전한다. 아침에 일어나면 기도로 하루를 시작하며 설계한다. '오늘은 어떤 꿈을 꾸고 어떤 삶을 살 것인가'를 생각한다. 욕심이겠지만 동년배 친구들보다 훨씬 젊게 살고 싶다. 그러기 위해서라도 꿈을 꾼다. 젊게 사는 비결은 꿈을 포기하지 않는 것이다. 나이는 숫자에 불과하다. 나이가 많아지는 것으로 기죽지 말고 오늘은 오늘의 꿈을 꾸고, 내일은 내일의 꿈을 꿀 것이다. 이 나이에 오카리나를 배웠다. 수영도 배웠다. 또 탁구를 배우기 시작했다. 젊었을 때 기회가 없어 하지 못했던 것을 이제야 시작하고 있다. 파크골프도 시작했다. 모든 것 다 해 볼 수는 없겠지만 아직 해 보지 못한 것 중에서 하고 싶은 것을 하나씩 정복해 간다. 그 또한 쏠쏠한 재미가 있다. 나이가 들면 하나씩 내려놔야 한다고 말하는 사람들이 있다. 그러나 나이가 든다는 것은 하나씩 내려놓는 것이 아니라 아직도 해 보지 못한 일들을 하나씩 더 해 보는 것이어야 한다고 생각한다. 아직 해 보지 못했던 것, 그중 하나가 글쓰기였다. 사춘기 때 문학 소년이었지만 이루지 못했던 꿈을 회갑을 넘긴 나이에 다시 도전하고 있다. 그래서 행복하다. 서재에 앉으면 창문 너머 넓은 들판이 보인다. 모내기가 한창 진행 중인 들판에서는 농부가 꿈을 심는다. 창문 너머로 사계절의 변화를 실감할 수 있어서 좋다. 텅 빈 들판은 모내기하면서 연한 초록으로 물들어 간다. 그러다가 여름이 지나고 가을이 오면 들판은 풍요로운 황금벌판으로 바뀔 것이다. 동쪽을 향한 서재에서 아침마다 떠오르는 태양을 맞이할 수 있어서 좋다. 서재에 앉아 독수리 타법으로 자판을 두드리며 책을 쓰는 이 시간도 행복하다. 매 순간 가슴으로 외친다. '꿈을 꾸고 있는 지금이 청춘이다.'라고….

4-6.
아름다운 그녀

신민진

"아름다운 그녀 고객님, 주문하신 음료 나왔습니다."

직원 목소리가 매장을 가득 채운다. 아무도 나를 보지 않는데 얼굴이 화끈 달아오른다. 고개를 푹 숙인 채 커피를 받아 오라며 남편 옆구리를 찌른다. '아름다운'은 언젠가 반 고흐 전시회에 갔다가 꽂힌 단어다. 흔하고 평범한 단어지만 반 고흐 입을 통해 나오는 '아름다운'이라는 느낌이 참 좋았다. 단지 보기 좋고 예쁜 것이 아니다. 눈으로 볼 수 없는 그 이상을 담은 단어다. 마음에 울림을 준다. 나도 아름다워지고 싶었다. 불릴 때마다 온몸이 오그라들도록 부끄럽지만, 동경하듯 끝내 고수하고 있는 나의 닉네임, '아름다운 그녀'이다.

그녀의 아름다운 모습을 상상한다. 길게 풀어헤친 머리카락이 바람결에 흩날린다. 은은한 미소를 띠며 커다란 바위나 벤치에 앉아 있다. 평화로워 보인다. 나무에 매달아 놓은 그네를 타도 괜찮을 것 같다. 치마 끝자락이 살랑거린다. 그녀의 팔다리가 이완되어 부드럽게 움직인다. 자연의 일부인 듯 그림 같은 모습이다. 시간이라는 관념이 없어 서두를 일도 없다. 걱정 근심은 더더욱 없다. 이유 없이 행복으로 충만한 그녀는 지루함도 모른다.

"엄마!"

아홉 살 아들 시현이가 팔을 잡아당긴다.

"초콜릿 케이크 더 먹고 싶어요."

상상 속 그녀는 순식간에 사라진다. 피식 웃음이 난다.

서른일곱, 늦은 나이에 아이를 낳았다. 오랫동안 혼자 살며 자유롭게 지내 온 시간 때문인지 육아가 쉽지 않았다. 아기가 깨어 있으면 꼼짝없이 시중을 들어야 했다. 버거웠다. 잠이 들면 밖으로 뛰쳐나가고 싶었다. 매일 밤 핸드폰에 저장된 앨범을 보며 하루를 돌아봤다. 흔적도 없이 사라지는 시간을 그렇게라도 붙잡고 싶었다. 앨범은 온통 아기의 사진으로 가득하다. 아기는 사랑스럽고 예뻤지만, 나는 어디에도 없다. 아기가 주는 기쁨과 행복은 컸지만, 나는 살면서 그때 가장 많이 울었다.

전화벨이 울린다.

"엄마! 축구화 언제 사 줄 거예요?"

"여보세요." 하고 내 말이 채 끝나기도 전에 지훈이가 당당하게 또 말한다.

"엄마, 축구화 보냈어요?"

똑같은 질문을 반복한다. 대답은 들을 생각도 없다. 목청은 왜 이리 높은지. 지훈이는 보육원에서 만난 아들이다. 후원하는 두 아이 중 둘째다. 거의 매일 전화를 걸어 같은 말로 시작한다. 혼자 축구화 이야기만 하다 인사 없이 전화를 툭 끊는다. 공교롭게도 내가 가장 많이 울던 그 시절이다. 중학생이던 지훈이도 거주지를 옮겼을 때다. 오랫동안 지내던 보육원에서 장애인 시설로 갔다. 어린 나이였다. 그립고 보고 싶은 마음을 어떻게 표현해야 할지 몰라 그랬을지도 모른다. 지금은 충분히 이해하지만, 그땐 지훈이의 전화가 힘겨웠다. 아니, 그 누구도 힘겨웠다.

육아 우울증은 생각보다 길었다. 하루도 빠짐없이 눈물이 났다. 다행히 첫아이가 걷고 뛰면서 조금씩 달라졌다. 가만히 있을 틈이 없어서인지 울 시간이 없었다. 한 번씩 지훈이가 떠올랐다. 돌덩이를 품고 있는 것처럼 마음이 무거웠다. 연락이 끊긴 지 일 년이다. 같은 보육원에서 지내던 한 살 형 은빈이는 방학마다 집에 왔다. 은빈이는 첫째 아들이다. 벌써 네 번째 방학이 되었다. 은빈이를 보니 더 늦기 전에 지훈이를 보러 가야겠다는 생각이 들었다.

남편과 돌 지난 시현이, 은빈이와 함께 둘째 지훈이에게 갔다. 인천에서 충주까지 세 시간이 넘게 걸렸다. 미안한 마음이 올라왔다. 겨울인데 손에 땀이 났다. 창밖 풍경이 눈에 들어오지 않는다. 안절부절못하고 핸드폰만 만지작거리니 은빈이가 말을 꺼낸다.

"엄마, 지훈이 어떻게 변했을까요? 저보다 키 큰 건 아니겠죠? 수염도 났을 텐데. 만나서 막 울면 어떡하죠?"

그동안 서로 꺼내기 어려웠던 지훈이 이야기이다. 꾹꾹 눌러 담아 둔 그리움을 이제야 나눈다. 충주에서 만난 지훈이는 말이 없었다. 초점도 흐릿하다. '화가 나서 그런 건 아니겠지?' 그런 지훈이가 낯설다. 천방지축 까불던 아이였다. 어눌해진 말투에 표정 없는 얼굴, 뻣뻣한 걸음걸이. 지훈이는 시들어 가는 화초처럼 보였다. 메마른 나무토막 같은 아이를 데리고 이곳저곳 함께 다녔다. 공원에서 산책하고, 눈썰매를 탔다. 맛있는 음식을 먹었다. 하룻밤을 다 같이 지냈다. 방안에 둘러앉아 게임을 하고, 이야기도 나누었다. 남편이 면도하는 방법을 알려 줬다. 요리도 함께 했다. 가족의 일상을 나누는 시간이었다. 하지만 지난 일 년을 만회하기에 이틀은 짧았다. 헤어질 시간, 참았던 지훈이의 울음이 터졌다. 목놓아 운다. 온몸이 눈물, 콧물로 범벅이 되었다. 쉽게 진정되지 않았다. 내가 아이에게 이토록 무심했구나. 가슴을 치고 또 친다.

"지훈아, 미안해. 엄마가 자주 올게. 너도 버스 타는 연습 하고 꼭 집에 와."

지훈이 얼굴에 생기가 돌아왔다. 방학이면 혼자 시외버스를 타고 집에 온다. 며칠씩 머물다 간다. 전화 통화도 자주 했다. 아빠가 생기고 동생까지 생겼다. 지훈이 어깨에 힘이 들어갔다. 안정되고 활기차다. 밝은 얼굴에 나도 기쁘다. 고등학생이 되면서 스포츠 선수로 활약했다. 어릴 적부터 운동 신경이 좋았던 지훈이다. 의욕이 생기니 성과도 좋았다. 축구와 조정선수로 메달을 땄다. 금메달이 몇 개나 된다. 어느덧 성인이 되어 취업도 했다. 대기업에 소속된 장애인 스포츠단에 들어가 꼬박꼬박 월급을 받는다. 힘든 훈련과 자기 관리도 잘한다. 올림픽에 출전해 금메달을 따는 목표도 있다. 말도 잘하지 못하던 때를 떠올리면 기적 같은 일이다. 텅 빈 씨앗 같았던 지훈이가 이토록 멋진 싹을 틔워 주다니! 어떤 말로도 표현하기 어려운 짜릿한 기쁨이다.

지금 나는 아이 넷을 둔 엄마다. 결혼을 하고 두 아이를 낳았다. 첫째는 아들, 둘째는 딸이다. 초등학교에 다닌다. 열 살, 열한 살에 만나 성인이 된 두 아들은 가슴으로 낳았다. 아이가 넷인 만큼 각자의 사연으로 일상이 분주하다. 아이들이 부모를 찾는 데는 순서도 없고, 규칙도 없다. 막연히 아기가 자라면 육아가 쉬워질 줄 알았다. 또 사춘기만 지나면 괜찮아질 거라 기대했다. 그런데 아이의 나이와 상관없이 육아는 쭉 어렵다. 커 가면서 그때마다 겪는 고충과 아픔이 있기 마련이다. 나에게 아이는 씨앗이다. 아이 역시 마음에 수많은 씨앗을 품고 있다. 그 씨앗이 어떤 꽃을 피우고 열매를 맺을지 모른다. 땅을 뚫고 싹을 잘 틔울 수 있도록 지켜봐야 한다. 때론 기다려야 하는 시간이 길어 초조하고, 땅이 너무 단단한 것은 아닌지 함께 고통스럽다. 그래도 눈을 떼지 않고 지켜본다. 따뜻한 곳에 품고 쓰다듬고 힘차게 응원한다. 그러면 어느 순간 싹이 튼다. 부모로서 아이의 성장을 보는 것만큼 가슴 벅찬 일이 또 있을까!

아름다운 삶, 이제 더는 머리 풀어헤치고 그네 타는 평온한 장면을 상상하지 않는다. 아름다운 그녀는 커다란 밀짚모자에 흙이 잔뜩 묻은 작업복을 입었다. 잡초를 뽑고 돌멩이를 골라낸다. 아이라는 새싹이 잘 자라나도록 물을 주고 가꾼다. 꽃을 피우면 감탄하며 바라본다. 열매를 맺으면 대견해서 가슴이 뛴다. 손뼉을 쳐주며 기쁨의 만세도 부른다. 그녀는 씨앗을 향한 자신의 사랑이 얼마나 훌륭한 양분이 되는지 알고 있다. 얼굴에 미소가 가득하다. 날씨는 변화무쌍하고 벌레들이 찾아오고 앉을 틈도 없이 분주하지만, 그녀는 안다. 그것이 아름다운 자신의 삶이라는 것을. 아이들은 오늘도 쉼 없이 자란다.

"아름다운 삶이란 싹을 틔우는 것이다. 그 싹을 틔우는 힘은 바로 사
 랑에서 나온다."

― 빈센트 반 고흐

문장, 살아갈 힘을 얻다

4-7.
○○답게 일단 시작하고 나서 생각해

쓰꾸미

지금도 수영을 잘하지 못한다. 이유는 처음 시작할 때에 잘해야 하는 징크스가 있었다. 사람들 앞에서 물이 무서워 허우적거리는 모습을 보이면 얼굴이 빨갛게 변하기 때문이다. 그래서 지금까지 스키나 스노보드와 같은 것들도 못 타는 것일지도 모르겠다. 그 징크스의 내면을 살펴보면, 다른 사람들의 시선과 인정에 대해서 굉장히 신경을 많이 쓰고 있었다. 조금만 실수하거나 눈에 띄는 행동을 하면, 모든 사람이 나만 쳐다보는 느낌을 받았다. 시작을 깔끔하게 그리고 모든 사람으로부터 감탄사를 끌어낼 정도의 성과를 보이고 싶었다. 이런 욕심과 높은 기준을 가지고 있으니, 새로운 것을 시작하기는 더욱 힘들어졌다. 왠지 시작이 잘못될 때는 돌이킬 수 없을 것 같은 생각을 가지고 있었다. 그냥 무턱대고 시작하는 것은 나에게 이성적인 선택이 아니었다.

2024년 1월 초, 본부장님과 첫 미팅 중 주제를 맞추지 못하고 발언이 길어지는 실수에 대해서 굉장히 힘들어하고 있었다. 세상 사람들은 내 생각의 10만 분의 1도 관심을 가지지 않는다고 아내가 조언을 해 주었다. 그러니 시작하는 과정 중에 굳이 100점으로 시작하지 않아도 된다고 덧붙였다. 그 미팅이 끝난 후, 다른 팀장들에게 흘리듯 문의해 본 결과, 내 발표 내용이나 시간에 관심이 없었다. 사람들은 나에게 그렇게 많은 관심이 없다는 점을 발견하였다. 일단 시작하고 나서 부족한 부분이 있다면 조금씩 수정해 나가면서 원하는 목표를 이루면 된다는 것을 깨달았다. 또 시간이 지나고 보니, 실패하고 겪는 괴로움은 내가 성장할 수 있는 경험과 지혜를 준다. 하지만 시작조차, 아니, 도전조차 하지 않은 사항은 나에게 주는 것은 후회밖에 없었다.

몇 가지 경험을 공유해 보겠다. 첫 번째 예시로는 지금 보고 있는 이 책이다. 학창 시절, 국어 점수는 말하기 민망할 뿐 아니라 대학교 수능에서도 유일하게 제대로 점수를 획득하지 못한 부분이 언어 영역이었다. 언어적인 재능이 없는 사람이라는 뜻이었다. 만약에 책을 쓰는 사람이 굉장히 훌륭한 사람들만의 전유물이거나, 언어적인 감각이 뛰어난 사람만이 책을 쓰거나, 지식이 많은 사람만이 책을 쓴다면 이 책은 절대 탄생할 수 없는 결과물이다. 책 쓰기에 대해서 목표치를 낮추어서 가볍게 시작하는 사람도 있을 것이다. (나 같은 경우에는 책 쓰기 자체가 1차 목표이다.) 그리고 지금도 내 마음속에서는 이 책이 나오고 나서 들려올 사람들의 비판에 대해서 두려운 상황이다. 그러나 공격적이고 비판적인 사람들이 내 책을 볼 가능성이 적다는 것을 알고 있다. 그렇기에 강하게 비난하는 상황을 마주하는 확률이 낮으리라 생각한다. 그리고 한 편으로는 비판 역시 관심이기에 감사하다고 이야기해야 할지도 모르겠다.

두 번째로는 블로그이다. 블로그를 통하여 처음으로 글쓰기를 시작하고, 지금까지 유지해 오고 있다. 블로그를 시작하였을 때였다. 글을 하나 잘못 올리면 사람들이 블로그에 와서 온갖 악성 답글과 반대 의견을 많이 쓸 줄 알고 조심조심 블로그를 작성하였다. 그럴 뿐만 아니라 블로그의 구성과 내용은 어떻게 글로 표현되어야 하는지, 사진은 전부 직접 찍어서 올려야 하는 것인지 등등 많이 고민했다. 긴 고민 끝에 블로그에 첫 글을 올렸다. 그리고 사람들은 아무런 반응이 없었다. 심지어 우리 가족들에게 글을 올렸다고 자랑해도 무반응이었다. 지금도 사람들이 블로그 첫 글을 읽어 본 횟수는 채 100회를 넘기지 못하고 있다. 세상 사람들은 나에 관해서 관심이 0에 가깝게 있다는 것을 깨달았고 증명되었다. 지금도 블로그에 거의 매일 꾸준하게 올리고 있지만, 최대 조회 수의 글이 무엇인지도 모를 정도로 고만고만한 글이 블로그에 가득 채워져 있다. 이런 상황이 1년이 넘게 유지되었다. 글쓰기에 대한 시각이 많이 바뀌었다. 굳이 명문장을 쓰지 않아도 되고, 쓴 글을 사람들이 들어와서 그냥 읽고 가 주는 것만으로도 감사하였다. 그러니 글쓰기에 대한 도전에 대해서 생각보다 쉽게 시작할 수 있겠다고 생각하게 되었다.

최종의 목표는 세상의 모든 사람들에게 가치와 의미를 주고 싶은 글을 쓰고 싶다는 것이다. 현재, 아니, 오늘의 글쓰기에 대한 목표는 어제보다 조금 더 좋은 글을 쓰자는 것으로, 상대적으로 목표가 낮아졌다. 이것은 내 생활에도 영향을 미치기 시작하였다. 가장 큰 변화는 글쓰기 실력을 평가받기 위해 주변에서 주어지는 기회에 도전하기 시작하였다. 그 시작으로 써 오던 PDS 다이어리에서 주최하는 스피치 대회에 신청하였다. 글쓰기에 대해서 제대로 배우지 못한 나이기에, 그야말로 스피치 대회에서 잠재적인 연설자로 선정되면서 고통의 연속이기는 하였다. 그러나 이 경험은 무대에 서고 그리고 무대에 서기 전까지 스피치의 원고는 어떻게 작성되면 좋은지에 대해서 고민하였다. 그 고민은 오로다 데이 스피치에서 운영과 대본을 담당하시는 윤수은 매니저님과 협의를 통하여 나다운 기준점들을 만들게 되면서 해결되었다. 그리고 이러한 기준점을 만들어 가는 과정 중에 부모님께서 어렸을 때부터 강조해 주셨던 메모하는 습관 덕분에 잘 적응한 점이 컸다.

또 다른 예도 있다. 회사에서 진행하고 있는 'H-Jump School'이라는 프로그램도 있다. 회사에서 사회적 공헌이라는 목표로 운영하고 하고 있는 학습 지원 봉사 활동이다. 20대 대학생들이 학습 지원 활동을 해 주며, 장학샘이라고 부른다. 그 장학샘들의 취업이나 인생의 목표에 대해서 같이 고민을 해 주는 재능 기부 활동 프로그램이다. 여기에 신청했는데, 멘토로 선정되었다. 한 가지 특이점이 있었다. 제한 기준은 회사에 입사한 지 5년 이하라는 기준점이 있었다. 그러나 나는 회사를 17년을 넘게 다니고 있다. 그런데 제한 기준을 극복하고 선발되었다. 지원 기준을 벗어나서 도전하였는데도 선정되었다. 지원하는 과정 중에는 떨어져도 경험을 얻을 수 있다는 생각으로 도전하였다. 글을 쓰고 실패하였다면 실패한 원인에 대해서 생각하고 파악할 수 있다고 생각하였다. 그럼 그다음에는 새로운 방법으로 도전해 볼 수 있기 때문이었다.

마지막으로 책 쓰기 무료 특강을 듣고 공저 작가 모집에 등록했다. 공저 작가 모집 기간이 다음 날까지였다. 우선 나답게 시작하기로 했다. 다음 평생 글 쓰는 회원이 되고자 결정하려니 염려되는 게 있었다. 공저는 단기간 활동이라 실패, 즉 글을 못 써도 문제 될 게 없다고 생각했지만, 평생 글을 쓰는 작가가 되려니 망설여졌다.

"제가 잘할 수 있을까요?"

"그 부분은 작가님이 고민할 문제가 아니에요. 코치가 알아서 할 문제입니다. 만약 과정에 대한 검증이 끝나지 않았다면 다음에 등록하세요."

잘하고 못하고는 시작하는 일에 달려 있다. 처음부터 잘하는 사람은 없으니까. 나처럼 평범한 사람이라면 실패를 빨리, 많이 경험하면 좋겠다. 실패가 쌓인 만큼 경험치도 쌓인다.

○○답게 시작하자. 여기서 ○○은 이 책을 읽으시는 분들의 이름이다. 내 경우, 블로그 운영, 글쓰기, 경진 대회 지원서 등 나답게 시작한 후 수정하면 된다. 실패가 두려워 시작하지 못하는 마음 알고 있다. 작은 단 한 번의 도전으로 시작한다면 실패하더라도 결과물과 배움은 남는다는 사실을 알고 있어서 가볍게 시작할 수 있었다.

결과가 최악일 경우를 예상해 보았을 때 감당할 수 있는 결과라면, 망설이지 말고 시작해 보자. 최소한 다른 사람 돕는 글감으로는 실패만 한 내용이 없으니까. 경험을 글로 남기면 '성공'이다.

이후 다른 도전할 거리가 생기더라도 일단 시작하고 생각하기로 했다.

4-8.
글쓰기는 사랑하는 대상을
불멸화하는 일

양지욱

"글쓰기란 사랑하는 대상을 영원히 사라지지 않게 만드는 일이다."

— 롤랑 바르트, 프랑스 철학자 —

복일 씨(어머니), 수찬 씨(아버지)는 1939년생이다. 복일 씨는 2023년 10월 1일, 수찬 씨는 10월 19일에 마치 저승에서 만나기로 약속한 것처럼 이 세상을 떠났다. 나를 이 세상에 존재하게 해 준 복일 씨와 수찬 씨. 부모님이 떠나고 자식들은 장례식을 치렀다. 손때가 묻은 물건을 태우고, 비움으로써 이별을 고했다.

텅 비어 있는 공간에서 마지막 유품으로 건진 흑백 사진 두 장. 꽃 같은 나이 22살, 부끄러워 손도 잡지 못한 복일 씨와 수찬 씨. 지금은 사라진, 할아버지 댁 초가 마당에서 결혼식을 치렀다. 둘만 존재하는 결혼식 사진을 들여다보았다. 대학생 같은 모습의 수찬 씨와 앳된 신부인 복일 씨는 웃음기 없이 어색하게 서 있다. 신부는 양손으로 동백꽃을 들고 있다. 동백꽃의 꽃말은 '기다림, 누구보다 그대를 사랑한다, 굳은 약속, 손을 놓지 않는다'는 의미다.

복일 씨는 운명처럼 동백꽃을 닮았다.

결혼식에 참가한 친척 얼굴을 한 명씩 들여다보았다. 태어나서 한 번도 보지 못한 할아버지 얼굴이 제일 먼저 눈에 들어왔다. 늙은 수찬 씨가 사진 속에 들어앉아 있다. 반면 수줍은 모습으로 카메라를 제대로 쳐다보지 못하는 할머니를 나는 많이 닮았다. 검정 교복을 입은 작은아버지 네 명, 친척 교장 선생님과 그 아버지, 심향사 주지 스님의 부인, 친구 아버지도 보인다. 그래도 모르는 사람이 더 많다. 자기를 그렇게 아껴 주었다는 시아버지 뒤에 복일 씨가 그림처럼 서 있다.

할아버지는 내가 태어난 지 일 년이 되는 날 돌아가셨다. 그날 이후 그녀는 시집에서 웃음을 잃었다. 가끔 집에 갔을 때 복일 씨가 나에게 들어 달라고 하소연했던 말을 종합해 보면, 할머니께서는 당신 비위를 잘 맞춘 둘째 며느리를 더 좋아했다. 복일 씨 편은 한 명도 없었다는 사실이다. 당연히 할머니의 사랑은 우리 형제자매들에게도 전혀 전달되지 않았다.

1994년 10월 5일, 서귀포시 강산부인과 병원에서 제왕절개로 딸이 태어났다. 일주일 후 배를 꿰맸던 실밥을 풀었다. 퇴원하고 집에서 산후조리를 했다. 태어나서 그때가 가장 행복했다. 누워 있기만 하면 되었다. 식사 시간이 되면 수찬 씨가 밥상을 직접 들고 방으로 가져왔다. 식사가 끝나면 수찬 씨가 밥상을 내갔다. 복일 씨는 24시간 갓난아기를 돌보았다. 육아를 전담해 준 복일 씨 덕분에 한 달 내내 손 하나 까딱하지 않고 긴 단잠을 잤다. 부모님에게 최고의 아낌을 선물로 받은 시간이었다.

복일 씨는 자기가 좋아하는 물건으로 가득 채운 집을 사랑했다. 농사를 지으면서도 쉬는 날이면 집을 항상 가꾸었다. 시간 날 때마다 청소하고, 낡아서 녹슨 곳은 페인트로 새로 칠하고, 고장 난 곳은 고치고, 벽지를 새로 발랐다. 수찬 씨는 돌을 잘 다루었다. 제주의 돌을 어루만지며 밭과 밭 사이 돌담을 만들었다. 귤나무가 해거리하지 않게 해마다 꽃이 적절하게 필 수 있는 가지치기를 잘하였다. 동네에서 소문이 자자할 정도로 수찬 씨의 돌 다루는 솜씨와 가지치기 기술 감각은 돋보였다.

복일 씨와 수찬 씨가 나에게 공통으로 물려준 유산은 9할이 감성이다. 그 감성으로 문학과 음악을 좋아하고 즐긴다. 자식들을 별로 챙기지 않았던 두 분은 누구보다 시대를 앞서 살았다. 두 분이 물려준 정신적 유산으로 우리 형제자매는 자라면서 부모에게 거의 의지하지 않았다. 지금도 각자 잘살고 있다.

80세가 넘어가면서 복일 씨와 수찬 씨는 조금씩 아이가 되어 갔다. 자식들의 말을 거의 듣지 않았다. 고집만 세졌다. 식탁 위 약봉투가 하나둘씩 늘어 갔다. 서너 군데의 한의원에서 포장해 보낸 수많은 한약까지. 몸이 아프지 않게 살기 위해서 무던히도 애를 썼다. 하지만 세월은 두 사람을 그냥 내버려 두지 않았다. 복일 씨는 2022년 10월 화장실에서 주저앉았다. 그때는 몰랐다. 그 일이 우리 가족과 영원한 이별의 시작이 될 줄을. 12월에 집을 떠나 요양 병원을 거쳐 2023년 3월에 요양원으로 갔다. 결국 집으로 돌아오지 못하고, 2023년 10월 1일 한마음병원에서 눈을 감았다. 마지막 가는 길. 집 떠나 양지공원(화장장)으로 가는 도중 시아버지 무덤 앞에서 하직 인사를 하며 내가 대신 울었다. 이승에서 삼 년 동안 시아버지에게 받은 따뜻한 마음이 다른 사람에게 받은 유일한 사랑이었다는 것을 알기에.

수찬 씨는 2023년 4월에 요양 병원에 입원했다. 10월 19일, 그 남자도 복일 씨 뒤를 따라나섰다. 떠나기 일주일 전 의식이 잠깐 돌아왔을 때 집에서처럼 "수찬 씨!"라고 불렀다. 그 순간 잠깐 눈을 뜨고 옅은 미소를 짓는 수찬 씨! '이름을 불러 주면 그렇게 좋아한다는 것을 알고 있었더라면 생전에 더 많이 불러 드릴걸.' 후회가 밀려왔다.

복일 씨가 수찬 씨를 데리고 갔다. 틀림없다. 살아서 오로지 수찬 씨만 사랑했던 복일 씨는 남자만 두고 혼자 떠날 수 없었나 보다. 복일 씨의 사랑 방식이다. 수찬 씨도 복일 씨에 대한 사랑을 유언으로 남겼다. 자신의 밭모퉁이에 자기와 그녀를 화장해서 땅에 묻고, 그 주변에 수국을 많이 심어 꽃이 피면 그것을 실컷 보게 해 달라고.

2003년 강남대학교에서 구본용 심리학과 교수의 강의를 들었다. "부모라는 존재는 아무리 나쁜 사람이라고 해도 그 존재만으로도 자식들에게는 든든한 일"이라고 말하는 순간 '그렇지. 부모는 그런 존재지.'라며 이해하려고 노력했다. 하지만 살면서 가끔은 그 말을 부정하고 싶은 순간이 있었다면 나쁜 자식일까. 그래도 막상 돌아가시니 나무뿌리가 뽑힌 것 같다. 더구나 그 뿌리는 비에 휩쓸려 바다로 흘러갔다. 바다까지 따라간 마음이 파도처럼 출렁인다. 내가 태어나고 자랐던 그 집에 차마 가지 못하겠다. 노래 가사처럼 너무 아픈 사랑은 사랑이 아니었다고 말하고 싶지 않다. 너무 아픈 사랑이어서 사랑이다. 멈추면 비로소 보인다고 했던가. 복일 씨와 수찬 씨에 대한 복잡 미묘한 마음은 어느새 사라지고, 남겨진 우리는 어느새 그들을 그리워하고 있다.

글쓰기는 사랑의 노동을 동반한다. 부모님을 위하여 글 쓰는 시간을 기쁘게 받아들인다. 조사, 단어 하나에 신경을 쓰며 내 마음속 그들을 떠올린다. 그들을 추억하며, 한 줄 한 줄 정성을 담아 본다. 나를 진심으로 아끼고 사랑해 준 복일 씨와 수찬 씨에 대한 글 쓰는 과정은 그 무엇과도 바꿀 수 없는, 마음 따뜻한 이별 시간이었다. 이제 복일 씨와 수찬 씨가 내 글 속에 들어앉아 영원히 숨 쉴 수 있는 나날이 되기를 소망한다.

4-9.
기죽지 말고 살아 봐

육이일

> '기죽지 말고 살아봐 꽃피워봐 참 좋아'
> — 나태주,「풀꽃 3」—

스무 살, 꿈 많은 청춘 시절 다양한 아르바이트를 했다. 그중 처음으로 전단지를 돌렸다. 친구 삼촌이 경영하는 학원 전단지를 들고 중·고등학교 앞에서 나눠 주는 일이었다. 각자 맡은 학교 앞에서 할당된 전단지를 들고 봉고차에서 내렸다. 순간 깜짝 놀랐다. 학교 앞은 이미 방학 특강 전단지를 돌리고 있는 어른들이 계셨다. 나 혼자일 줄 알았는데, 모두 일곱 명이다. 처음이라 어떻게 해야 할지 몰라, 일렬로 서 있는 아줌마, 아저씨들을 지나쳐 맨 뒤로 갔다. 내가 전단지를 나눠 준다면 모두 여덟 장이다. 아침부터 학생들에게 스트레스를 주는 미안한 마음이 들어 말도 못 붙이고 머뭇거렸다. '여긴 어디? 나는 누구?' 오늘 안에 끝낼 수는 있을까. 불시에 전단지를 잘 돌리는지 확인하겠다는 말이 떠올랐다. 더는 머뭇거릴 수 없다. 전단지를 들고 학생들에게 다가갔다.

"저기요, 여기요. 이거 한번 읽어 보세요."

홍보지를 받아 주는 학생들에게 고맙다는 인사를 했다. 시간이 얼마 남지 않았다. 등교 시간 안에 가져온 전단지를 모두 나눠 줘야 한다. 마음이 바빠졌다. '그래, 전단지를 받아서 비교해 보고 맘에 드는 학원으로 오면 되지.' 이렇게 마음먹은 순간, 목소리가 달라졌다.

"자, 여기, 고마워!"

어느새 인사말이 짧아졌다. 일일이 말하니 목도 아팠다. 말없이 손으로 나눠 주다 한 번씩 고맙다고 했다. 제일 먼저 끝냈다. 어떤 날은 전단지를 받은 남학생이 많이 달라고 했다.

"얘, 너 이거 가져가서 버리면 안 돼? 친구들 꼭 나눠 줘야 해! 버려져 있는 것 보면 나 혼난다!"

말은 이렇게 했지만, 부끄럽고 쑥스러운 나에게 힘을 내라고 하는 것 같았다. 덕분에 수월하게 끝났다. 그 일 이후로 거리에서 전단지를 나눠 주면 가급적 받아 주는 버릇이 생겼다.

대학교 1학년 때 만난 윤수는 나에게 '돼지엄마'라는 별명을 지어 줬다. 첫 번째 별명 '방글이'에 이어서 두 번째다. 먹을 것이 있으면 친구들과 주변 사람들을 챙겨 주는 모습이 꼭 돼지엄마 같다고 했다. 윤수와 교양 과목으로 꽃꽂이를 배웠다. 교양 과목이 끝나도 그 이후로 10년 동안 함께 배웠다. 꽃꽂이를 하면 어떤 날은 마음처럼 잘 안 될 때가 있다. 보통 꽃꽂이 소재를 종지와 주지로 나눈다. 꽃 종류를 '종지', 나뭇가지를 '주지'라고 한다. 뭐든 그렇지만 꽃꽂이도 꽂는 사람을 닮았다. 거침없이 화려하고 큼지막하게 꽃을 꽂는 친구와 달리 나는 아기자기하게 꽂았다. 친구의 화려한 스킬은 늘 부러움의 대상이었다. 그래도 한 번씩 꽃꽂이 선생님이 나를 칭찬하셨다. 꽃을 꽂다가 잘 안 되면 꽃꽂이한 꽃을 침봉에서 모두 빼서 작품 전체를 바꿔 주는 거라고 하셨다. 안 되는 것을 붙잡고 억지로 하면 머리만 아프다. 이럴 때 다른 화기를 가져와 처음부터 다시 꽂는다. 그러면 신기하게 조금 전까지 안 되던 꽃꽂이가 수월해졌다. 지나고 보면 나의 삶도 그런 것 같다. 하다가 안 된다고 쉽게 포기하는 것이 아니라 할 수 있을 때까지 해 본다. 무슨 일이든 세 번 해야 한 번 한 것이라고 생각한다. 꽃꽂이 선생님도 그런 나를 칭찬하셨던 이유다. 지나간 것에 연연해하지 않을 때, 새롭게 시작하는 힘이 나온다.

결혼하고서도 10년 넘게 하던 꽃꽂이를 자연스럽게 그만두는 일이 생겼다. IMF 국제금융기구가 우리나라를 강타했을 때였다. 덩달아 집안의 경제가 어려워졌다. 마음이 무겁고 활력을 잃었다. 더 이상 꽃꽂이는 교양이 아니었다. 커피 마시고 담배 피우는 사람들의 기호식품처럼, 나에게 사치였다. 사방이 벽으로 막힌 것 같은 기분이었다. 뭔가 무거운 마음을 뚫어 줄 대책이 필요했다. 답답할 때 누가 시키지 않아도 마음이 시키는 일이 있다. 산이나 바다에 가고 싶다. 현재의 자리를 떠나 높은 곳이나 넓은 곳에 가라고, 마침 꽃꽂이 모임에서 산행을 간다고 했다. 산을 좋아하는 선생님의 주도 아래 늘 가던 길이 아닌 산의 능선을 탔다. 처음 가는 길이었다. 다른 때 같으면 힘들어 죽겠다는 소리가 수십 번도 더 나올 법했다. 오르막과 내리막이 쉴 새 없이 펼쳐져 있고, 저 멀리 어디가 끝인지 보이지 않는 이 길에서 순간 나의 삶을 마주했다. 올라갔다 싶으면 바로 내리막길, 어느 길은 바위와 돌로 가득하고 중간중간 발을 헛디디면 바로 낭떠러지라 생사의 갈림길도 눈앞에 있었다. 다리가 아프고 발도 아팠지만, 마음속에 있는 크고 무거운 돌덩어리에 비하면 아무렇지도 않았다. 힘들었지만 힘든 줄도 몰랐다. 땀이 비 오듯 하니 오히려 살아 있는 것 같아서 좋았다. 오르막길을 걷다가 어느 산 중턱에서 쉬어 가기로 했다. 잠시 바위에 기대어 거친 숨을 고르는데, 앞만 보고 걸을 때 안 보였던 풀꽃이 눈에 들어왔다. 봄이 오는 길목에 높은 산에서 만난 노란 풀꽃은 눈에 보이는 살아 있는 생명이었다. 자세히 보니 풀꽃들이 지천에 있었다. 반가웠다. 불쑥 꽃꽂이를 하자는 마음이 들었다. 눈앞에 있는 엄지손톱만 한 돌들을 주어서 화기를 대신했다. 작은 돌들 사이로 풀꽃과 초록 잎의 풀을 사이사이에 꽂았다. 세상에서 가장 작은 꽃꽂이가 완성되었다. 모든 것이 갖춰져야만 꽃꽂이를 할 수 있다고 생각했는데 아니었다. 자세를 낮춰서 바라보면 볼수록 예쁘고 멋스러웠다. 그날 산등성이에서 꽃꽂이를 그만두게 된 아쉬움에서 벗어났다. 비싸고 크고 화려한 꽃이 아니더라도 내가 꽂고 싶은 것을 어떤 틀에 박힌 사고에서 벗어나 자유롭게 하는 것임을 깨닫게 되었다. 내가 처한 환경과 어려움 안에 갇혀 불평 불만하는 것이 아니라 그 안에서 자유로워져겠다는 가벼움 마음을 안고 산을 내려왔다.

시작이 있으면 끝이 있다. 산을 올라가면 다시 내려오는 것처럼 세상의 모든 만물은 시작과 끝이 있다. 그 마지막을 생각하면 지금보다 좀 더 자유로워진다. 즐겁다고 하루 종일 웃고 있지도, 슬프다고 하루 종일 슬픔에 빠져 있지도 않는다. 그러니 기죽지 말고 살자.

4-10.

마따호세프?

윤미경

아침 일곱 시 삼십 분, MBC 〈김중배의 시선 집중 라디오〉를 들으며 한 시간 거리에 있는 학교를 향해 운전 중이었다. 둘째 아들 전화가 오자 스피커폰을 켜고 반갑게 받았다.

"어, 준이 이제 일어났어?"

"엄마, 아빠한테 왜 나 깨우지 말라고 했어? 어?"

나의 대답을 기다리지도 않고 아들은 전화를 바로 끊어 버렸다.

'어? 이 싸가지…. 이게 뭐지?'

둘째 아들은 중학교 1학년이나 되었지만, 밤이 무섭다며 혼자 잠자리에 들지 못한다. 아들이 잠에 들 때까지 나는 침대에 함께 누워 있다가 아들이 잠에 들면 그제야 내 방 침대로 돌아오곤 한다. 전날 밤에는 글쓰기 줌(Zoom) 연수가 열한 시가 다 되어 끝났다. 이것저것 정리를 하고 나서 잘 준비를 하다 보니 덩달아 아들의 취침 시간도 늦어졌다. 평소에는 아이들을 7시에 깨워 아침밥을 챙겨 주고 내가 먼저 집을 나선다. 그날은 늦게 잠이 든 둘째가 피곤할까 싶어 깨우지 말고 좀 더 재우라고 남편에게 당부하고 출

문장, 살아갈 힘을 얻다

근했다. 그런데 이게 무슨 봉변인가? 아들을 배려했을 뿐인데 돌아온 것은 일찍 깨우지 않았다는 원망뿐이었다. 아, 이 피곤한 둘째 아들과 함께 살기 정말 힘들다.

　중·고등학교 시절, 사춘기를 통과하는 여자아이들과 감정싸움을 하는 게 너무 힘들었다.
　"너는 왜 나 안 챙기냐?"
　"쟤네들하고는 웃으면서 얘기하고 나한테는 왜 퉁명스러워?"
　"왜 우리랑 안 놀고 쟤네 팀이랑 놀러 갔어?"
　예민한 친구들은 자신을 잘 챙기지 않는 나를 원망하곤 했다. 친구들 사이에서 줄타기해야 하는 그 팽팽한 긴장감이 싫었다. 호감을 품고 먼저 다가와 간도 쓸개도 다 내줄 듯 살갑게 대했다가도 금세 돌아서는 그들을 이해할 수 없었다.
　'이젠 내가 지겨워졌나 보지. 나에게 실망했나 봐.'
　혼자서 조용히 그들을 마음에서 지웠다. 원래부터 없던 사람 취급을 해도 하나도 아쉽거나 슬프지 않았다. 원래 사람과의 관계는 좋을 때만 좋은 것, 나를 싫다고 하면 나도 어쩔 수 없다며 관계에 대한 정의를 내렸다. 그렇다고 친구가 없지 않았다. 감정싸움이 없는 무던한 친구들, 나의 무심함도 그대로 인정해 주는 친구들하고만 관계가 지속되었다.
　성인이 된 후, 소개팅으로 남자들을 만날 때에도 비슷했다. 관심 있다고 들이대며, 하루에도 몇 번씩 연락하는 남자들을 만나면 도망가고 싶어졌다. 양은 냄비처럼 쉽게 달아오른 호감도는 금방 식을 테니까 말이다.

성장하는 동안 인간관계를 그렇게 정의 내린 탓일까? 작은아들에 대한 사랑이 유난하다 싶다가도 아이의 예민한 기질이 가끔 나를 자극할 때면 '정말 나랑 안 맞는다!'라며 속으로 아이를 밀어냈다, 심지어 이런 마음을 입 밖으로도 여러 번 내뱉었다. 학창 시절, 작은아들과 같은 부류의 까탈스러운 친구는 무조건 내 인생에서 아웃시켰지만, 내 배 속으로 낳은 둘째는 그럴 수 없었다. 전전긍긍하다 지푸라기라도 잡는 심정으로 하브루타 부모 교육 연구소를 찾게 되었다.

하브루타 부모 교육 3급, 2급 자격 과정 연수를 들었다. 하브루타는 둘씩 짝지어 질문하고, 대화하고, 토론하고, 논쟁하는 유대인의 전통적 교육 방식이다. 연수를 듣다 보니 유대인들은 가정에서 끊임없는 대화를 통해 존재에 대한 감사를 느끼게 하고 있었다. 사람의 성격 유형은 크게 행동형, 규범형, 탐구형, 이상형으로 나뉜다. 이 네 개의 유형이 두 개씩 짝을 이뤄 행동 탐구형, 탐구 이상형과 같은 유형으로 확대될 수도 있다. 사람의 성격 유형이 무 자르듯 분명한 경계가 있는 것은 아니지만 나는 규범형에 가깝고 둘째 아들은 행동 탐구형인 듯했다. 성실하지 않고, 예민하고 까칠하며, 내가 보기에 쓸데없는 일에 시간과 에너지를 쓰는 둘째 아들의 행동들이 규범형인 내 눈에 거슬렸다. 그러나 하브루타를 공부하면 할수록 내 신경을 자극하는 아들의 특성은 그렇게 받아들이는 나의 탓이지 예민한 기질의 아이 탓이 아님을 깨닫게 되었다.

유대인들은 "마따호세프?(네 생각은 어때?)"라고 물으며 자녀들과 끊임없는 대화를 나눈다고 했다. 자녀와 대놓고 "우리 얘기 좀 하자."라고 하면 부담스럽다. 하브루타에서는 탈무드나 뉴스, 연예인, 책 속 주인공을 소재로 가볍게 대화를 시작한다. 결국은 '나도 그런 적이 있었는데…'라며 자신의 얘기를 하게 되는 하브루타는 대화의 물꼬를 트는 아주 좋은 수단이다. 대화하는 가정을 만들고, 서로를 더 잘 이해하기 위해 나도 아이들과 하브루타 대화를 시작하기로 결심했다.

매주 토요일 저녁, 중학생 아들 두 명과 둘러앉아 '논어'의 한 구절로 하브루타 대화를 한다. 돌아가며 논어 텍스트를 낭독한다. 텍스트에 대해 질문을 만들고, 한 명씩 묻고 답하는 과정을 거치면 어느새 한 시간이 훌쩍 지나간다.

"子曰, 말해 주면 실행하기를 게을리하지 않는 사람은 아마도 회(공자의 제자)이니라."

얼마 전에 다루었던 논어의 문장이다. 이 문장에 대해 나는 "부모님이나 선생님께 반복해서 듣는 말이 있나요? 그 말을 들었을 때 기분이 어떤가요?"라고 질문을 던졌다. 아들들은 이때다 싶었는지 부모님께 "방 정리 해라.", "고양이 목욕 왜 안 시키냐?"라는 말을 반복해서 듣는다고 했다.

"'방 정리해.'라고 한마디만 하면 될 것을 엄마는 감정을 담아 짜증 내는 말투로 말하잖아요. 그래서 더 하기 싫어지고 기분이 팍 상해요."

"한두 번 말해도 고쳐지지 않으니, 엄마도 감정을 담아 얘기할 수밖에 없지."

나름의 변을 해 보았지만, 완벽한 나의 패배다.

"그래? 너희가 그렇게 느꼈다면 앞으로 조심할게."

"마따호세프?"라고 묻는 것은 대답할 사람이 생각하는 바를 그대로 인정한다는 전제가 깔려 있다. 상대의 생각을 물어 놓고 그 생각이 틀렸다고, 엄마인 내 말이 더 맞다고 우길 필요가 없다.

내가 어릴 땐, 어른들은 다 완성된 존재라 생각했다. 정작 내가 어른이 되어 보니 나이만 먹었지 미성숙한 부분이 많았다. 그래서 여전히 배우고 있다. 아이와 함께 부모인 나도 여전히 성장 중이다.

"난 그렇게 생각 안 해 봤는데, 너는 그렇게 생각했구나. 잘 알았어."

잘 맞는 사람과 잘 안 맞는 사람이 있는 게 아니라, 그 사람의 생각을 그대로 인정하기만 하면 된다.

"그래, 너의 생각을 존중할게!"

4-11.

너에게서 나온 것은
너에게로 돌아간다

홍순지

광고를 보다가도 어느새 찡하며 눈물이 맺힌다. 민망해서 주위를 슬쩍 둘러보면 아이들과 남편이 내 얼굴을 주시하고 있다. 조금 슬픈 장면이 나오거나, 누가 울기라도 하면 자연스럽게 내 눈도 촉촉해져 있다. 가족들은 슬픈 장면이 나오면 화면이 아니라 나를 응시한다. 놀릴 준비를 하면서. 왜 이렇게 지나치게 공감을 하는지, 눈물이 많은지, 민망할 때가 많다.

화를 잘 내지 않는 편이다. 살면서 의견이나 입장을 고집하는 경우도 드물다. 다른 입장의 사람들과 이야기하고 생각하다 보면 고집부리고 싶은 마음이 사라진다. 이해가 되니까. 어떤 상황인지, 왜 이런 행동을 할 수밖에 없었는지. 내 주장을 내세우기보다는 다른 사람의 의견을 받아들이는 경우가 다반사였다. 분노를 일으키는 역치의 값이 좀 높은 게 아닐까 생각도 해 봤다. 특별히 싫어하는 몇 가지 경우-예의가 없거나 배려가 없는-를 제외하고는 상대의 실수에 웬만해서는 화가 나지 않았다. 어른이 되면 조금 달라질 줄 알았는데, 크게 다르지 않았다. 아이를 키우면서 오히려 더 공감할 수 있는 범위가 넓어졌다. 다른 사람들의 고충이 다이해가 되고, 도움이 되고 싶다. 이런, 이제 나는 고집은커녕 저녁 식사 메뉴 결정조차 쉽지 않은 사람이 되었다.

언젠가부터 이런 내 모습이 싫었다. 야무지고 똑 부러진 사람으로 비치고 싶은데, 무르고 쉬운 사람처럼 보이는 게 창피했다. 착하고 배려심이 있다고 해서 야무지고 똑 부러지지 않은 것은 아닌데도 말이다. 그래서 중요한 미팅에 갈 때는 일부러 인상을 쓰기도 하고, 말수를 줄이고 웃지 않으려고 노력하기도 했다. 괜히 따지고 드는 척 되묻기도 하면서. 하지만 가면을 쓰고 따져 가며 한두 가지 더 얻어 내도, 오히려 마음은 불편했다.

결국, 내 본 모습대로 살기로 했다. 내가 이해하는 만큼, 배려하는 만큼 나에게도 언젠가는 되돌아올 거라는 생각을 하면서 말이다.

아들이 유치원에 다닐 때였다. 유치원까지는 차로 10분 정도 걸리는 거리였기 때문에 유치원 차량을 타고 등·하원을 했다. 등·하원 차량을 배정받고 아침 9시 15분쯤 등원 버스를 탔다. 골목 안 빌라에 살던 나는 당연히 큰 길가로 나가서 유치원 버스를 태웠다. 아침마다 아들 손을 잡고 신나게 뛰어서 골목 어귀를 내려가 버스를 태웠다. 아침에는 왜 그렇게 시간이 촉박한지. 매일 달리기 시합 하듯 뛰어다니곤 했다. 어느 날, 숨을 고르며 돌아오는데 아는 엄마가 답답하다는 표정으로 이야기했다.

"왜 거기까지 나가서 타? 유치원에 얘기해서 집 앞으로 와 달라고 그래! 그런 건 좀 큰 소리로 이야기해야 해 주는 거야. 얘기 못했지?"

순간 벙쪘다. 내가 또 내 걸 못 챙겼나? 멋쩍게 웃어넘겼다. 하지만 그 엄마와 헤어지고 오는 길에 아무리 생각해 봐도 골목 안까지 큰 유치원 버스를 들어오도록 요구하는 건 옳지 않아 보였다. 모든 사람이 다 자기 집 앞으로 유치원 차량이 들어오도록 요구한다면 아이들은 얼마나 오랜 시간 차를 타야 한다는 말인가. 그런 요구를 하고 싶은 마음이 들지 않았다.

정말 타당하지 않은 부분은 이의 제기가 필요하다. 하지만 내가 좀 불편하다고 해서 다른 사람이 곤란할 일을 만들고 싶지는 않았다. 결국 난 유치원에 다른 요구를 하지 않았고, 아침마다 아들 손을 잡고 뛰어다녔다. '아침에 운동하는 게 얼마나 건강에 좋은 줄 알아?' 하고 괜히 아들에게 설명하면서.

어떤 이들은 억지를 부려 자신이 원하는 바를 쟁취한다. 이기적인 행동으로 이익을 취하는 것을 자랑스럽게 생각하는 사람도 있다. 가끔은 나도 흔들린다. 더 이기적으로 살아야 하나, 내가 부족한 건가 싶은 생각도 든다. 세상이 원하는 '똑똑한' 사람의 기준에 부합되지 않나 가끔 의심이 들기도 하면서.

어느 날 아빠가 말씀하셨다.

"그런 생각 하지 마. 결국 다 돌아오게 되어 있어."

세상의 기준에 매몰되지 않기로 했다. 나에게 당당하면 된다. 내 소신대로 행동하자. 휘둘리지 말자. 베풀며 선하게 살자는 내 깨끗한 신념을 잃지 않도록 오늘도 마음을 다독인다.

올해도 아랫집 문고리에 작은 선물을 걸어 두고 왔다. 이번엔

마카롱 세트다. '맛있게 드셨으면 좋겠다.' 미소 지으며 기분 좋게 돌아온다.

아파트로 이사를 온 지 4년째다. 이사 오고 나니 뉴스에 종종 나오는 층간 소음 문제가 남의 일이 아니라는 것이 느껴졌다. 전에 살던 빌라에서는 1층이 없는 필로티 구조의 2층에 살고 있었기 때문에 층간 소음을 크게 신경 쓰지 않았다. 그런데 아파트 3층으로 이사 오고 나니 딸아이가 뛰어다니는 것이 걱정됐다. 어렸을 때부터 온종일 뛰어다니는 활동적인 아이여서 제지하는 것이 쉽지 않았다. 딸이 6살 무렵에 이사를 왔으니 아이가 가장 활발하게 신체 활동을 할 때였다. 킥보드에 인라인, 롤러스케이트, 축구까지 안 하는 운동이 없던 딸은 집에서도 온갖 움직임을 자랑하고 있었다. 다행히 아랫집에 사시는 분들은 한번도 불편하다는 연락을 하거나 찾아오시지 않았다.

그래도 내심 걱정됐다. 마주친 적도 없고 연락처도 모르니 여쭐 방법도 없었다. 고민만 하다가 이사 온 이듬해 연말부터 아이에게 편지를 쓰게 했다. 그때만 해도 글씨가 삐뚤빼뚤하던 유치원생 때인데, 딸은 나름대로 정성을 다하여 편지를 썼다.

"209호 아주머니께. 올 한 해 저 때문에 많이 시끄러우셨지요? 죄송해요. 내년에는 더 조심하도록 할게요. 이해해 주셔서 감사해요. 새해 복 많이 받으세요."

예쁘게 색칠한 편지와 함께 롤케이크를 포장해 문고리에 걸어 두고 올라왔다. 코로나19로 교류가 없고 서로 경계하던 때라 걸어만

두고 얼굴을 뵙지는 못했지만, 속이 푸근하고 마음이 놓여 '이런 게 사람의 도리구나' 싶었다. 잘 받으셨을지 궁금해서 딸과 손잡고 내려가 몇 번이고 고개를 밑으로 내밀고 쇼핑백이 없어졌는지 살펴봤다. 쇼핑백이 사라졌을 때는 딸과 손뼉을 치며 즐거워했다.

다음 해에도 한 살 더 먹은 딸아이가 더 또박또박해진 글씨로 편지를 써서 케이크와 걸어 두고 왔다. 그땐 아랫집 아주머니도 우리 집 문고리에 답장과 함께 간식을 걸어 두고 가셨다. 아주머니의 편지는 아직도 딸 아이의 추억 상자에 소중히 보관되어 있다.

"마음이 예쁜 309호 아이에게. 작년에 준 케이크도 맛있게 먹었는데, 올해도 참 고맙구나. 마음껏 뛰어놀아도 된단다. 아무 걱정 말고 건강하고 씩씩하게 자라렴…."

아랫집 아주머니의 답장에 아이와 내가 얼마나 행복해했는지 모른다. 대답도 없고 어떤 사람들인지도 모르는데 또 간식을 걸어 두고 오냐, 뭐라고 한 것도 아닌데 굳이 일을 만드냐고 하는 핀잔도 들었다. 그래도 마음이 쓰이고 죄송한 만큼 표현을 하고 싶었다. 나와 우리 딸이 보낸 마음의 표현이 따뜻한 정으로 돌아와서 감사했다.

"너에게서 나온 것은 너에게로 돌아간다."

누군가에게 베푸는 만큼, 내가 누군가를 이해하는 만큼, 세상을 아끼는 만큼 이 세상도 나를 아끼고 받아 주리라 믿는다. 우리 아이들도 그런 믿음을 갖고 세상의 넓은 품에서 살아갈 수 있었으면 좋겠다.

강혜진

　　누구에게나 좋아하는 노래 한 곡, 기억에 남는 드라마나 영화 한 편쯤은 있지요. 그런데 좋아하는 노래와 영화를 묻는 말에 답하기 쉽지 않았습니다. '내' 마음을 위로하고, '나'를 돌아보게 하는 것. 주변 사람들에게서 답을 얻을 수 없으니 막막했습니다. 글감을 찾기 위해 한참을 기억 속의 노래와 드라마, 명언과 어록을 뒤져 보다 깨달은 사실이 하나 있습니다. 사실 내 속에는 내가 좋아할 만한 노래와 드라마 목록이 이미 여럿 있다는 것을요. 그리고 알게 되었습니다. 나는 일상의 추억을 에너지 삼아 살아가고 있다는 것을. 내 마음에 새겨진 추억을 하나씩 소환하고 들추어 보면서 그때로 다시 돌아가 보았습니다. 콧노래를 흥얼거려 봅니다. 울고 웃었던 감동을 다시 느껴 봅니다. 나는 참 살아갈 자산이 많은 사람입니다. 먼지에 가려져 있던 추억을 꺼내 닦고 빛나는 글로 정리해 봅니다. 과거의 경험은 추억에 불과하지만 글로 쓰면 책이 되어 남겠지요. 마음을 울리는 노래와 글귀, 대사를 접할 때마다 잊지 말고 글로 옮겨 두어야겠다 다짐해 봅니다. 그것들도 책이 되는 날이 올지 아무도 모르는 일이니까요.

글빚혁수

"평생 일기만 쓰고 살았어요."라고 자주 말하며 살았습니다. 근데 가만 생각해 보니 중학교 2학년 때 별명이 '문학 소년'이었네요. 집에서 밤새 책 읽고 학교에선 맨날 잤더니 그런 별명이 생겼습니다. 그때 쓴 수필도 생각납니다. 제목이 '새벽 버스'였네요. 두꺼운 대학 노트를 구해서 일기부터 생각나는 모든 걸 썼었습니다. 지금은 없어요. 잃어버린 지 오래됐습니다. 하지만 '새벽 버스'만은 기억나네요.

저 고개 숙이고 졸고 있는 할아버지는 어디를 가고 있는 걸까. 창문을 열고 새벽 찬바람을 맞고 있는 저 아주머니는 무슨 사연이 있을까. 창밖에는 새벽안개가 아직 자욱하다. 새벽 버스는 새벽안개를 헤치고 달린다. 나와 같은 고민을 가진 사람들이 새벽 버스에 타고 있다….

뭐, 대충 이런 내용이었습니다. 실제로 새벽 버스를 타보고 쓴 건 아니에요. 그냥 떠오르는 대로 써 본 건데요. 나중에 두고두고 생각이 나는 글이었습니다. 그때부터 글 쓰며 사는 게 꿈이 됐나 봐요. 나름 그럴듯한 글을 써 놓고 보면 사는 게 행복했습니다. 지금, 다시 그 기분을 느끼고 있습니다. 행복합니다.

김나라

두 번째 공저 집필에 도전했습니다. 백지에 어떤 내용이든 한 줄 한 줄 채우는 행위 자체로 뿌듯한 마음이 들었습니다. 온전한 내 언어로 누군가에게 글을 전하고 있다는 사실에 감사함을 느낍니다. 시간에 맞춰 과제를 제출하고, 더 나은 글이 되기 위해 애씁니다. 글쓰기는 저에게 더 높이 올라가기 위한 목적보다 느리지만 한 계단씩 나다움을 찾는 성장이 되어 줍니다. 무언가를 시도할 때 걱정과 망설임을 멈추고 시도하는 마음의 힘도 얻습니다. 시작한 일과 시작조차 하지 않았던 날을 떠올려 본 적이 있습니다. 도전한 일의 후회는 좀 더 노력하지 못한 아쉬움이 남았습니다. 다음에 보완해야 할 점들을 알아차릴 수 있었습니다. 그러나 시작조차 하지 않은 후회는 시도라도 해 볼 것에 대한 미련이 남았습니다. 언젠간 해야겠다는 생각만 되풀이할 뿐이었습니다. 두 번째 공저 작업 역시 시작을 선택하게 되어 다행입니다. 초보 작가로서 내게 닿은 문장에 마음을 담아 전하는 성장의 시간이었습니다. 꾸준히 글 쓰는 삶을 이어 갈 수 있음에 감사합니다.

김소정

마음에 닿는 문장을 만날 때가 있습니다. 어떤 것은 잠깐 왔다 가고, 어떤 것은 옆에 두고 곱씹으며 삶에 적용하게 됩니다. 그중 네 개를 골라내는 것은 어렵지 않았습니다. 요즘 내가 처한 상황과 고민에 나침반이 되어 주는 문장들입니다. 나이 들고 성장하더라도 함께 갈 문장이고, 사람들과 나누고 싶은 가치입니다. 1

문장, 살아갈 힘을 얻다

장 속 나를 위로하는 노래 가사 '햇살이 밝아서'. 최근 돌아가신 아버지와의 마지막 시간을 돌아보며 삶의 중요한 가치에 대해 생각해 보았습니다. 2장 속 내 마음을 돌보는 드라마 대사 '아무것도 아니다'. 두려움을 마주하는 여러 순간에 나를 앞으로 나아가게 해 줍니다. 3장 속 삶의 태도를 배우는 명언 플라톤의 '친절하라'. 원 없이 믹스커피 이야기를 했나 봅니다. 전만큼 믹스를 마시지 않고 있습니다. 다른 친절의 방법을 찾아야겠습니다. 4장 속 인생 어록으로 남기고 싶은 문장 톨스토이의 '두 살에서 다섯 살까지'. 엄마 되는 것의 무게를 받아들이고 성장하도록 도움을 준 문장입니다. 이 문장들이 긴 터널을 지나는 누군가에게 출구를 향하는 희망의 일부가 된다면 보람 있겠습니다.

송기홍

살면서 힘들고 어려울 때가 있었다. 내려놓고 싶고, 포기하고 싶을 때도 있었다. 그러나 그때마다 내게 용기를 주었던 것이 있었다. 그것의 힘을 얻어 지금 여기에 있다. 무심코 잊고 살았는데, 생각해 보니 용기를 준 것이 한둘이 아니다. 그 많은 것 중 몇 개만 고르는 것이 어려울 정도였다. 흩어져 굴러다니는 구슬을 모아 예쁜 목걸이와 팔찌를 만드는 심정으로 글을 썼다. 힘들고 어려울 때 어떤 문장 하나 덕분에 살아갈 힘을 얻었다. 노래 가사, 영화나 드라마의 대사 한 줄, 성경 말씀 등은 나를 이 자리에 있게 만들어 준 버팀목이었다. 가슴에 담아 두었던 문장들이 힘들고 어려울 때 큰 힘이 되었던 것처럼 이 글이 누군가에게 힘이 되면 좋겠다. 누군가의 아픈 경험이 내 아픔을 치유하는 계기가 되었던 것처럼 나의 소박한 이 이야기가 누군가에게 또 힘이 되면 좋겠다. 회갑을 넘긴 나이에도 꿈을 이루며 살아간다. 미래는 언제나 꿈꾸는 자의 것이니까.

신민진

　　일기 쓰는 것을 좋아합니다. 일어났다 사라지는 생각, 복잡한 마음을 글로 정리합니다. 삶이 단순해져서 매일 쓰고 싶어집니다. 써 놓은 제 일기를 읽는 즐거움도 있습니다. 타인을 보듯 나를 바라보면 자신을 더 가깝게 만날 수 있으니까요.

　하지만 일기를 에세이로 바꾸는 과정은 도전이었습니다. 누군가에게 읽힐 글을 쓴다는 것, 세상 밖으로 껍데기를 뚫고 나오는 과정은 꽤나 고통스러웠습니다. 알몸을 드러낸 기분이랄까요. 하지만 행운을 만났습니다. 『문장, 살아갈 힘을 얻다』 이 책을 통해 나를 돌아보며 여기까지 왔습니다. 이제 껍데기를 벗어 던집니다. 나 혼자 비밀스럽게 나누던 대화에서 목소리를 좀 더 키웠습니다. 세상을 향해 말을 건넬 수 있는 배짱까지도요. 하고 싶은 말이 많아집니다.

　혼자였다면 힘들었을 도전, 함께라서 감사합니다. 용기가 납니다. 하나의 문장에서 힘을 얻듯 제가 쓴 글을 통해 다른 이들의 삶을 응원하고 싶습니다.

쓰꾸미

행복한 삶을 살아가고 싶다. 행복하게 살아가는 나의 기준은, 인생 문장으로 방향을 가늠하며 살아가야 한다는 것이다. 그래야 힘든 상황이 닥쳤을 때 좋은 문장으로 중심을 잡았고, 흔들리지 않아 덜 불안해하였다. 안타깝게도 내 완벽한 인생 문장을 아직 발견하지 못하였다. 그 문장을 꼭 다른 작가들로부터 찾아야할까? 스스로 작문하는 방향으로 결정하였고, 이를 실현하기 위해서 책상 앞에 앉아서 고민하며 쓰고 있다. 1차 목표는 2030년까지 추가적으로 19권의 책들을 출간하는 것이다. 내 눈으로 내 삶을 정성스럽게 들여다본다. 그리고 나만의 눈으로 보고 사색한 인생 문장을 만들어서 품고 살아갈 것이다. 그리고 그 문장이 수정될지도 모르겠다. 하지만 불안하지 않다. 계속 성장하고 성숙해 짐에 따라 세상을 바라보는 마인드와 안목이 달라질 것이라고 믿는다. 높아진 안목만큼이나 하루하루 삶을 어제보다 더 충실하게 살아가고 있는 오늘의 나에게 감사하다. 그리고 오늘도 내 꿈은 현실과 더 가까워졌다. 글을 읽고, 읽은 글을 생각하고, 생각한 것을 글로 썼기 때문이다.

양지욱

부모님 이야기를 마지막으로 쓰고 싶었습니다. 2020년부터 부모님께서 번갈아 가며 병원에 입원하셨습니다. 한 달에 한 번씩 부모님을 뵈러 제주도로 왔다 갔다 하다가 살구골 도서관에서 만난 책이 『가장 질긴 족쇄, 가장 지긋지긋한 족속, 가족』이란

장편 소설이었습니다. 우리 형제자매들만 힘들게 부모님을 모시고 있는 줄 알았는데. 그게 아니었습니다. '가족'이라는 존재를 얼마나 직설적으로 표현하였는지, 위로를 받을 수 있었습니다. 독자들에게 위로가 되고 힘이 되는 문장을 쓰고 싶었습니다. 하지만 아직은 내 필력이 약하여 거기에 미치지 못함이 안타까울 뿐이죠. 부모님의 마지막 길 떠나는 모습을 아직도 회상합니다. 어머니, 아버지라는 호칭 대신 살아 계실 때 이름을 불러 드리지 못한 안타까운 심정을 담아 이름을 많이 불러 드렸습니다. 또한 3인칭 관찰자 시점인 그 여자, 그 남자로 표현하며 감정을 최대한 절제하려고 노력했습니다. 생전엔 미운 순간이 많았지만, 돌이켜 보니 참 좋은 당신들이 항상 내 곁에 있었습니다. 이 책을 그 여자 복일 씨와 그 남자 수찬 씨에게 바칩니다.

육이일

　　공저 책 쓰기 두 번째 참여입니다. 처음엔 뭣 모르고 썼습니다. 두 번째라 마음의 여유는 생겼지만 여전히 쉽지 않네요. 하지만 포기하지 않습니다. 머릿속 생각을 글로 번역하는 일이 자유로울 때까지 저의 도전은 계속됩니다. 대전에서 유명한 빵집도 역전 작은 찐빵집에서 시작했으니까요.

　글을 쓰고 책이 나오는 모든 과정을 통해 일상의 소소한 행복이 하나둘 늘어 갑니다. 자신의 일처럼 기뻐하는 남편과 침대 머리맡에서 책을 읽는 친정어머니. 책이 완성되기 전, 첫 번째 독자로써 전체 느낌과 흐름을 말해 주는 딸도 고맙습니다.

"네 덕분에 일기 쓰기 시작했어. 나는 무엇을 잘하는 것 같니?" 이렇게 묻는 친구와 시를 쓰기 시작한 친구도 있습니다. 그중 제일 감사한 것은 제대 후 복학한 둘째 아들입니다. "엄마도 열심히 글 쓰는데 저도 가만 있으면 안 되죠. 자격증 따서 들고 갈게요." 대학 생활 틈틈이 아르바이트를 하고 독서실에서 공부하며 체력 관리까지 하는 아들이 대견합니다. 저를 '잔소리를 가장한 명언 제조기'라고 부르던 아들에게 조금이나마 본이 되어 기쁩니다. 시간은 모두에게 똑같이 주어졌습니다. 이 시간을 흘려보내지 않고 꿈꾸는 일들을 조금씩 하면서 살기를 응원합니다. 우리는 누군가의 소중한 존재입니다.

윤미경

그동안 많은 책을 읽었지만, 대강의 스토리만 어렴풋이 기억날 뿐이었습다. 문장 하나하나를 힘주어 읽지 않았습니다. 한 문장이 주는 힘을 등한시했습니다. 그랬더니 읽었던 글들이 내 삶과 연결되지 못했지요. 이 책을 쓰며 문장의 의미에 대해 생각해 보았습니다. 노래, 영화, 책, 삶에서 발견한 문장들을 두고 깊이 머물렀습니다. 그 짧은 문장 안에 나의 과거와 현재, 미래 모두가 담겨 있었습니다. 문장은 두뇌 속 신경 세포들을 과거로 보내 청소년기의 친구들과의 기억, 대학에 떨어졌던 기억, 죽다 살아난 기억 등을 꺼내 왔어요. 문장은 주변인들의 목소리를 통해 현재의 내 모습을 객관적인 태도로 바라보게 했습니다. 문장은 오늘보다 더 나은 내가 되게 하기 위한 내일의 다짐으로 이끌어 주었습니다. 문장이 주는 힘이 큽니다. 무엇이든 내 삶과 연결했을 때 의미가 있음을 깨달았습니다. 앞으로도 문장을 휘발시키지 않고 내 삶 안으로 깊숙이 가져와 보려고 합니다.

홍순지

삶의 순간순간 과거가 떠오릅니다. 과거를 보며 후회에만 빠져 있다면 어리석지만, 과거를 통해 위로와 치유를 받을 수 있다면 그것은 충분히 돌아볼 만한 가치가 있습니다.

글을 쓰는 동안 입가에 미소가 사라지지 않았어요. 시간 여행을 다녀온 것 같습니다. 막 어른이 되어 설렘으로 가득 찼던 스무 살의 기억들. '기쁨'과 '환희'에 빠져 과거를 여행하다가 어쩔 수 없이 '후회'도 만났습니다. '후회'를 만나면 잠시 시간이 느리게 갑니다. 자책하며 괴로워하지요. 그래도 곧 홀홀 털고 다시 시작합니다. 후회도 나를 일으켜 세워 주는 힘으로 받아들이는 법을, 글을 쓰면서 알게 되었으니까요. 노래 가사와 드라마 대사 그리고 후회 속에서도 다시 일어서게 해 주는 명언. 이번 에세이를 통해 문장의 가치를 다시금 깨달았습니다. 작가님들과 함께 책을 읽고 글을 쓰며 스스로 단단해짐을 느낍니다. 작가님들, 감사합니다. 마지막으로, 늘 믿어 주고 지지해 주는 남편에게 존경과 사랑의 마음을 전합니다. "우리가 얼마나 더 행복해질 수 있을지 기대해!"